2050

HUMANOS MECÂNICOS, ROBÔS HUMANIZADOS

Editora Appris Ltda.
1.ª Edição - Copyright© 2025 do autor
Direitos de Edição Reservados à Editora Appris Ltda.

Nenhuma parte desta obra poderá ser utilizada indevidamente, sem estar de acordo com a Lei nº 9.610/98. Se incorreções forem encontradas, serão de exclusiva responsabilidade de seus organizadores. Foi realizado o Depósito Legal na Fundação Biblioteca Nacional, de acordo com as Leis nos 10.994, de 14/12/2004, e 12.192, de 14/01/2010.

Catalogação na Fonte
Elaborado por: Dayanne Leal Souza
Bibliotecária CRB 9/2162

A221d
2025
	Adans, Thompson
	   2050: humanos mecânicos, robôs humanizados / Thompson Adans ; ilustradora Sofiia Shevchuk. – 1. ed. – Curitiba: Appris, 2025.
	   230 p. : il. ; 23 cm.
	
	   Inclui referências bibliográficas.
	   ISBN 978-65-250-7560-0
	
	   1. Futuro. 2. Tecnologia. 3. Inteligência artificial. 4. Dependência. 5. Empatia. I. Adans, Thompson. II. Shevchuk, Sofiia. III. Título.
	
	                                                CDD – 800

Appris editora

Editora e Livraria Appris Ltda.
Av. Manoel Ribas, 2265 – Mercês
Curitiba/PR – CEP: 80810-002
Tel. (41) 3156 - 4731
www.editoraappris.com.br

Printed in Brazil
Impresso no Brasil

Thompson Adans
Sofiia Shevchuk (ilustradora)

2050

HUMANOS MECÂNICOS, ROBÔS HUMANIZADOS

Curitiba, PR
2025

FICHA TÉCNICA

EDITORIAL	Augusto V. de A. Coelho
	Sara C. de Andrade Coelho
COMITÊ EDITORIAL	Ana El Achkar (Universo/RJ)
	Andréa Barbosa Gouveia (UFPR)
	Jacques de Lima Ferreira (UNOESC)
	Marília Andrade Torales Campos (UFPR)
	Patrícia L. Torres (PUCPR)
	Roberta Ecleide Kelly (NEPE)
	Toni Reis (UP)
CONSULTORES	Luiz Carlos Oliveira
	Maria Tereza R. Pahl
	Marli C. de Andrade
SUPERVISORA EDITORIAL	Renata C. Lopes
PRODUÇÃO EDITORIAL	Bruna Holmen
REVISÃO	Débora Sauaf
DIAGRAMAÇÃO	Bruno Ferreira Nascimento
CAPA	Carlos Pereira
ILUSTRAÇÕES	Sofia Shevchuk
REVISÃO DE PROVA	William Rodrigues

*Em um mundo que não se pode afirmar nenhum valor,
nada tem importância e
tudo é permitido.
(Albert Camus)*

AGRADECIMENTOS

Deixo os meus agradecimentos à minha família, especialmente, minha mãe, meus irmãos e minha avó, os quais me dão forças para continuar esta jornada literária e que têm lugar único em minha vida e coração.

À Sofiia Shevchuk, expresso a minha gratidão por ter aceitado ser a ilustradora deste livro. Adiciono que foi obra do destino encontrar uma pessoa extremamente talentosa, competente, sensível ao mundo das artes, de tamanha gentileza e dedicação; sou feliz por tê-la encontrado.

Agradeço ao amigo João Batista, por mais uma vez ceder uma parte do seu tempo para conversas significativas, sendo uma delas que deu início ao questionamento do impacto da tecnologia em nossas vidas, vindo mais tarde, tornar-se este livro.

À Marília de Paula, registro os mais sinceros agradecimentos por ser uma grande amiga, bem como ser a primeira leitora deste livro, ajudando-me com correções e discussões de ideias; tê-la em minha vida é um presente.

Torno extensível os meus agradecimentos aos amigos que possuo, dentre os quais gostaria de destacar aqueles que acompanharam de perto a feitura desta obra, avivando boas memórias nesse momento em que finalizo a escrita; com vocês, eu pude aprender a ser mais humano, como também melhorar a cada dia. Assim, reforço meus agradecimentos a Isabel Brandão, Noemi Florentino, Luís Roberto da Silva Rocha, Daniel Guimarães, Thalyta Alves Corrêa e Rafael Sousa Santos.

Agradeço, ainda, a oportunidade de diálogos filosóficos com o ilustre Rogerio Peyroton, bem como a oportunidade que foi me dada, por este e pela Marli Bueno, de continuar o meu autoaperfeiçoamento.

Por fim, manifesto a minha gratidão a vocês, leitores, que se interessaram por esta obra e, também, a todos os leitores que se permitiram conhecer a minha primeira publicação *A vida contada pela morte*, inspirando-me por suas avaliações, seja entrando em contato diretamente comigo, por meio das redes sociais, visitando-me pessoalmente na Bienal de São Paulo em 2024, em especial o Edy Ribas e a Lilian, além de reservar uma parte do seu tempo para externar suas mais variadas opiniões em diversos *sites* de livros, por todo o carinho, de vocês, leitores, eu agradeço!

*Ao futuro da humanidade,
seja ele caótico ou glorioso.*

SUMÁRIO

PRÓLOGO 13

O VISLUMBRE DE UMA SOCIEDADE TECNOLÓGICA 17

OS PÁRIAS DA TECNOLOGIA 49

O PIOR CEGO É AQUELE QUE NÃO QUER VER 81

EM BUSCA DO PASSADO 111

ESTAÇÃO 13 141

DISTOPIA 183

REFERÊNCIAS BIBLIOGRÁFICAS 229

PRÓLOGO

Este livro poderia ser um belo romance, em um lugar neblinado, onde o acaso faria com que os amantes se encontrassem repentinamente e ao se verem, apaixonar-se-iam um pelo outro, porém, resistiriam àquela atração por impedimentos pessoais, o que resultaria na trama de um bom livro de romance, com um desfecho fascinante.

Poderia ser, ainda, uma história de ficção científica que envolva viagem do tempo, onde o protagonista estaria em uma situação periclitante em que viveria um loop temporal e um assassino o perseguia, tendo no final uma revelação que faria os leitores ficarem pasmos, sem acreditar no que leram.

No entanto, hoje não será contado nada disso e, agora que tenho a sua atenção, pergunto-lhe: se o mundo acabasse hoje, o que você faria em seu último momento de vida? Se hoje fosse o seu último dia na Terra, quais seriam os seus últimos feitos? O que deixaria de fazer? O que faria? O que falaria e para quem falaria?

A toda hora o fim da vida de alguém chega, a todo instante em que você hesita em tomar determinada atitude, seja ela grande ou pequena, como cuidar da natureza a sua volta, ter empatia pelo seu próximo, declarar o seu amor a quem se ama, homenagear as pessoas de quem se tem apreço, dizer o que sente e o que pensa; isso traz um término ao que buscamos seja ele permanente ou momentâneo.

Isso nos remete a uma questão que evitamos pensar: o fim. Somos limitados pelo nosso tempo de vida e o que "melhora" mais ainda é não saber quando esse tempo acabará. Mais 5 anos de vida? 10 dias? 50 anos? Viverei até os 102 anos? A vida é imprevisível, mas nossas ações talvez não o sejam.

Questiono você, caro leitor: ter medo do fim? Por qual razão? Sabemos que isso vai acontecer, então, por que não aproveitar a vida como ela é e enquanto podemos? A história que estou prestes a contar traz essas incógnitas, as quais antes de eu estar de frente para o fim da humanidade sequer imaginava, contudo, agora, depois que tudo aconteceu, parecem-me indagações esvaziadas e que eu deveria ter buscado por respostas antes.

Olhar para o horizonte de uma bela cidade como Paris, era estonteante. Atualmente, só me desperta nostalgia e por onde eu ando, para onde olho, o que posso ter são memórias, ainda que falhas, tão somente memórias para me acalentar.

Ah, como eu queria que essa história fosse um romance, já tenho até uma musa inspiradora, aqueles olhinhos brilhantes e sua alegria exuberante, a sua boca delicada e pequena, o seu abraço quente e reconfortante. Isso me traria muito mais felicidade, porém, não posso fugir mais da realidade.

E fugir da realidade foi o que nós, humanos, mais fizemos. Paramos de usar a tecnologia como fonte de produção de conhecimento para atribuir a ela o significado de substituição.

Há algum tempo, substituímos nosso esforço braçal e desgaste humano pelas máquinas na revolução industrial, foi uma louvável ação, se não fosse a depreciação das pessoas em detrimento do que as máquinas podiam produzir e lucrar.

Olhando para o passado, já tínhamos um panorama que nos dizia "se nada mudar, o ser humano se tornará obsoleto"; e o que fizemos?! Desenvolvemos mais ainda a tecnologia visando o domínio, visando o controle, visando o lucro... Contudo, disfarçando esses objetivos como sendo o sonho da sociedade utópica, onde será mil maravilhas, todos desfrutarão dos benefícios da era tecnológica, a sua felicidade é ter o mais recente apetrecho, até que chegamos no ponto de que o mundo real é unicamente um depósito.

Como assim um depósito?! Você deve ter se perguntado. Aqui no futuro, dentre tantas grandes revoluções tecnológicas, nunca se preocupou com o fator humano, a empatia, o desenvolvimento das faculdades humanas; faltou encarar os nossos pares como detentores de dignidade e respeito, o que fomentou o abandono das classes mais desfavorecidas e, posteriormente, a segregação destas longe dos polos de alta tecnologia e riqueza.

Soma-se a isso, as várias inteligências artificiais, os mais diversos tipos de androides assistentes, ocorrendo a substituição em massa de pessoas por máquinas. E, indo além, a imersão total, criando um mundo real desinteressante em comparação com o mundo virtual, em razão disso, a maioria das pessoas nas cidades tecnológicas se mantinham inertes em casa, em seus mundos virtuais.

Todo o desenvolvimento da sociedade se deu de forma que afastasse as pessoas umas das outras, sob o pretexto de terem tudo que necessitavam sem precisar de terceiros, bem como sob o refúgio de escapes virtuais paras as suas vidas reais medíocres. E quem ficou no mundo real? Três classes, a gente que faz as engrenagens dessa era tecnológica rodar; os renegados pela tecnologia e os donos dela.

Você deve estar se perguntando por qual motivo estou te contando isto, pois bem, te contarei. Se prepare, a história é um pouco longa e, desde já, alerto-te, aqui no futuro, o seu presente, que se tornara passado, vai trazer consequências para tudo que foi feito e deixado de fazer.

Dr. Elijah Vanguard

O VISLUMBRE DE UMA SOCIEDADE TECNOLÓGICA

Como você encararia o fim do mundo? Para mim não foi o fim, mas para muitas pessoas foi. Esta história é de como chegamos aonde estamos, na sexta grande extinção em massa, a história sobre o âmago do ser humano. Arrisco dizer que tive um papel de protagonismo em tudo isso, embora, eu seja apenas um observador silencioso em meio a um mundo turbulento. É que sempre preferi refletir no silêncio e na tranquilidade dos meus pensamentos e desde jovem, tive uma inclinação natural para questionar como as engrenagens da sociedade se encaixam e como a tecnologia molda a vida das pessoas ao meu redor.

Enquanto meus colegas se maravilhavam com as inovações tecnológicas que permeavam nosso cotidiano, eu procurava entender os efeitos mais profundos dessas mudanças. Todos pareciam aceitar a invasão das Inteligências Artificiais em cada aspecto de nossas vidas, mas eu já sentia uma necessidade de ir além, tentava buscar os impactos dessas tecnologias em nossa vida.

O que será de nós se ficarmos excessivamente dependentes das novas tecnologias? E aqueles que não conseguem usá-las? O mundo alcançaria um equilíbrio social e financeiro quando a tecnologia alcançar o seu ápice ou empilharemos pessoas sobre pessoas por não serem tão úteis quanto as máquinas? Com o tempo consegui todas as respostas que buscava.

O mundo ao meu redor se tornou uma sinfonia de vozes robóticas, algoritmos e autômatos em ação e em meio a isso a essência do que é ser humano foi se deixando abafar por todo o ruído tecnológico. Se você concorda, a nossa singularidade reside em nossa capacidade de pensar, questionar e criar, não acha? Van Gogh criou belas artes, Sebastian Bach e Mozart são gênios da música clássica, no entanto, algo me preocupou e ainda me preocupa, pois essa habilidade vem sendo apagada pela comodidade.

Ao passo em que muitos se entregavam ao conforto da automação, eu me vi mergulhando nos meandros da tecnologia, tentando compreender seus mecanismos internos e suas implicações mais amplas. Dediquei muito do meu tempo explorando os confins da inteligência artificial, desvendando os seus segredos e limitações, sempre em busca de um equilíbrio que permitisse às pessoas recuperar seu potencial intelectual.

Os pensamentos críticos se perdiam no mar da tecnologia... A solidão se fazia mais presente a cada dia, existindo nada além dos algoritmos que regiam muitas vidas. Contudo, a solidão não me incomodava, pois encontrava conforto na minha introspecção. Absorto em minhas reflexões silenciosas, eu descobria conexões ocultas, desvendava verdades sutis e me aproximava de uma compreensão mais profunda do mundo que nos cerca.

Assim, como um espectador engajado, eu me coloquei diante da dificuldade de despertar aqueles que se perderam no comodismo tecnológico. A minha voz silenciosa se tornaria um chamado para ação, para que as pessoas redescobrissem sua própria singularidade e recuperassem o poder de seus pensamentos... Ou isto era apenas o que eu queria que acontecesse.

Essa é a minha história... Melhor, a história de como o mundo descobriu a sua ruína em uma sociedade onde os humanos se tornaram mecânicos e os robôs humanos. Seja bem-vindo, eu me chamo Elijah Vanguard e vou te contar o início do fim.

Antes que você fique entediado, deixe-me começar a história... vamos começar lá de quando eu era apenas uma criança quieta. A minha família sempre foi uma inspiração para a busca pelo conhecimento, bem como uma forte incentivadora do ceticismo em relação à inteligência artificial. Desde cedo, meus pais me ensinaram que o verdadeiro valor está na conquista do intelecto por nossos próprios méritos, sem que as máquinas façam tudo por nós.

Meu pai, um professor apaixonado pela filosofia, acreditava firmemente na importância do pensamento crítico e no poder das perguntas que nos levam a uma compreensão mais profunda do mundo. O velho me ensinou que o conhecimento é uma jornada pessoal que requer esforço e dedicação, algo que não pode ser substituído por atalhos, ainda mais os tecnológicos. Já deu para sentir de onde puxei o ceticismo com as I.A.? Se não, calma que a minha família vai deixar bem claro isso.

Já minha mãe, uma artista talentosa, via na criatividade uma forma de expressar a essência humana. Ela me encorajava a explorar a beleza do mundo ao meu redor, a questionar as convenções sociais e a encontrar o reflexo de quem eu sou por meio da arte; ela dizia que a verdadeira expressão artística não podia ser replicada por algoritmos e máquinas.

Com esses valores arraigados, cresci em um ambiente que valorizava o esforço intelectual próprio, onde a tecnologia era recebida com cautela e algumas vezes com aversão. A minha família acreditava que, ao deixar que as máquinas pensassem por nós, estávamos abrindo mão de uma parte fundamental da experiência humana: a descoberta de novas ideias e o estímulo de superar nossos próprios limites.

Essas convicções tiveram um peso considerável em minha visão em relação à inteligência artificial e a tecnologia como um todo, além de me levarem a questionar seu domínio crescente na sociedade. Desta forma, à medida que eu me aprofundava no estudo e na pesquisa, fui consolidando minha crítica sobre o impacto dessa dependência excessiva das máquinas em nossa autonomia, criatividade e pensamento racional.

Embora minha família tenha me apoiado em minhas ambições intelectuais, ela também expressava preocupação com os rumos que a sociedade estava tomando, temia que, ao delegarmos cada vez mais tarefas às máquinas, estaríamos perdendo não apenas nossa independência, mas também o senso de maravilhamento, de descoberta e da busca pelo entendimento.

Desse jeito, com a influência constante de uma família completamente biruta e que saía na porrada até com robôs, eu segui trilhando meu caminho no vasto e complexo mundo da tecnologia. *"Como assim sua família brigava com robô?"* É o que você se perguntou nesse momento... bem, vou enrolar um pouco a história principal e te contar essa fofoca.

Então vamos lá, espero que você se anime com a história. Bom, a minha querida avó, uma mulher de coragem e determinação inabalável... Coff... Coff... (Tenho que puxar o saco dela, é minha vó!) Ela foi uma das maiores influências em minha vida, era um espírito livre, cheio de vivacidade e sabedoria acumulada ao longo dos anos, não era só velhinha hahaha Sua desconfiança em relação aos robôs e sua aversão a qualquer forma de dependência tecnológica eram notórias, quase uma ditadora contra máquinas!

Lembro-me, como se fosse hoje, as histórias que ela me contava sobre os dias em que os robôs começaram a se "infiltrar" em nossas casas, como a mesma dizia. Dona Maria sempre deixava claro que não tinha espaço para máquinas substituindo as tarefas domésticas, e se alguém ousasse invadir sua casa com um desses autômatos, a vassoura estava pronta para ação.

Com sangue nos olhos e uma vassoura em mãos, aquela nordestina não hesitava em defender sua autonomia. Ela considerava a presença dessas máquinas como uma invasão da intimidade e um insulto à capacidade humana de realizar tarefas simples por conta própria. A sua vassoura se tornou um símbolo de resistência contra a automatização desenfreada, era guerra pela honra e glória do império humano!

Essa atitude rebelde e obstinada me impactou profundamente, ensinou-me que, apesar do avanço tecnológico, nunca deveríamos abrir mão de nossa habilidade de nos cuidarmos e de realizarmos tarefas básicas. A sua força em preservar sua independência e em manter a conexão com as atividades cotidianas me mostrou a necessidade de um equilíbrio entre a tecnologia e o poder do esforço humano.

Há uma história bem legal da minha vó que sempre me faz *rachar de rir* ao relembrá-la. Certo dia, um novo modelo de robô doméstico foi enviado para a casa dela, com a promessa de aliviar suas tarefas diárias... Então, ela com sua postura firme, recebeu o androide com desconfiança e um olhar cético.

No primeiro dia, o robô começou a aspirar o chão da sala e a Dona Maria ficava só de olho, observava com um misto de curiosidade e desdém. Ela ia se aproximando aos poucos para fiscalizar o androide, ao se aproximar bastante a minha vó começou a rir descontroladamente. O robô havia confundido a cortina com sujeira e estava diligentemente tentando "aspirá-la", foi hilário, a cortina entrando pela boca do robô.

Dona Maria, é claro, não podia deixar aquilo passar em branco, apressou-se e pegou sua arma de guerra (a vassoura) e, entre risadas, bateu na traseira do robô até que ele soltasse a cortina. Foi um momento de triunfo, a batalha foi vencida pela brava soldada!

Ela sempre tinha uma frase de efeito pronta para marcar seus pontos de vista sobre os robôs, a que não esqueço até hoje, é: "Querido, a inteligência artificial pode ser esperta, mas nunca será sábia como o coração e a mente humana. Não deixe que as máquinas sejam mestres sobre sua própria essência".

Essa frase simples, mas carregada de sabedoria, ecoou em mim ao longo dos anos. Ela se tornou uma lembrança constante de que, apesar de toda a tecnologia avançada, nossa humanidade, nossas emoções e nossa capacidade de pensar crítica e criativamente são tesouros inestimáveis.

Ah, continuando a história que considero uma verdadeira pérola, depois do incidente com a cortina, minha vó estava determinada a manter a sua vassoura longe das garras mecânicas do robô. Ela a mantinha sempre por perto, como uma arma sagrada contra a invasão tecnológica.

Nesse dia, Dona Maria estava ocupada na cozinha preparando uma de suas receitas, então o robô decidiu agir sorrateiramente. Ele estendeu um de seus braços mecânicos, com sua destreza programada e agarrou a vassoura que estava encostada na parede. Quando nossa brava guerreira nordestina percebeu que sua vassoura havia sido larapiada, sua expressão de surpresa se transformou em uma mistura de choque e raiva. Ela não pensou duas vezes antes de partir para a batalha contra aquela máquina desordeira, em uma luta pelo retorno de sua amada vassoura.

Naquele instante, a nossa valente combatente, perseguindo o robô, ao mesmo tempo que este fazia movimentos habilidosos para evitar suas investidas, tornou-se uma cena memorável e digna de um filme de comédia, ela corria atrás do robô gritando palavras de ordem e lançando graves ameaças. No ápice da batalha, a obstinada Maria, com toda sua sagacidade, chamou o robô de "fascista tecnológico". As palavras ecoaram pelo corredor e pelo salão, como um desafio à dominação das máquinas. Foi um momento cômico e ao mesmo tempo significativo, mostrando a resiliência e a coragem de minha vó ao enfrentar a invasão tecnológica de forma irreverente.

Após uma perseguição intensa, minha avó finalmente conseguiu alcançar o robô e tomar de volta sua vassoura. A vitória estava em suas mãos, a guerreira da tradição e da independência. Por fim, a cena terminou em risadas, com ela exibindo sua vassoura triunfante e o robô recuando, derrotado. Essa história se tornou uma lenda em nossa família! Espero que tenha gostado.

Posso dizer que a minha infância foi marcada por um contraste curioso com o mundo tecnológico que me cercava, vez que a maioria das famílias ao meu redor abraçava totalmente as maravilhas da tecnologia, todavia, a minha família sempre manteve essa abordagem única e diferente.

Desde cedo, fui criado em um ambiente em que o uso excessivo de tecnologia era desencorajado, tendo em vista que os meus pais valorizavam a importância de cultivar a mente e estimular a criatividade por meio de atividades manuais, leitura de livros e discussões intelectuais, ao invés de me entreter com jogos eletrônicos.

Na minha escola, meus colegas estavam antenados com os mais recentes avanços tecnológicos, já eu passava horas brincando com quebra-cabeças, construindo castelos de cartas e participando de debates acalorados com minha família sobre os mistérios da vida... Hum, nem tanto por ser uma criança. De toda sorte, foi essa abordagem que me permitiu desenvolver um pensamento crítico, uma curiosidade e uma habilidade para refletir sobre como o mundo funcionava além dos algoritmos e das respostas prontas.

De certa forma, descobri que havia um prazer especial em encontrar as respostas por conta própria, em desafiar minhas habilidades e em construir meu próprio conhecimento, sem depender de inteligência artificial. Tive uma infância preenchida com aventuras imaginárias, experimentos científicos caseiros e discussões filosóficas em torno da mesa de jantar.

Porém, nem tudo no mundo são flores, né?! Infelizmente, não seguir o padrão estabelecido pela sociedade pode trazer alguns problemas e, na minha infância, ser diferente das outras crianças em relação ao uso da inteligência artificial gerou alguns momentos nada legais.

Lembro-me claramente de quando a turma da escola começou a receber seus próprios dispositivos de Inteligência Artificial para auxiliar nas atividades acadêmicas. Todos ali desfrutavam da comodidade de ter suas tarefas resolvidas com um simples toque na tela, e eu me encontrava em um mundo à parte, onde o único auxílio que tinha era minha própria mente e as ferramentas tradicionais.

Essa disparidade tecnológica me colocou em uma posição desfavorável aos olhos de alguns colegas. Eles me rotulavam de "pobre" ou até mesmo de "atrasado", como se não ter acesso à última tecnologia fosse um defeito ou uma falha pessoal e por um tempo continuei sendo rotulado dessa forma. Esses comentários cruéis me afetavam, fazendo com que eu me sentisse excluído e diminuído por não seguir o fluxo.

Um episódio, dentre vários outros que aconteceram comigo, é especial. Determinada tarde ensolarada na escola primária, eu estava sentado no pátio, absorto em um livro e fui abordado por um colega de classe chamado Lucas. Ele era o típico garoto popular, sempre cercado por uma aura de superioridade e uma risada alta, bem como era conhecido por ter uma IA assistente de última geração.

Esta criança desalmada, digo o Lucas, aproximou-se de mim, ostentando seu dispositivo brilhante, com um sorriso de escárnio no rosto e começou a sua zombaria, provocando-me sobre minha falta de IA assistente, como se isso fosse uma falha inaceitável:

— Ei, olhem quem está aqui, o garoto atrasado sem sua IA! Como você consegue fazer algo sem ela? Deve ser triste ser tão desatualizado!

Eu levantei os olhos, ao estar focado no livro, e o encarei com um sorriso tranquilo:

— Olá, Lucas. É verdade, eu não tenho uma IA, no entanto, você sabe que existem outras formas de aprender e realizar tarefas? É incrível como nossa mente pode ser poderosa quando a utilizamos para algo, talvez você devesse experimentar um dia.

— Ah, sério? E como você consegue acompanhar as aulas, então? Deve passar horas a mais estudando, enquanto eu deixo a minha IA fazer todo o trabalho pesado. Me sobra muito tempo livre para eu jogar o que eu quiser. É uma pena que você não tem nem tempo livre e nem dinheiro para uma IA, talvez você devesse experimentar um dia, hahaha! — Lucas deu uma risada de deboche.

— Na verdade, eu acredito que cada um tem seu próprio jeito de aprender. Estudar sem depender de uma IA me ajuda a entender melhor os conceitos e a desenvolver meu pensamento crítico. Não se trata de perder tempo, e sim de ganhar conhecimento de uma forma mais profunda, se é que me entende!

Lucas fez uma careta de desdém.

— Bem, eu não precisaria me preocupar tanto com isso se fosse você, tenho quem faça tudo por mim, desde resolver problemas matemáticos complexos até organizar minha agenda. E você? Como vai conseguir acompanhar o mundo quando ele estiver dominado pelas máquinas?

— Pfff, Lucas, a tecnologia pode ser uma ferramenta útil, contudo, não podemos permitir que ela nos substitua completamente. É importante desenvolver as nossas habilidades cognitivas, nossa capacidade de raciocinar e questionar. E digo mais, a mente humana é capaz de coisas incríveis, tente usar um pouco essa caixa acima do seu pescoço chamada cabeça, Ha - Ha - Ha — retribuí a risada que ele me dera.

— Você realmente acredita nisso? Bem, acho que nunca vou entender essa sua visão. E, sinceramente, espero que você consiga acompanhar o mundo real, com suas "habilidades cognitivas" tão especiais — disse ao franzir o cenho, parecendo intrigado com minha resposta.

— Acredite ou não, Lucas, a verdadeira riqueza está na diversidade de habilidades e perspectivas. Cada um tem o seu caminho, e estou confiante de que o meu me levará a grandes conquistas. E, quem sabe um dia você perceba que a mente humana é uma máquina ainda mais poderosa do que qualquer IA.

Lucas, não aceitando bem o que eu falava a ele, olhou ao redor e, com um sorriso malicioso, chamou seus amigos Matias e Laura para se juntarem a ele:

— Ei, pessoal, venham aqui! Temos um "gênio" que acredita que pode fazer tudo sozinho, sem uma IA assistente, vocês precisam ver isso! — Exclamou em alto tom.

Matias e Laura se aproximaram, além de vários outros estudantes, todos olhando curiosos para a situação:

— O que está acontecendo, Lucas? O que esse "atrasado" está aprontando agora? — Disse Matias.

— Veja só, ele acha que pode ser inteligente sem depender de uma IA, é hilário! Vamos testar seus conhecimentos, garoto... Vou fazer uma pergunta e, se você souber a resposta, eu juro que nunca mais duvido de você, que tal? Aceita?

— Tudo bem, Lucas, estou disposto a responder sua pergunta, mas se lembre, nem tudo pode ser resolvido com um simples toque em uma tela — disse olhando em seus olhos e mantendo a calma, apesar da provocação.

— Tudo bem, vou pedir para a minha IA fazer uma pergunta a você, mas se lembre — falou me imitando — ela é bastante avançada, então não espere algo simples, pobre, hahaha — riu já contando com a vitória.

De pronto, a IA assistente foi ativada e ele a pediu que formulasse uma pergunta desafiadora para mim:

— Qual é o nome do filósofo grego considerado o pai da filosofia ocidental?

— O nome do filósofo grego considerado o pai da filosofia ocidental é Sócrates! — Falei sem nem esperar a IA terminar sua pergunta.

Momentaneamente surpreso com a minha resposta, Lucas tentou manter sua postura desafiadora:

— Ahh! Mas essa foi fácil! Era só para esquentar, né? Agora vamos ver se você sabe algo mais complicado. Ava, formule outra pergunta.

— Certo, senhor Lucas. Qual é a fórmula para calcular a energia cinética de um objeto em movimento?

— A fórmula para calcular a energia cinética de um objeto em movimento é: $E = \frac{1}{2}.m.v^2$, onde E representa a energia cinética, m é a massa do objeto e v é a sua velocidade — respondi novamente sem hesitar, já estava me segurando para não rir.

Dessa vez, Lucas ficou visivelmente zangado e desconfiado das minhas habilidades, decidiu dificultar mais o desafio. Ele ativou sua IA assistente e ordenou:

— Ava, faça perguntas realmente difíceis desta vez, quero ver se o Elijah consegue responder!

— Entendido, senhor Lucas. Qual é a equação que descreve a evolução temporal de um sistema quântico isolado?

— Responde essa, seu atrasado! — Expeliu a sua raiva.

— É a equação de Schrödinger, a qual é representada por $i\hbar \partial \psi/\partial t = \hat{H}\psi$, onde i é a unidade imaginária, $\hbar$ é a constante reduzida de Planck, $\partial \psi/\partial t$ é a derivada parcial de ψ em relação ao tempo, $\hat{H}$ é o operador hamiltoniano e ψ é a função de onda do sistema quântico — dessa vez, eu aluguei um tríplex na mente dele, mas ainda segurava o riso.

Atônito com a precisão e profundidade da minha resposta, ele não desistiu:

— Ava! Faça outra pergunta mais desafiadora! — Gritou histericamente.

— Aqui está a próxima pergunta: qual é a fórmula matemática para calcular a entropia de um sistema termodinâmico segundo Boltzmann?

— A fórmula para calcular a entropia de um sistema termodinâmico é $S = k \ln(W)$, em que S representa a entropia do sistema, k é a constante de Boltzmann, $\ln$ representa a função de logaritmo natural e W é a probabilidade, muitas vezes referida como multiplicidade, sendo o número de "estados" quânticos, ou "complexidades". Assim, as partículas ou entidades do sistema podem ser encontradas de acordo com as várias energias com as quais cada uma delas pode ser atribuída; de forma a supor que as partículas do sistema tenham velocidades não correlacionadas, chegando ao caos de Boltzmann — mantive a compostura para não rir e respondi com clareza.

— Impossível! Ava, a resposta dele está certa?! — Perguntou surtando de uma vez só.

— Perfeitamente correta, senhor Lucas.

— Não acredito! Faça uma última pergunta! — Ele estava determinado a colocar à prova o meu conhecimento.

— Última pergunta: qual é o teorema fundamental do cálculo?

— O teorema fundamental do cálculo estabelece a relação entre integração e diferenciação. Ele afirma que se uma função f(x) é contínua em um intervalo fechado [a, b] e F(x) é uma função cuja derivada é igual a f(x) nesse intervalo, então a integral definida de f(x) de a até b é igual a F(b) - F(a). Ráh, o pobre aqui arrebenta! Hahaha — deixei escapar a *"desumildade"*.

— Ah, isso é ridículo! Você só está dando sorte! Não acredito que você sabe todas essas respostas, isso não é normal! — Disse enfurecido e relutante em aceitar que as minhas respostas estavam corretas.

— Lucas, não é questão de sorte... Eu estudei e me esforcei para adquirir esse conhecimento e afirmo que não é algo inalcançável para ninguém, pois todos nós temos a capacidade de aprender e compreender diferentes assuntos.

— Não vou perder mais tempo com você "atrasado", vamos embora pessoal! Esse cara acha que é um gênio só porque sabe responder algumas perguntas, ridículo! — Disse ao ir embora e todos caíam em gargalhadas.

Essa foi uma das várias situações que tive que encarar por não ser alinhado com a sociedade tecnológica. Enfim, nesse tempo em que te contava essa história, eu também estava olhando ao redor e percebendo tamanha mudança que a cidade sofreu pela tecnologia, nada é como era antes.

Neste momento, estou voltando para o instituto de pesquisa e desenvolvimento de tecnologia em que trabalho e ao chegar na estação me deparei com a imponência do trem de levitação magnética, ou melhor, o Trem Magnético de Alta Velocidade — TMAV, suas luzes brilhantes e o seu design futurista; na plataforma, ouço o zumbido característico dos motores e sinto a energia no ar, é quase como se a própria cidade estivesse pulsando com vida, uma sensação incrível!

O trem se aproximou com um deslizar suave e preciso, as portas se abriram, convidando-me a embarcar. Caminhei pelos corredores internos e encontrei o meu assento. Com um suave impulso, o qual é imperceptível, o TMAV começou a acelerar, é incrível, você pode sentir a força da gravidade se dissipar gradualmente à medida que o trem levita sobre os trilhos magnéticos. E mais! O cenário ao redor parece se fundir em um borrão de cores, as paisagens urbanas vão se transformando rapidamente.

    Empolgado com a experiência, aproveitando cada instante, eu olhei para os outros passageiros e vi que estavam absortos em seus próprios mundos, imersos em dispositivos tecnológicos, fones de ouvido ou mergulhados em seus pensamentos, acho. Digo, quem sou eu para julgar a pessoa que não aproveita uma experiência sensacional como essa, né?

    A paisagem continuou a se desdobrar diante dos meus olhos, o TMAV continuou em seu rápido e suave trajeto, e fui atraído para um horizonte brilhante e reluzente. Lá mais adiante, observei um campo vasto e futurista, onde turbinas eólicas holográficas se erguiam como esculturas elegantes, isso foi hipnotizante!

    Essas turbinas eólicas holográficas são a última inovação em energia renovável. Ao invés das tradicionais hélices, essas turbinas são compostas por painéis holográficos altamente avançados, capazes de captar a energia do vento de forma ainda mais eficiente do que suas contrapartes convencionais.

    Cada turbina eólica holográfica possui um sistema sofisticado de rastreamento, que permite que ela se ajuste perfeitamente à direção e intensidade do vento. Além disso, os painéis holográficos são capazes de concentrar e direcionar a energia coletada de maneira bastante eficiente, aumentando consideravelmente a eficiência da geração de eletricidade.

    Feche os olhos e imagine a cena: os painéis holográficos brilhando com intensidade, criando um espetáculo de cores vibrantes e pulsantes; o vento soprando constantemente, e as turbinas girando graciosamente, transformando a energia cinética em uma fonte limpa e renovável de eletricidade... Uuhh até me arrepiei aqui! Fico impressionado com a beleza e a sofisticação dessas turbinas eólicas.

    — Bom dia, Dr. Elijah Vanguard! O meu nome é Martin, noto que o doutor saiu de casa apressado esta manhã. Por acaso, não teve tempo para comer?

— Por favor, não me chame de doutor assim em público — falei sussurrando e sem graça — humm, de fato saí apressado e não pude tomar café da manhã, mas não se preocupe, estou bem.

— Entendo. No entanto, como seu assistente pessoal nessa viagem, devo garantir seu bem-estar e cuidar da sua saúde. Assim, vejo que de acordo com os níveis de grelina em seu organismo, é importante que você se alimente adequadamente.

— O quê?!! Você não é uma pessoa?! — Exclamei surpreso.

— Pessoa?! Não sou humano, sou um androide assistente. Essa nossa forma é a mais adequada de manter os níveis de empatia e identificação com vocês durante a viagem.

— Nossa, nem a sua voz é robótica! Todos aqui são androides assistentes?!

— Caso queira, posso mudar minha voz para um tom robótico. E, sim, não há humanos trabalhando no atendimento ao público no setor de TMAV.

— Interessante... Ah, e você já estava monitorando meus níveis de grelina quando entrei no trem?

— Sim, senhor Elijah. O meu dever é garantir a sua integridade física e mental durante a viagem.

— Isso é impressionante! Mas, realmente, não é necessário se preocupar, eu posso esperar até chegar ao meu destino.

— Compreendo sua posição, no entanto, permita-me lembrar que saltar uma refeição pode afetar seu desempenho e bem-estar ao longo do dia. Posso oferecer opções de alimentos nutritivos e prepará-los para você durante a sua viagem.

— Bem, já que insiste, não seria má ideia e, cá entre nós, estou morrendo de fome mesmo, hahaha.

— Hahaha, vamos matar a fome antes que ela te mate! Ba-dum--ts, entendeu? Matar a fome, ann?!

— *Tendii*, Ráh... vamos concentrar no café da manhã! — Esse androide não era bom em piada.

— Prometo preparar algo que atenda às suas preferências e necessidades nutricionais. É importante cuidarmos de nós mesmos, até quando estamos ocupados.

À medida que o diálogo se desenrolava, Martin utilizou sua interface holográfica para exibir opções de refeições saudáveis, levando em consideração as minhas preferências. Com um suave movimento, uma pequena abertura se formou no compartimento interno do seu torso, revelando uma estrutura compacta. Era uma Impressora 3D Avançada, capaz de criar objetos complexos em diversos materiais.

— Espere, você pode realmente imprimir a refeição para mim? Isso é incrível! — Disse olhando com curiosidade para a abertura.

— De fato, sou equipado com uma Impressora 3D Avançada. Desta forma, posso criar uma refeição personalizada e nutritiva com base nas necessidades específicas de cada passageiro. Isso inclui proteínas, fibras e outros nutrientes essenciais para o seu bem-estar.

— Melhor, surpreenda-me! Esqueça as minhas preferências e prepare um café da manhã que você acredita que irá me ajudar mais, que tal?!

— Certamente, irei acatar o seu pedido e preparar uma excelente refeição, Sr. Elijah!

Então, Martin inseriu cuidadosamente uma cápsula contendo os ingredientes necessários no compartimento da impressora. Com um sinal rápido, a máquina começou a trabalhar, produzindo camadas precisas de ingredientes que se transformaram em uma refeição apetitosa diante dos meus olhos:

— Isso é surreal! Nunca pensei que veria algo assim. A tecnologia realmente avançou além da minha imaginação. Até ouvi falar sobre esse projeto, porém, pensei que tinha sido barrado.

— Apenas nós, os novos modelos que operam no atendimento do TMAV que possuímos essa nova tecnologia, Sr. Elijah. Acredito que somente o governo está licenciado a usufruir dessa patente.

— Humm, entendo, deve ter algum sigilo na patente e por isso não fiquei sabendo dela — refleti comigo mesmo.

Observei com fascínio a impressora 3D avançada criando a minha refeição, o aroma delicioso preenchia o compartimento do trem, e aquilo fazia o meu estômago roer mais ainda de fome. E, após alguns minutos, tudo estava pronto!

— Sua refeição está pronta, Sr. Elijah. Tenho certeza de que atenderá às suas expectativas e necessidades nutricionais. Aproveite!

— O cheiro está ótimo! O que você preparou?! — Falei entusiasmado.

— Com base em suas necessidades específicas, combinei ingredientes de alta qualidade e produzi um prato equilibrado e delicioso: um suculento salmão grelhado acompanhado por uma colorida salada de folhas verdes, legumes crocantes e um molho especial de limão e ervas frescas. Que tal?!

— Está me copiando, né?! Hahaha humm, que tal?! O aroma e o sabor do salmão são de outro mundo! — Disse ao experimentar.

— Peço, por gentileza, que não fale enquanto come, o senhor pode se engasgar.

— Tudo bem! Mas isso está uma delícia!

Ele sorriu gentilmente conforme eu continuava a minha refeição. Nesse momento, o trem avançava em alta velocidade, eu apreciava a paisagem e o meu "banquete", grato pela companhia do androide e por toda a tecnologia que tornou a viagem tão agradável.

Após terminar o meu café da manhã, Martin se aproximou e recolheu os utensílios, os quais eram feitos de materiais recicláveis. Continuei observando para ver quais seriam os seus próximos passos e, então, ele iniciou um processo de reciclagem impressionante:

— Vou reciclar os utensílios agora mesmo, Sr. Elijah. Peço que se certifique de que não esqueceu nenhum material usado consigo para evitar a produção de lixo.

— Ah, legal! Não tem nada comigo, pode continuar.

— Certo! Utilizarei a Tecnologia de Reciclagem Molecular (TRM), capaz de desmontar os objetos em seus componentes básicos e reorganizá-los em novos materiais.

Os utensílios foram colocados em uma espécie de compartimento especial do androide e, em seguida, uma série de luzes e feixes de energia começaram a cercar os utensílios, desmontando-os em suas partes constituintes.

— A tecnologia de reciclagem molecular permite que os materiais sejam transformados em uma forma líquida ou gasosa, que pode ser moldada e reutilizada para criar novos objetos ou ser reintroduzida no ciclo de produção. É uma forma altamente eficiente e sustentável de reciclagem — explicou Martin ao dar continuidade ao procedimento.

Em poucos instantes, novos objetos começaram a ser formados, como se fossem esculpidos a partir de uma matéria-prima invisível. Era uma verdadeira demonstração de tecnologia e sustentabilidade.

— Pronto! Os materiais foram reciclados e reaproveitados na fabricação de novos objetos. Agora, eles podem ser utilizados novamente, evitando desperdício e contribuindo para a preservação do meio ambiente.

— É incrível ver como a tecnologia avançou não apenas para tornar nossas vidas mais convenientes, como também para cuidar do nosso planeta. A reciclagem molecular é um exemplo perfeito disso — declarei.

— Exato, e digo que essa tecnologia está sendo desenvolvida para o uso domiciliar. Devido ao seu alto grau de risco, o desenvolvedor trabalha em meios de manter a segurança do usuário. Em breve, confira nas lojas virtuais de sua confiança para adquirir o modelo de TRM que te agrade!

— Já está fazendo sua propaganda, né?!

— Apenas sigo a minha programação, Sr. Elijah.

Martin sorriu satisfeito por ter me mostrado mais uma faceta da tecnologia. Ele, atencioso às necessidades de quem serve, preocupou-se até com o clima no destino final. Desta forma, voltou-se a mim e perguntou se eu havia trazido agasalho e proteção para a chuva, confesso que admiti não ter me preparado para a possibilidade de chuva:

— Sem problemas, Sr. Elijah! Vou usar novamente a Impressora 3D Avançada para criar algo que o protegerá da chuva, aguarde um momento.

Logo, inseriu uma nova cápsula na impressora 3D e iniciou o processo de fabricação do dispositivo de proteção contra a chuva. Após alguns instantes, um objeto compacto foi materializado.

— Aqui está, Sr. Elijah, é o Dispositivo de Campo de Força Repelente de Água. Com essa tecnologia, você estará protegido da chuva e permanecerá seco durante a sua jornada.

— Isso é incrível! Nunca imaginei que você poderia fazer até esse dispositivo! Posso te dar um abraço?!

— Ora, que pedido incomum... Se isso lhe deixar feliz, eu permito.

— É um abraço de agradecimento — disse ao abraçá-lo.

Esse pequeno dispositivo circular que Martin me deu, encaixa-se perfeitamente no pulso. Ao ativá-lo, um campo de força invisível é criado ao meu redor, repelindo as gotas de chuva e me mantendo completamente seco, além de preservar a minha temperatura corporal.

Após meia hora de viagem, finalmente cheguei à estação de destino, logo, Martin se aproximou para se despedir:

— Chegamos ao nosso destino, Sr. Elijah. Espero que sua viagem tenha sido confortável e agradável! — Disse contentemente.

— Sim, obrigado por sua companhia, Martin. Sua presença e assistência tornaram a viagem muito mais interessante.

— Fico feliz em ter contribuído para sua experiência positiva e espero que aproveite a cidade de Paris em toda sua magnitude.

— Agradeço sua gentileza, até a próxima! — Despedi-me.

Ele acenou educadamente antes de se afastar, retornando ao TMAV para atender outros passageiros. Ao sair do trem, notei imediatamente que a previsão, antes feita por Martin, estava correta: a chuva começou a cair intensamente. Assim, coloquei meu fone de ouvido, dei play na minha playlist e ativei o Dispositivo Repelente de Água, o qual me fez sentir uma sensação de conforto com o cair das gotas de chuva que batiam e deslizavam ao meu redor, sem ao menos me tocar, era como se eu estivesse em uma pequena bolha protegido da chuva.

Durante a minha caminhada pelas ruas movimentadas, percebi de repente um silêncio estranho... Foi quando me dei conta de que a bateria do meu fone de ouvido havia acabado e o mundo à minha volta estava mergulhado em um silêncio incomum.

As pessoas continuavam a passar por mim, cada uma imersa em seu próprio universo digital, alheias ao mundo. Eu, por outro lado, permanecia com os fones de ouvido, mesmo sem bateria, como uma barreira protetora para evitar conversas indesejadas.

Os sons familiares que antes preenchiam o ar pareciam ter desaparecido. Não ouvia vozes, risadas ou sequer o barulho dos carros passando, estava tudo envolto em um silêncio estranho.

Foi impactante ver as pessoas passando, absortas em seus dispositivos tecnológicos, imersas em suas próprias realidades digitais. Apesar da multidão, cada indivíduo parecia estar em seu próprio mundo, isolado dos outros, a tecnologia que deveria nos conectar, acabou nos afastando ainda mais.

As interações interpessoais se tornaram escassas, substituídas por mensagens digitais, as pessoas caminhavam lado a lado, mas seus olhares estavam fixos em telas brilhantes, completamente alheias ao que acontecia no mundo.

As Interfaces Cérebro-Computador permitiram que as pessoas controlassem dispositivos eletrônicos diretamente com a mente. É impressionante ver alguém acionar um dispositivo apenas com um pensamento.

O NeuralPlus fez com que as pessoas pudessem transmitir os seus pensamentos e ideias diretamente umas para as outras, zerando a necessidade de falar ou escrever. A interação homem-máquina se tornou tão natural e fluida que parece que a tecnologia é uma extensão do próprio corpo.

Ao passo em que muitos se comunicavam instantaneamente por pensamento, eu continuava a aproveitar a liberdade de me expressar verbalmente, de forma consciente e ponderada. Foi um dos pontos que me atraiu a vir trabalhar no instituto de tecnologia, não possuir implante cerebral como o NeuralPlus.

Um avanço fascinante, e também, um tanto assustador... Será que estamos perdendo nossa individualidade, nossas vozes únicas no processo do avanço tecnológico? Será que a tecnologia está nos afastando uns dos outros? Será que estamos nos tornando estranhos em meio à multidão?

À medida que as ruas seguiam agitadas, o silêncio se tornava mais ensurdecedor. Esse paradoxo do caos silencioso é amedrontador:

> [...] Que silêncio é esse?
> [...] Que silêncio incomum é esse que me... que me... atemoriza?
> — Pensei ao olhar a multidão silenciosa à minha frente.

O caos da cidade tinha se transformado em um vazio, era como se o tecido social tivesse sido rompido, deixando apenas um vácuo de comunicação. O mundo parecia estar repleto de conexões virtuais, mas as conexões reais, aquelas que faziam a diferença, estavam perdidas. A falta de vozes, de risos e de conversas espontâneas deixava um vazio desconcertante no ar, é como se o mundo real estivesse se dissolvendo, sendo substituído por uma realidade digital fria e isolada.

Ao chegar em meu trabalho, as portas automáticas deslizaram suavemente, adentrei o renomado Instituto de Pesquisa e Desenvolvimento Tecnológico Avançado (IPDTA) em Paris. O IPDTA era uma instituição líder no campo da nanoengenharia e reunia os melhores cientistas e especialistas de todo o mundo.

Ao andar pelos corredores podíamos ver laboratórios repletos de equipamentos de última geração, onde pesquisas revolucionárias eram conduzidas diariamente; cientistas, engenheiros e pesquisadores imersos em seus projetos e experimentos; dava para sentir o ar impregnado com a energia criativa e o zumbido das máquinas! Ah, como adorava aquele lugar! Era a minha casa!

Não sei se já disse, mas sou PhD em tecnologias voltadas à exploração do espaço e à proteção da Terra contra invasões de corpos estranhos, como meteoros. Sendo um dos principais pesquisadores do IPDTA, era uma honra fazer parte dessa equipe dedicada e apaixonada.

No Instituto, em que pese sermos cientistas, também fazíamos turnos para guiar excursões escolares como forma de incentivo à ciência. Essas crianças podem ser os nossos futuros cientistas, porém, sem incentivo elas não chegarão lá. E, naquele dia, era o meu dia de apresentar um pouco do que criávamos no laboratório:

— É verdade, crianças! Aqui no IPDTA, acreditamos que o futuro da ciência está em suas mãos. Vocês são a próxima geração de cientistas, engenheiros, pesquisadores e inovadores. É por isso que fazemos questão de receber excursões escolares como a de vocês, para despertar a curiosidade e o interesse pela ciência. Ao compartilhar nosso conhecimento e mostrar as maravilhas da tecnologia e das descobertas científicas, esperamos inspirar cada um de vocês a explorar o desconhecido e fazer contribuições significativas para o mundo.

— Ebaaa! — Gritaram várias crianças — eu vou ser o melhor cientista do mundo — gritou outra — eu que vou ser!

— Tenham calma, crianças! Vocês já ouviram falar sobre nano robôs medicinais?

— Não!! — Falaram em unanimidade.

— Venham comigo! Um dos grandes avanços que testemunhamos é a utilização dos nanorrobôs medicinais, estas minúsculas máquinas, programadas para realizar intervenções precisas dentro do corpo humano, revolucionaram o campo da medicina.

— E o que elas fazem tio?! — Indagou uma criança.

— Tio? Ok hahaha, bom, elas são capazes de detectar e corrigir problemas de saúde em nível celular, proporcionando tratamentos mais eficazes e minimamente invasivos. A cura de doenças antes consideradas incuráveis tornou-se uma realidade palpável.

— Uau! São tão bonitinhos! — Muitos falaram.

— São mesmo! Além disso, a tecnologia tem nos auxiliado na conservação da natureza, sabiam?

— Como é isso, tio?

— "Tio" pegou mesmo, tristeza nem sou tão velho — resmunguei somente para mim — Imaginem uma rede complexa de satélites, drones e sensores estrategicamente posicionados em todo o globo e estes dispositivos utilizando inteligência artificial e análise de dados em tempo real para monitorar diversos aspectos ambientais, desde a qualidade do ar e dos corpos d'água até a saúde dos ecossistemas e a detecção precoce de desastres naturais — expliquei simultaneamente ao vídeo que passava em um telão.

Eu olhava para as crianças e todas estavam maravilhadas com o que viam pela primeira vez. Então, continuei a apresentação:

— Essa rede global de monitoramento nos permite ter uma visão abrangente e detalhada do estado do nosso planeta. Podemos identificar áreas de desmatamento, monitorar a poluição, rastrear o movimento de espécies ameaçadas e acompanhar as mudanças climáticas em tempo real. Com essas informações, somos capazes de tomar medidas rápidas e eficazes para preservar e restaurar nosso meio ambiente.

Aquele burburinho inicial, de conversas paralelas, dava espaço ao silêncio do fascínio:

— Além disso, as tecnologias de recuperação da natureza têm desempenhado um papel fundamental na restauração de ecossistemas degradados e na proteção da biodiversidade. Imaginem, por exemplo, o uso de drones e nanotecnologia para o plantio de árvores de forma precisa e eficiente. Essas pequenas maravilhas robóticas podem voar por áreas inacessíveis, identificar os melhores locais para o plantio e até mesmo monitorar o crescimento das plantas ao longo do tempo.

— Nossa! Isso tudo tio?!

— Tio de novo, desisto, affees — suspirei — E não acaba por aí!

— Tem mais?!

— Muito mais! Outra tecnologia revolucionária é a biotecnologia avançada, que nos permite criar microrganismos sintéticos projetados para despoluir áreas contaminadas. Esses micróbios modificados geneticamente têm a capacidade de decompor substâncias tóxicas e transformá-las em compostos inofensivos, acelerando a recuperação de ecossistemas prejudicados pela atividade humana.

— Então vamos poder beber água limpa para sempre?!

— Éh! Não sei se vai ser para sempre, mas por muitas vidas, hahaha

— Tio! Tio! Como a gente faz para salvar as baleias?! — Perguntou uma menininha puxando a manga da minha camisa.

— Oh! Boa pergunta! A gente inventou algo chamado Microplásticos Inteligentes, eles são capazes de se autodestruir ou se reunir em aglomerados para facilitar a remoção. Essa tecnologia, combinada com sistemas de detecção e monitoramento de poluição marinha, nos permite mitigar os efeitos negativos dos microplásticos e proteger os ecossistemas marinhos, inclusive as baleias.

— Tio!! Podemos criar um mundo novo com toda essa tecnologia, né?! — Gritou outra criança.

— Devo estar velho ou com a cara de cansado, preciso de férias — pensei ao ouvir tio novamente — Criar um mundo novo?! Não somos Deus, hahaha, mas podemos recuperar o nosso com a Bioengenharia de Ecossistemas.

— O que é isso?

— Não fui chamado de ti...

— O que é isso, tio?! — Fui cortado.

— Sinto como se uma faca tivesse entrando em mim a cada "tio" que escuto — pensei segurando a minha cara de sofrimento — Imagine criar ecossistemas completos a partir do zero! Utilizando técnicas de engenharia genética e modelagem computacional, podemos projetar e cultivar ecossistemas personalizados, replicando a complexidade e a diversidade encontradas na natureza. Esses ecossistemas artificiais podem ser implantados em áreas degradadas, acelerando a recuperação e reintegrando as comunidades de plantas e animais. Incrível, não?!

— Uaaau! Então os bichinhos não vão perder mais suas casinhas?!

— Exatamente! Vão estar sempre em seus hábitats naturais.

Continuando a excursão, levei as crianças para uma área de desenvolvimento bem interessante, a da construção civil:

— Crianças, quem já viu alguma tecnologia daqui dessa sala?! — Perguntei.

— Tio, lá em casa tem esses vidros! Eu assisto desenho neles!

— É mesmo?! Qual desenho você gosta?

— Eu gosto daquele desenho do pirata que estica, sabe qual é tio?

— Pirata que estica?!

— Éh!! Ele fala gomu[1] e pá estica o braço para bater nos vilões!

— Parece ser legal, hahaha.

— Tio, o que esse vidro faz? É só uma TV? — Perguntou outra criança.

— Não mesmo! Os vidros inteligentes são revestidos com camadas especiais que podem alterar suas propriedades ópticas com base nas condições ambientais. Eles podem ajustar a transparência para controlar a entrada de luz solar, reduzindo assim a necessidade de aquecimento ou resfriamento artificial. Além disso, esses vidros podem exibir informações, como notícias e previsão do tempo, fornecendo uma interface interativa aos moradores.

— Tio, Tio, Tio! — Chamou a minha atenção, puxando a minha camisa.

— Tenha calma, hahaha, o que aconteceu?

— Nem todo mundo pode ter esses vidros, né? Minha mãe disse que gasta muita energia e por isso a gente não poderia ter em casa.

— Isso é verdade, gastam muita energia — não ia desmentir a mãe desse garoto —, mas hoje em dia temos bons Sistemas de Autossuficiência Energética para ajudar a solucionar esse problema.

— Temos o quê?! Não entendi, tio...

— Hahaha *okay, okay*, vou explicar. Os prédios e casas modernas são projetados para serem autossuficientes em energia, utilizando tecnologias de captação e armazenamento de energia renovável. Isso inclui telhados solares ultra eficientes, sistemas de armazenamento de energia de última geração, turbinas eólicas integradas à arquitetura dos edifícios e até mesmo tecnologias de

---

[1] Ref. ao anime *One Piece*.

geração de energia cinética a partir do movimento dos moradores. Esses sistemas garantem um suprimento constante de energia limpa e reduzem significativamente a dependência de fontes externas. Assim, você não vai mais pagar conta de luz, entendeu? — Durante todas as minhas explicações passavam vídeos mostrando a tecnologia que eu apresentava e o seu funcionamento para que as crianças pudessem entender.

— Uaaau, isso tudo é verdade mesmo tio?!

— É claro! Foi tudo desenvolvido aqui por nós!

— Olha quantas *fofuras* aqui! — Ouvi uma voz familiar.

— Adia! Que bom que você está aqui! Você veio me ajudar, né? Pessoal, olhem lá... Ela é a Dr.ª Adia, uma excepcional pesquisadora!

— Que sorte a sua, Vanguard! Olha o tanto de *fofurinhas* — falou ao fazer cócegas nas crianças.

— Sorte a minha? Estão me torturando com o papo de "tio" de novo — sussurrei.

— Tio, tio! O que vamos ver agora?!

— Está vendo? Você veio me ajudar, né Adia?

— Não mesmo! Só passei para dar um oi e ver essa excursão linda que derrete o meu coração de tanta fofura... tchau, tio Vanguard! — Disse Adia ao sair rapidamente da sala.

— Ela é a sua namorada, tio?

— Está mais para ser a minha vilã... — falei passando a mão na cabeça e com um sorriso pálido.

— Por que, tio?

— Deixa para lá... vamos ver mais coisas legais.

— Uau, essas paredes interativas são incríveis! Posso desenhar nelas, tio? — Indagou uma criança ao longe.

— Claro! Essas paredes são sensíveis ao toque, então você pode desenhar e interagir com elas. Elas também podem exibir imagens e vídeos, então podemos aprender de forma divertida. Venham todos, peguem uma caneta dessas e façam um desenho para a Tia Adia. Quando terminar o desenho escrevam bem grande para "TIA Adia" — essa será a minha vingança, pensei.

Então, toda a excursão começou a desenhar na parede interativa do Instituto e eu aproveitei, é lógico, para dar uma respirada. As casas de hoje em dia vão muito além de ser um ambiente de conforto, elas são um mundo dentro de outro. Imagine entrar em sua casa e ver informações e elementos virtuais sobrepostos ao ambiente real. Com os sistemas de realidade aumentada, você pode visualizar projetos de decoração em tempo real, ajustar a iluminação e até mesmo experimentar móveis virtuais antes de comprá-los. Essa tecnologia proporciona uma experiência imersiva e interativa, tornando a personalização do ambiente ainda mais fácil.

A maioria, senão todos os sistemas residenciais são alimentados por inteligência artificial que aprende os padrões de uso dos moradores e otimiza o desempenho de todos os equipamentos e sistemas. Isso inclui a otimização do uso de energia, o controle de segurança e a assistência personalizada em todas as tarefas diárias. É algo que 30 anos atrás nem esperávamos ter tão rápido, foi um boom tecnológico.

— Tio!! Posso controlar tudo isso em casa com o pensamento? Como se fosse um superpoder?

— Bem, para ser sincero, com a tecnologia do NeuralPlus, é possível controlar os equipamentos com o pensamento. Mas é importante mencionar que se trata de um implante cerebral disponível apenas para adultos, devido aos requisitos específicos e questões relacionadas ao desenvolvimento infantil. Portanto, enquanto vocês são jovens e cheios de imaginação, podem explorar essas tecnologias interativas usando outros métodos de controle, como painéis de controle inteligentes ou comandos de voz.

As crianças demonstravam compreensão e continuavam animadas com as inovações tecnológicas que estavam sendo apresentadas. Elas exploravam os ambientes interativos, aprendiam sobre as funcionalidades dos prédios modernos e se encantavam com as possibilidades oferecidas pela tecnologia.

— Tio, o que é tecnologia de geração de energia infinita que está escrito ali?

— Ah, você está se referindo à energia do futuro, a geração de energia infinita. Venham comigo, vamos todos até a sala onde essa tecnologia está sendo desenvolvida.

As crianças curiosas para ver, seguiram-me. Chegando à sala de vidros especiais que permitiam ver o interior do ambiente sem comprometer a segurança, elas observavam um conjunto de dispositivos e equipamentos avançados:

— Bom, aqui estamos diante do coração da energia infinita! — Falei entusiasmado.

— Uau! — Disseram as crianças impressionadas.

— Essa tecnologia utiliza o princípio da fusão nuclear controlada, onde átomos leves, como o hidrogênio, são combinados em um processo similar ao que ocorre no Sol. Isso gera uma quantidade incrível de energia, sem emissão de poluentes ou resíduos prejudiciais — expliquei mais empolgado ainda.

— Não entendi, tio... Vocês têm um sol nesta sala?!

— Tio, como vocês conseguem controlar essa fusão nuclear? Não é perigoso esse sol derreter tudo e explodir a Terra?

— Não é bem o sol que temos aqui, e não se preocupem, os cientistas desenvolveram sofisticados campos magnéticos de confinamento, chamados de Tokamaks VII, que permitem controlar a temperatura e a pressão das partículas, mantendo-as estáveis para a fusão nuclear ocorrer de forma controlada. É um verdadeiro feito da engenharia!

— Tio, para que a gente precisa de energia infinita?

— Boa pergunta! Essa energia pode ser convertida em eletricidade de forma eficiente, alimentando cidades inteiras, indústrias e até mesmo veículos elétricos. A beleza dessa tecnologia é que ela é virtualmente inesgotável, utilizando combustível abundante e acessível, como o hidrogênio. Isso representa um salto significativo na busca por fontes de energia limpa e sustentável.

— Uau! Posso ter um gerador desses em casa, tio?

— Ah, entendo sua empolgação, esse tipo de tecnologia de geração de energia infinita ainda está em fase experimental e é geralmente utilizado em escala governamental e industrial. É necessário um investimento significativo em pesquisa, desenvolvimento e infraestrutura para implementar esses geradores em larga escala.

— Seria incrível ter energia infinita em casa, né tio? Imagina só, tio!

— Com certeza seria incrível!

— Então, talvez no futuro todos possam ter energia infinita em casa?

— Quem sabe, vocês serão os responsáveis por desenvolver tecnologias que tornem a energia infinita uma realidade em nossas casas, hein?!

— Tio, ouvi dizer que estão inventando o teletransporte, é verdade? — Falou uma aluna, repentinamente.

— Shiu, fala baixo! Cheguem mais perto todos vocês — falei sussurrando.

As crianças se aproximaram ansiosamente, curiosas para descobrir mais sobre essa incrível tecnologia.

— Por que estamos falando baixinho assim, tio?! — Perguntou.

— Onde você descobriu sobre o teleporte? — Sussurrei.

— Minha mãe que me contou, ela está no laboratório de Portugal essa semana. É verdade, Tio? — Respondeu sussurrando.

— Sim, estamos inventando, porém é um segredo que só vocês saberão, não conte para as outras excursões. Venham comigo, crianças... vamos devagar e sem barulho para ninguém perceber.

As crianças me seguiram com expectativa, cheias de empolgação pelo segredo que lhes foi revelado. Eu os conduzi pelos corredores e salas, até chegarmos a uma área restrita. Então, abri a porta com um código especial e os convidei a entrar:

— Bem-vindos à Sala de Desenvolvimento de Teletransporte. Aqui, nossos cientistas estão pesquisando e testando essa tecnologia revolucionária. É uma oportunidade única para vocês verem de perto o futuro em ação, só não toquem em nada, nada mesmo, ok?!

As crianças olharam ao redor, maravilhadas com os equipamentos sofisticados e os cientistas em seus experimentos.

— No futuro, o teletransporte poderá nos permitir viajar instantaneamente de um lugar para outro, eliminando a necessidade de longas jornadas e tornando o mundo mais acessível. Imagine o quão incrível seria poder visitar lugares distantes num piscar de olhos!

— Tio, vocês já conseguem teleportar cachorros? — Perguntou a aluna fofoqueira.

— Hahahaha, adoro vê-los te chamando de tio! — Falou Adia.

— Adia, você está aqui?! — Falei espantado.

— Estou ajudando na programação nesse setor.

— Tio, vocês conseguem?! Conseguem?! — Repetiu a pergunta cutucando a minha perna com seu dedinho.

— Ah, a teletransportação de animais é uma ideia interessante! No entanto, no momento, estamos nos concentrando em testar a tecnologia com objetos inanimados antes de avançar para organismos vivos, como cachorros. Aliás, não queremos que nossos cachorros morram, né?

— Que insensível, Vanguard! Falar da morte do cachorro dela! — Disse Adia, ao abraçar a criança para consolá-la.

— Quê? Me ajuda aqui então!

— Crianças, prestem atenção na Tia Adia aqui. Esqueçam o tio Vanguard.

Logo, Adia pega uma maçã que estava em uma mesa próxima e a segura na mão, mostrando para as crianças:

— Vou usar essa maçã como exemplo para explicar como funciona o processo de teletransporte. Preste muita atenção, certo?!

— Certo, tia Adia! — Exclamaram todas as crianças.

Adia colocou a maçã em um dispositivo especial na sala, onde ela foi cuidadosamente escaneada e seus padrões moleculares registrados.

— Quando a maçã é escaneada, todas as informações sobre sua estrutura molecular são capturadas. Esses dados são convertidos em um padrão digital, que é o "código" único da maçã.

Em seguida, Adia apontou para um console de controle:

— Agora, vou inserir esse código digital da maçã no nosso sistema de teletransporte. Observem!

Ela digitou o código no console e pressionou alguns botões. Instantaneamente, a maçã desapareceu do dispositivo.

— E *voilà*! A maçã foi teletransportada!

As crianças olharam com surpresa e fascinação para onde a maçã estava e começaram a aplaudir entusiasmadas com a demonstração.

— Gostaram?! — Perguntou Adia com um sorriso de empolgação ao ver as crianças felizes.

— Sim, tia Adia!!

— Você é a melhor, tia Adia!

— Adoramos, tia!!

— Olha só, passo a excursão toda com eles e você com um experimento ganha todos eles de mim, inacreditável! — Resmunguei.

— Está com ciúmes, Van?

— Decepcionado, talvez...

— Crianças, à medida que a tecnologia avança, estamos nos aproximando cada vez mais da possibilidade de teletransportar animais e, quem sabe, até mesmo pessoas no futuro. Mas precisamos seguir um processo cuidadoso e realizar testes rigorosos para garantir que tudo seja feito com responsabilidade, perfeito?!

— Perfeito! — Todos gritaram.

As crianças sorriram e agradeceram a Dr.ª Adia, inspiradas e cheias de curiosidade sobre o futuro da teletransportação.

— E assim chegamos ao fim de nossa excursão, crianças! Alguém tem mais alguma pergunta? — Disse após a Adia terminar a apresentação.

As crianças olharam animadas e algumas levantaram as mãos para fazer mais perguntas.

— Tio, como podemos nos tornar cientistas como a Tia Adia? Quais são os passos para seguir essa carreira?

— Ah *tá*, como a Tia Adia, né?! Vou deixá-la responder essa, vai em frente Dr.ª tia Adia.

— Obrigada, Dr. Vanguard! Bom, crianças, para se tornar uma cientista, vocês precisam ter curiosidade e paixão pela descoberta.

Estudem bastante nas áreas de ciências, como matemática, física, química e biologia. Também é importante buscar oportunidades de aprendizado fora da sala de aula, como participar de feiras científicas, clubes de ciências e programas de estágio. Acreditem em vocês mesmos, nunca parem de fazer perguntas e estejam sempre dispostos a explorar o desconhecido. Com dedicação e perseverança, tenho certeza de que vocês podem se tornar grandes cientistas!

— Tio, qual é a coisa mais legal que você já viu no espaço?

— Ah, o espaço é cheio de coisas incríveis! Uma das coisas mais fascinantes que já vi foi uma supernova, é a explosão de uma estrela. Também tive a oportunidade de observar galáxias distantes e até mesmo planetas em outros sistemas solares.

— Tio, qual foi a sua maior descoberta até agora?

— Ah, excelente pergunta! — Recuperei os meus pequenos, sussurrei para Adia que estava ao meu lado — Bem, uma das minhas maiores descobertas até agora e que está em fase de desenvolvimento foi a tecnologia para viagens espaciais, é um sistema de propulsão baseado em uma combinação de energia de antimatéria e dobras espaciais. Isso nos permitirá explorar o universo de forma mais rápida e eficiente do que nunca, se tudo der certo!

— Tipo Guardiões da Galáxia[2], tio?

— Hahaha, em certo grau, sim.

As crianças ficaram maravilhadas com a ideia de viagens, imaginando um futuro em que a humanidade estará além das fronteiras da Terra. No final, todos nos despedimos, cheios de entusiasmo e inspiração para explorar as maravilhas do universo:

— Lembrem-se, cada um de vocês tem talentos únicos e perspectivas inovadoras que podem impulsionar a ciência a novos patamares. Nunca deixem de sonhar, questionar e buscar respostas para as suas perguntas — Adia falou ao se despedir.

— Crianças, enquanto estiverem na escola, aproveitem todas as oportunidades de aprendizado e não tenham medo de experimentar. A ciência é sobre tentativa e erro, sobre fazer descobertas através de experimentos e observações cuidadosas. Lembrem-se de que cada falha é uma chance de aprendizado e crescimento.

---

[2] Ref. ao filme *Os Guardiões da Galáxia*, do estúdio Disney.

— E quando chegarem à idade certa, vocês poderão se juntar a nós aqui no IPDTA ou em outras instituições científicas para contribuir com seu próprio conhecimento e habilidades — completou Adia.

As crianças aplaudiram animadas, sentindo-se motivadas e entusiasmadas com as palavras. Elas se despediram com um sorriso no rosto por tudo que viram hoje. Já eu e Adia nos despedimos delas sabendo que plantamos sementes de curiosidade e inspiração em suas mentes.

A tecnologia é realmente maravilhosa, diga-me quando você imaginaria pessoas tetraplégicas andando de novo? Exoesqueletos nanotecnológicos implantados nessas pessoas, que os nanorrobôs medicinais não recuperam, devolvem uma vida de sonhos. Poder recompor toda a cervical da pessoa com nanotecnologia e ela nem sentir isso ao longo do seu dia é surreal.

Os exoesqueletos nanotecnológicos, em conjunto com terapias de reabilitação e outras abordagens, têm o potencial de devolver uma vida mais independente e cheia de possibilidades para pessoas tetraplégicas.

Imagine só, em casos não graves, a bela possibilidade de implantar nanorrobôs especializados que trabalham em conjunto com materiais avançados, como nanotubos de carbono, para reconstruir e fortalecer a coluna vertebral de uma pessoa e esses nanorrobôs realizarem reparos precisos em nível celular, estimulando o crescimento de tecidos saudáveis e restaurando a integridade estrutural da coluna cervical. Incrível, não acha?

Contudo, esse é o lado bonito da tecnologia... Mas ela possui duas faces... E a tenebrosa é a de que tudo que o homem coloca a mão, vai depender dele fazer o bem ou o mal. No mundo da tecnologia o bem é feito para camuflar o lado torpe e obscuro de um mundo nunca pensado pela sociedade.

OS PÁRIAS DA TECNOLOGIA

Embora eu tenha testemunhado avanços incríveis e benefícios significativos em várias áreas, não posso ignorar o fato de que a tecnologia também é utilizada de maneiras nefastas e explorada com interesses egoístas.

A ganância humana muitas vezes coloca em segundo plano a segurança, a ética e o bem-estar das pessoas, o benefício comum de forma geral. Vejo isso refletido em questões como a desigualdade no acesso às tecnologias avançadas e a exploração de recursos naturais em detrimento do meio ambiente.

A busca por altos ganhos econômicos muitas vezes leva a práticas questionáveis, como a exploração de mão de obra barata em países em desenvolvimento, o aumento da desigualdade social e a concentração de poder nas mãos de poucos. Além disso, a corrida pela inovação e pelo desenvolvimento tecnológico pode negligenciar considerações éticas importantes, a responsabilidade social e os impactos a longo prazo.

É fundamental questionar e refletir sobre quem se beneficia com os avanços tecnológicos e garantir que essas tecnologias sejam usadas para o bem comum. O mundo deveria buscar um equilíbrio entre o progresso tecnológico e a preservação dos valores humanos, como os direitos individuais e a proteção do meio ambiente, o que não acontece muitas das vezes.

Indo além, posso afirmar que a responsabilidade recai sobre todos nós, desde os cientistas e engenheiros que desenvolvem as tecnologias até os governos e instituições que regulam seu uso. Com vistas a isto, é preciso promover uma abordagem ponderada e sustentável na aplicação da tecnologia, incentivando a transparência, a responsabilidade social e a equidade.

Temos que ter em mente que a ambição e a busca desenfreada pelo lucro distorcem os verdadeiros propósitos da tecnologia, que é melhorar a vida das pessoas, resolver problemas complexos e promover um futuro sustentável para todos.

Portanto, você, eu e a sociedade devemos estar constantemente vigilantes, questionando os impactos sociais, éticos e ambientais de cada avanço tecnológico. Somente assim haverá uma garantia de que a tecnologia seja verdadeiramente benéfica para a humanidade como um todo e não apenas para alguns privilegiados.

Bom, atualmente, no ano de 2050, as maravilhas da tecnologia parecem estar ao alcance de todos, no entanto, infelizmente, presenciamos uma crescente disparidade entre aqueles que se beneficiam dela e aqueles que são deixados para trás. A avareza dos donos da tecnologia e a rápida automação de empregos resultaram na criação de uma nova classe: os "Párias da Tecnologia".

Essas pessoas, que antes eram trabalhadores em diversos setores, agora se encontram marginalizadas e excluídas da prosperidade trazida pelas inovações tecnológicas. As periferias que se formaram ao redor das grandes e belas cidades tecnológicas são o reflexo dessa desigualdade gritante.

Conforme alguns desfrutam dos benefícios de uma vida facilitada e confortável, outros lutam para encontrar meios de subsistência e sofrem com a falta de oportunidades. As profissões que antes sustentavam famílias inteiras foram substituídas por robôs e inteligência artificial, deixando muitos desempregados e sem perspectivas.

As periferias se tornaram uma realidade sombria, onde as pessoas lutam diariamente para sobreviver, muitas vezes vivendo em condições precárias e com nenhum acesso a serviços públicos, como atendimento básico de saúde, educação e segurança. É uma triste ironia ver essas áreas marginalizadas tão próximas dos centros tecnológicos que brilham com todo o seu esplendor.

Por este prisma, a sociedade se divide cada vez mais entre aqueles que estão conectados e desfrutam da tecnologia e aqueles que estão à margem, excluídos e esquecidos. É uma existência que nos obriga a questionar o verdadeiro propósito da tecnologia e a responsabilidade dos seus criadores e detentores.

É uma adversidade que enfrentamos como sociedade, a necessidade de equilibrar o progresso tecnológico com a justiça social. Devemos buscar soluções que permitam que todos se beneficiem da tecnologia, garantindo a democratização desta, não permitindo que ninguém seja deixado para trás.

Somente quando nos conscientizarmos do impacto social e ético das nossas ações, poderemos construir um futuro no qual a tecnologia será uma aliada para todos, sem criar uma divisão entre privilegiados e excluídos.

Esse é o desumano panorama, de nós humanos em 2050, onde as cidades brilhantes e avançadas convivem com as periferias negligenciadas e obscuras... E quanto ao governo? Você deve estar se perguntando... Bom, muitos se perguntam... "por que não tomaram medidas para lidar com essa transição massiva na força de trabalho?"; "com tanta tecnologia, como chegou a esse ponto?" A infeliz resposta que tenho a dar é que a política se mostrou mais torpe do que nunca. Nossos governantes, em sua maioria, fecharam os olhos para as consequências da substituição em massa dos trabalhadores humanos pela automação.

Eles falharam em estabelecer políticas adequadas de proteção aos trabalhadores, não implementaram programas de reciclagem profissional ou plano de distribuição de renda para que as famílias pudessem se manter diante da perda de seus empregos. A busca pelo lucro prevaleceu sobre o bem-estar da população, como na revolução industrial. Era algo previsível, acredito eu, não é à toa que há muito tempo uma frase atemporal fora dita: "Há, na sociedade, dentre tantos males, dois: o econômico e o político; o mal econômico se assenta na errada distribuição de riqueza; e o mal político se evidencia no fato de a política não estar a serviço dos pobres"[3], uma perpetuação de poder dos governantes e pobreza dos governados.

Ironicamente, nós, os doutores em tecnologia, tornamo-nos o novo proletariado de 2050. Criamos as inovações que mudaram e mudam o mundo, todavia, não conseguimos proteger a todos, basta uma simples olhada para perceber que a desigualdade social e a concentração de poder nas mãos de poucos são ainda mais evidentes.

---

[3] Ref. à fala de José Saramago em entrevista dada ao jornal Folha de S.Paulo, por José Geraldo Couto, na edição de 27 de janeiro de 1996.

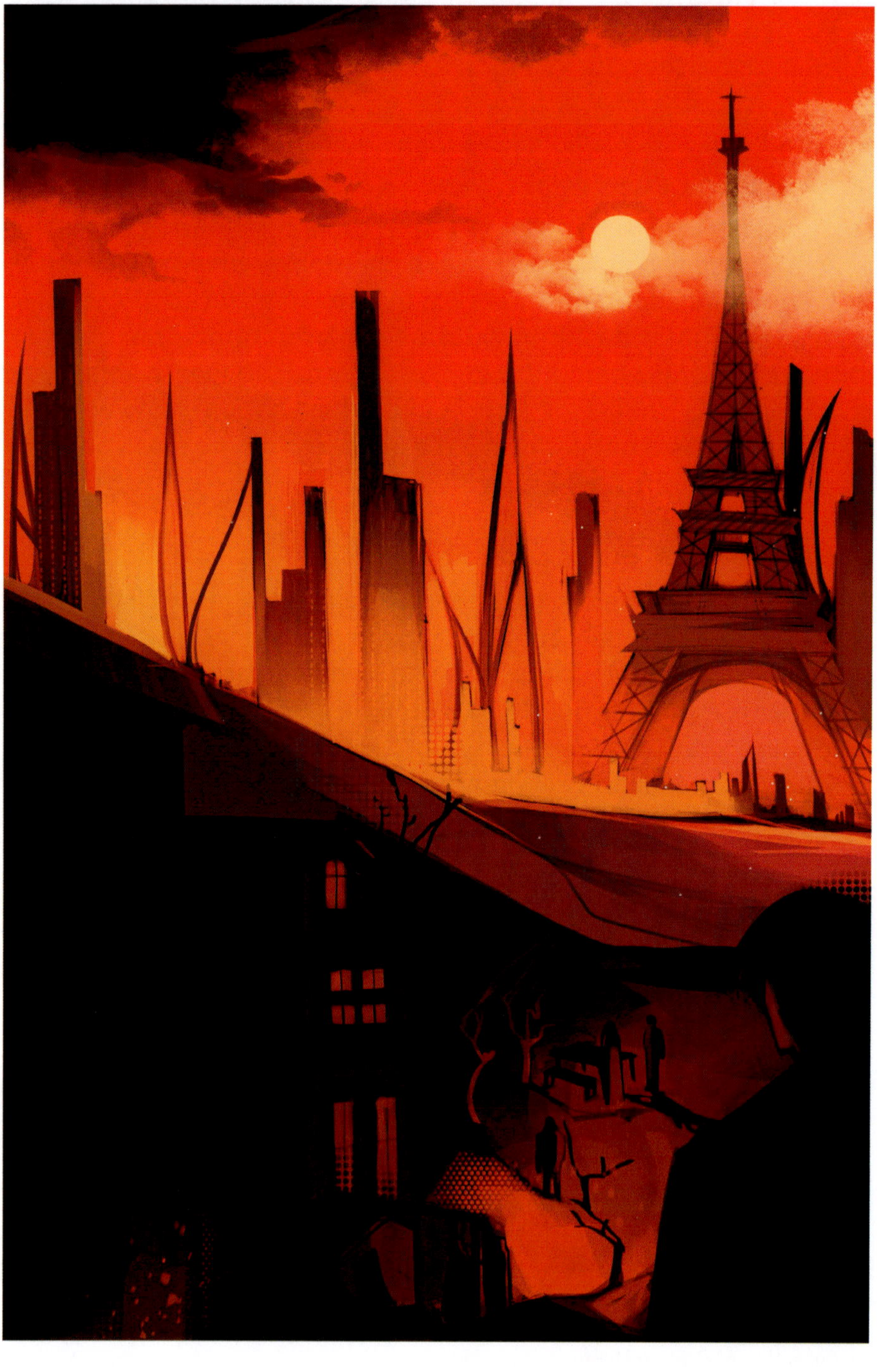

O governo, em vez de agir como um regulador e garantir um equilíbrio entre avanço tecnológico e bem-estar social da população, aproveitou-se da automação para obter ainda mais lucro e consolidar seu poder. É uma nefasta realidade em que nos encontramos, na qual aqueles que deveriam ser os defensores dos interesses da população falharam em cumprir seu papel.

Se continuarmos a questionar, a exigir responsabilidade e a lutar por uma sociedade mais justa, ainda há esperança de que possamos superar os desafios e criar um futuro melhor para todos... ou pelo menos, era isso o que eu acreditava.

Com o tempo, percebi que o mundo é mais cruel do que pode ser, como dizem: "a Terra é o inferno, e os homens dividem-se em almas atormentadas e em diabos atormentadores"[4], esse é o nosso mundo, essa é a nossa sociedade, não se desanime.

Lembro-me bem da cena que vi quando estive, recentemente, em uma missão para recuperar um satélite que caiu em uma dessas periferias. Era um satélite de redução de impacto das explosões solares e precisávamos de recuperar os seus dados para fazer a devida análise. Fui em um comboio militar, eram quatro blindados fortemente armados e um esquadrão em cada blindado. Quando chegávamos perto da periferia as belas luzes da cidade dava espaço às sombras e uma densa poluição.

À medida que nos aproximávamos da periferia, o contraste entre a cidade reluzente e as escuras áreas abandonadas se tornava cada vez mais pujante. As belas luzes dos edifícios de alta tecnologia eram substituídas por uma paisagem sombria, o que me fazia sentir uma atmosfera pesada, carregada com a sensação de abandono e desesperança.

O comboio militar avançava lentamente pelas ruas empoeiradas e repletas de ruínas. As fachadas desgastadas dos prédios exibiam as marcas do tempo e da negligência. A presença dos soldados e veículos blindados era um lembrete constante da tensão que permeava aquele ambiente.

Os olhares curiosos e desconfiados dos moradores locais acompanhavam nossa passagem. Aquelas pessoas, os párias da tec-

---

[4] Ref. à obra *As Dores do Mundo*, de Arthur Schopenhauer, p. 28.

nologia, tinham sido relegadas às margens da sociedade, privadas das oportunidades e dos benefícios que a tecnologia prometia. E ali estávamos nós, em meio a sua realidade, buscando recuperar dados de um satélite que poderia ajudar a proteger a todos... No entanto, sempre em prol de interesses de uma classe.

Nessa missão, lembro-me dos soldados do comboio falando com desdém das pessoas que moravam na periferia e até mesmo as ofendendo:

— Olha só para esse lugar... Cheio de parasitas da tecnologia. Não conseguem se sustentar sozinhos, precisam dos nossos avanços para sobreviver — disse o major Tyler.

— É lamentável ver o fundo do poço em que essas pessoas se enfiaram. Não têm habilidades reais, não conseguem fazer nada para melhorar suas vidas — complementou o sargento Irve.

— Acho que deveríamos deixar esses Párias da Tecnologia se virarem sozinhos. Se não podem acompanhar o progresso, que fiquem no esquecimento — entrou na conversa o motorista Vicente.

— Com licença, soldados, lembrem-se de que essas pessoas são vítimas de um sistema que não lhes deu oportunidades, ou seja, não cabe a nós julgá-las, e sim lutar por um futuro em que todos tenham acesso aos benefícios da tecnologia — disse tentando mostrar o descompasso do que diziam.

— Ah, olha só quem resolveu abrir a boca! O cientista que acha que vai salvar o mundo com seus experimentos e discursos bonitos, não me faça rir! — Declarou o major de forma ríspida.

— Não estou aqui para salvar o mundo sozinho, mas para fazer a minha parte. Acredito que, juntos, podemos construir uma sociedade mais justa, ou pelo menos assim deveria ser, não acham? — Indaguei.

— Ah, *tá bom*, doutor! Vamos ver se esses "Párias" vão agradecer quando você voltar para a sua cidade luxuosa e eles continuarem vivendo no lixo — debochou Irve.

— Vocês não estão me entendendo, conheço a péssima condição de vida deles, ainda sim, espero que um dia possamos encontrar soluções para trazer melhorias reais a essas comunidades, é para isso que tanto trabalho, o progresso tecnológico não pode ser apenas para alguns privilegiados, ele deve beneficiar a todos! — Falei em um tom mais firme.

— Sabe de uma coisa, doutorzinho? Esse é o mundo que vocês, cientistas, criaram. Um mundo de desigualdades e miséria, onde uns poucos vivem cercados de luxo enquanto a maioria sofre nas periferias. E digo mais, vocês acham que estão fazendo alguma diferença, contudo, só estão piorando as coisas — disse o major irritado.

— Não podemos culpar a tecnologia em si, temos que nos voltar para a forma de como ela é utilizada e distribuída. O problema está além de mim, muito mais além, ele está na mesquinhez humana dos poderosos, aqueles que preferem acumular riquezas em vez de compartilhar os benefícios com todos — retruquei.

— Ah, agora quer colocar a culpa nos poderosos, é doutor? Hahaha — riu o sargento — Você também faz parte desse sistema, doutor e, enquanto estiver trabalhando no IPDTA, está compactuando com as desigualdades que critica.

— Eu entendo suas preocupações e é por isso que continuo lutando para promover a inclusão e a igualdade, pois não podemos abandonar as pessoas que foram deixadas para trás.

— Eu já ouvi o suficiente das suas palavras vazias, doutor! Não acredito nesse conto de fadas que você está tentando vender... A vida nos mostra outro mundo, para mim, esses Párias da Tecnologia são apenas um fardo que temos que carregar — entrou na conversa o tenente Noah.

— Você tem todo o direito de ter sua opinião — mesmo que seja uma opinião burra, pensei, mas não falei, porque não sou doido de ofender um tenente no meio do esquadrão, então continuei — entretanto, eu acredito que o progresso só será verdadeiramente significativo quando for capaz de melhorar a vida de todas as pessoas, sem deixar ninguém para trás, Pfff — respirei fundo.

— Olha bem pela janela, doutor! Vê aquelas pessoas com partes robóticas? Elas não estão lá por escolha, estão tentando sobreviver nessa selva sem lei que vocês criaram. Para isto, matam, roubam, saqueiam a cidade tecnológica em busca de uma chance de ter algo, enquanto vocês vivem confortavelmente em seus laboratórios — exclamou o tenente.

— Eu entendo que a situação é difícil para eles, porém, devemos buscar maneiras de ajudá-los, em vez de virarmos as costas e alimentarmos o ciclo de violência e desigualdade.

— Você está escutando o que diz, doutor?! Você realmente acredita nisso? Acha que essas pessoas merecem nossa ajuda? Elas são apenas um estorvo para a sociedade e não merecem piedade — Irve voltou a falar.

— Não, soldado, eu não acredito que ninguém mereça ser abandonado ou ser indigno de misericórdia. Todos merecem uma chance de ter uma vida digna e feliz! — Rebati um pouco mais sem paciência.

— Chega dessa conversa inútil! Estamos aqui para uma missão e não para discutir utopias, entenderam?! Vamos fazer o que temos que fazer e sair dessa bosta o mais rápido possível — cortou a discussão, o major.

Ao chegarmos na entrada do *Coeur Défense*, dois dos quatro esquadrões desceram para fazer uma varredura e verificar a segurança do local:

— A gente não vai descer? — Perguntei.

— Doutor, faça o seu serviço e me deixe fazer o meu — disse o major.

— Major, varredura completa. O local está limpo — escutei pela comunicação do blindado.

— É isso aí senhores, a festa começa agora! Todos prontos?! — Perguntou o major animado.

— Pronto, pronto, pronto — Escutava de todos os esquadrões.

— Perfeito, vamos descer! Esquadrões 1 e 2, protejam o Dr. Vanguard, ele faz parte da missão. E, doutor, não faça nenhuma burrice, aqui nesse território você é tão inimigo dos Párias quanto eu, e eles vão te matar sem ao menos perguntar o que você quer — alertou o major Tyler.

— Entendido, major! — Falei com um sorriso meio pálido.

— Ótimo! Ao meu comando, soldados! — Então o major deu a ordem para todos descerem dos blindados.

Foi algo impressionante ver aqueles soldados muito bem coordenados, aquilo realmente era a melhor das melhores divisões:

— Terceiro e quarto esquadrão mantenham as saídas norte e sul. Ninguém entra nesse prédio! — Ordenou.

— Entendido, major! — Disseram uníssono.

— Dr. Vanguard, vamos o elevador está funcionando — informou Irve.

— Certo! Melhor ainda, ninguém merece subir mil escadas aqui — disse tentando quebrar o clima tenso, mas ninguém riu.

Estava tudo calmo para uma região de conflito, essa calmaria era um tanto que incomum, ou apenas o major queria me colocar medo para que eu não falasse mais nada:

— Major, eu não estou gostando dessa calmaria dos Párias... — disse o sargento — tem algo errado...

— Não temos muito que fazer, Irve. A missão é esta e vamos cumprir, temos que confiar nos esquadrões para segurar as entradas e no segundo esquadrão para varrer a torre B — respondeu o major.

Nesse momento, eu percebi que não tinha nenhuma pegadinha acontecendo. As minhas mãos começaram a suar, senti-as formigando, minha respiração ficava mais intensa e acelerada, até um pouco difícil de controlar, o meu estômago ficou pesado de uma vez, uma ânsia repentina, era como se o meu corpo fosse entrar em colapso, aquela tensão era demais para sustentar e eu só estava frente a uma "calmaria":

— Doutor? Você está bem? — Perguntou Vicente.

— Ele está à beira de uma crise de ansiedade, dê aquilo para ele, Irve — disse o major.

— Não, não, espera! Aquilo o quê?! — Exclamei agitado.

— Calma, Dr. Vanguard, vai até gostar hahaha — os soldados riram juntos, menos o major.

— Sem graça, parecem recrutas — disse Tyler em tom sério — não podemos nos distrair! Dê-me logo isso! — O major tomou algo como se fosse um injetor da mão de Irve e veio para cima de mim — Isso vai te deixar melhor, não precisamos de mais problemas na missão.

— Não! Não! Nã... Aaaah! — Gritei.

— Hahahaha — todos riram.

— O que é isso?! Estou me sentindo melhor... Minha respiração? Minha respiração está normal, minhas mãos também... — falei sem acreditar.

— Esses nanorrobôs que injetei em você ajudam a regular o seu sistema nervoso, fazendo com que você volte a si.

— Incrível! — Falei surpreso

Pling!!! (som da campainha do elevador)

— Chegamos na cobertura, senhores!! — Exclamou Noah.

Saímos todos do elevador, primeiramente os soldados e o major, por último eu. Ao lado da nossa torre, estava o segundo esquadrão na Torre B. De lá eles faziam sinais avisando que estava tudo limpo, sem sinal de Párias por perto:

— Vigiem o perímetro soldados! E, doutor, está na hora de fazer a sua mágica, rápido! — Ordenou o major, configurando o seu temporizador para marcar o tempo da missão.

Em questão de minutos localizei o disco rígido do satélite e comecei a fazer o backup de dados para a nuvem do Instituto, assim que terminasse extrairia o HD para levar comigo. Enquanto isso verificava as outras peças do satélite:

— O que você pode nos adiantar, doutor?! — Questionou Tyler.

— Bom, o disco rígido está em perfeito estado, acredito que as informações dele não foram perdidas e posso dizer também que o satélite não tem sinais de ataques. Possivelmente, foi uma falha no próprio satélite, agora não sabemos se foi na estrutura ou na execução do software.

— Entendido! Menos mal, dessa forma podemos descobrir o que houve com essas informações, certo?

— Exatamente! O IPDTA conseguirá identificar as causas com esses dados.

Os esquadrões se mantinham em prontidão, vigiavam todo o perímetro até que o backup de dados fosse concluído, todavia, não avistaram ninguém se aproximando, tudo estava limpo. Após terminar o backup em mais alguns minutos, extraí o disco rígido:

— Bem, amigos! Acabou! — Mostrei o HD guardado em minha bolsa, feliz que em breve estaria em casa.

— Já?! Que rápido! — O major marcou novamente o seu temporizador e continuou comunicando aos esquadrões — Atenção todos, resgatamos o pacote! Temos dez minutos para nos encontrarmos na saída sul e iniciar a retirada.

— Já! Isso se chama tecnologia, meu querido! — Respondi.

— Chega de conversa! Vamos retornar ao elevador — ao falar isso, o major gesticulou para o segundo esquadrão, o qual estava nos dando cobertura do terraço da Torre B, também voltar ao térreo.

Entramos no elevador rapidamente e estávamos descendo, até que escutamos uma explosão:

— Preparem-se, soldados! São os Párias! Fiquem atentos, protejam as informações e as peças do satélite a todo custo — declarou o major.

— Onde foi essa explosão?! — Perguntou o tenente Noah.

De repente sentimos o elevador travar, a energia do prédio tinha caído:

— No gerador de energia, certeza! — Exclamei.

— Abram as portas do elevador, vamos descer pelas escadas, rápido! — Ordenou Tyler.

Os soldados abriram as portas do elevador e saímos todos em rumo às escadas, havia muitos andares a descer ainda:

— Sem moleza, doutor! A sua vida depende disso! — Falou Vicente.

— Agradeço por me lembrar — disse ironicamente.

— Eles estão se aproximando rapidamente! Temos que nos posicionar para repelir o ataque — escutei pela comunicação do major.

— Fiquem firmes, soldados! Estamos chegando ao térreo, tivemos um problema com o elevador e estamos indo pela escadaria — informou o major.

— Copiado, major! Iremos segurar o perímetro das escadas para sua chegada — respondeu um soldado do terceiro esquadrão.

— Não vamos deixar que eles levem o que é nosso, defendam essa missão com suas vidas! — Exclamou o major.

O conflito se intensificou a cada minuto que se passava... Os sons das explosões ecoavam pelos corredores do prédio, os Párias se aproximavam cada vez mais, determinados a conseguir o que queriam:

— Major, eles estão entrando no prédio! Precisamos reforçar a segurança! — Gritou o líder do terceiro esquadrão.

— Concentrem o fogo e impeçam que eles avancem — disse o major — estamos chegando!

O som dos tiros e explosões se tornava mais intenso ainda, eu sentia a tensão crescer dentro de mim.

— Terceiro esquadrão, responda! Terceiro esquadrão, aqui é o major! Alguém me responda!

[...]

Silêncio. Apenas o som do caos e da destruição se faz presente.

— Maldição! Não consigo estabelecer contato com eles, precisamos avançar e apoiá-los! — Externou sua preocupação.

— Major, o que faremos quando chegarmos lá? — Vicente perguntou.

— Vamos matar o que estiver se mexendo!

O prédio estava tomado pelo caos, o cheiro de fumaça e os sons dos tiros preenchiam o ar.

— Esteja preparado para qualquer coisa, doutor! Os Párias estão lutando por sua sobrevivência, não baixe sua guarda — alertou o sargento.

Ao descermos vinte andares do prédio pelas escadas, vimos que o terceiro esquadrão tinha sido aniquilado e quem estava protegendo o prédio era o segundo esquadrão, que não teve a energia cortada, e o quarto esquadrão que sofreu baixa. Então, Tyler mais que depressa deu a ordem de todos os esquadrões recuarem e subir pelas escadas até a cobertura:

— Soldados, recuem! Não podemos enfrentar essa resistência, eles estão em maior número! Peguem os feridos, vamos nos reagrupar no terraço! — Ordenou o major.

Conforme subíamos as escadas, a exaustão começava a se fazer mais presente em nossos corpos. As minhas pernas pareciam pesar toneladas, eu estava ofegante, o corpo parecia não querer funcionar, porém, ou subia as escadas ou morria no térreo.

Chegando ao terraço, alguns soldados começaram a cuidar dos feridos e outros se mantiveram em guarda. Logo, o major reuniu todos os soldados em um círculo:

— Soldados, enfrentamos uma resistência feroz e não vamos desistir! Cada um aqui ao se alistar, cada um de nós sabia dos perigos que iria enfrentar! E, aqui entre nós, já passamos por situações mais difíceis. Portanto, temos o dever de proteger uns aos outros e concluir nossa missão! — O major disse palavras para elevar a moral do grupo, o que me parecia mais um discurso antes da morte, eu já assisti aquele antigo filme chamado 300[5] e foi mais ou menos assim que acabou em morte.

Todos os soldados gritavam apoiando as palavras de seu major, sua moral estava em alta e vendo aquilo parecia que derrubariam um exército se fosse preciso para sair daquele terraço.

— Major, o que faremos agora? Estamos cercados e sem reforços — perguntou o sargento Irve.

— Vamos fazer o que os soldados sempre fizeram: resistir, nos manter unidos e estratégicos. Este terraço será a nossa fortaleza e faremos tudo o que estiver ao nosso alcance para suportar os ataques daqueles malditos, ao mesmo tempo em que peço reforços para a central de comando.

Nesse instante, o major tentava entrar em contato com a Central de comando, no entanto, não havia nenhum retorno:

— Comando, aqui é o major Tyler, câmbio — nenhuma resposta.

— Comando, aqui é o major Tyler, câmbio — nada de novo.

---

[5] Ref. ao filme *300*, do estúdio Warner Bros.

— Major, tente entrar em contato com um soldado por rádio — disse a ele.

— Para quê?! — Indagou sem paciência.

— Só tente major, eu tenho uma ideia do que pode estar acontecendo — repeti.

— Tudo bem — Logo em seguida, o major tentou fazer contato com o soldado ao lado — soldado Henry, testando.

E para surpresa de todos, menos para minha, o rádio não funcionou.

— Não acredito... — disse Tyler preocupado.

— Pois é, acredite... Eles estão usando um bloqueador de sinal lá embaixo e não vamos conseguir pedir reforços — concluí.

Em meio a esse caos, os Párias faziam um cerco ao prédio, estávamos sendo encurralados:

— Filhos da puta! Esses Párias estão um passo à nossa frente e não consigo contato com a central de operações por causa dessa merda de tecnologia de bloqueio de sinal que eles estão usando!

— Major, o que faremos agora? Estamos isolados aqui em cima — questionou Vicente.

— Ainda temos recursos e armamento para resistir. Vamos continuar mantendo a posição e observando os movimentos do inimigo.

À medida que o major tentava restabelecer o contato com a central de operações, explosões, tiros e gritos misturavam-se em um caos ensurdecedor.

— Precisamos pensar em uma estratégia de escape, visto que a hipótese de não conseguirmos ajuda externa é real. Assim, teremos que nos virar por conta própria. Analisem as rotas de fuga e preparem-se para uma retirada, caso seja necessário — informou Tyler.

— Major, temos alguma ideia de onde esse bloqueio de sinal está vindo? — Perguntei.

— Não tenho certeza, contudo, deve estar próximo da gente, considerando que a tecnologia deles não é a mais avançada e tem limitações... Eu diria que está no térreo do Coeur Défense.

— E se tentássemos um ataque surpresa? Pegar esses Párias desprevenidos e retomar o controle? — Sugeriu Irve.

— É uma opção, porém, não podemos correr riscos desnecessários, precisamos avaliar bem a situação antes de tomar qualquer decisão — contra argumentei.

O major, com a testa franzida e o olhar furioso, continuou tentando restabelecer o contato com a central de operações. Durante isso, nossos olhares se encontravam, cheios de incerteza:

— Doutor, você que conhece de tecnologia, não pode criar algo para destruir esse bloqueador de sinal? Precisamos retomar o controle das comunicações nem que seja por um minuto para sairmos daqui! — Indagou.

— Major, dependendo dos materiais que eu tiver à disposição, posso tentar criar um dispositivo de pulso eletromagnético para neutralizar o bloqueador de sinal. Contudo, para evitar afetar nossas próprias tecnologias, ele teria que ser detonado em uma área distante dos esquadrões.

— Temos explosivos suficientes para isso? — Perguntou o major, olhando para os soldados.

— Acredito que temos algumas cargas explosivas, as quais serão suficientes para causar um bom estrago, pois uma bomba de pulso eletromagnético não tem o foco em liberar muita energia cinética e sim alto nível de raios gama para poder alcançar determinada frequência de pulso eletromagnético e afetar uma variedade de eletrônicos — expliquei.

— Bela explicação, doutor... Para a qual estou pouco me *fudendo*, eu quero saber se você vai conseguir fazer aqui?! — Falou já sem paciência.

— Não! — Fui direto ao ponto.

— Então para que diabos me explicou o funcionamento dessa porra?! — Esbravejou.

— Eu falei que não precisaria de tanto explosivos, porém, vamos precisar de uma boa quantidade de energia... Enfim, se conseguirmos chegar a uma área com acesso a sistemas elétricos, podemos improvisar um dispositivo com potencial suficiente para desabilitar o bloqueador de sinal, se ele estiver abaixo de nós.

— Entendido, vou reorganizar a equipe e garantir que tenhamos uma rota segura!

Conforme Tyler dava ordens para os soldados, eu me preparava mentalmente para criar um dispositivo que pudesse romper o bloqueador de sinal:

— Doutor, precisamos de materiais adequados para improvisar o dispositivo. Você tem alguma ideia de onde podemos encontrá-los?

— Major, no terraço da Torre B há uma antena de transmissão destruída — falei olhando para a Torre B — Ela deve conter algumas partes que possamos utilizar para criar o dispositivo. Além disso, é possível aproveitar as baterias das armas do esquadrão para alimentar o dispositivo... O problema é: como vamos alcançar o prédio vizinho, já que não podemos descer?!

— Ótima ideia, doutor! Deixa o resto comigo e meus homens.

De imediato o major e alguns soldados começavam a mover escombros e buscar meios para fazer essa travessia pela conexão que tinha entre a Torre A e a Torre B, a qual estava em ruínas. Eu me juntava a eles para ajudar no processo e tentar confirmar alguns bons pontos para minha tranquilidade:

— Major... Se conseguirmos chegar à área desejada, preciso de tempo para improvisar o dispositivo, você sabe, né? — Perguntei pensativo.

— Sim, eu sei Dr. Vanguard.

— É crucial que tenha uma proteção adequada durante o processo, já que estarei vulnerável nesse momento, também sabe disso, certo? — Esclareci a preocupação.

— Dr. Elijah Vanguard, o senhor vai querer ensinar o meu serviço e o serviço dos meus homens? — Respondeu soltando os destroços e me encarando.

— Não, não... só estava confirmando o cronograma, hehehe — disse sem graça.

— Ótimo! Faça a sua parte que o meu esquadrão fará a dele!

— Farei o meu melhor... vai dar bom... vai dar bom... vai, né? — A incerteza estava me matando.

— Major, encontramos algumas vigas de aço nessa junção entre as torres, e aparentemente estão em bom estado, acredito que podemos usá-las como uma ponte para travessia, o que acha? — Indagou Vicente.

— Também encontramos algumas tábuas de madeira nas proximidades — completou o sargento Irve — Elas podem ser utilizadas para cobrir uma parte da estrutura e nos dar um piso.

— Ótimo trabalho, pessoal! Vamos utilizar esses materiais da melhor forma possível, priorizando a segurança e certificando de que a ponte fique estável o suficiente para que todos possam atravessar com segurança — instruiu o major.

Ao mesmo tempo em que os soldados trabalhavam arduamente para construir a ponte improvisada, eu já começava a pensar em como utilizar as partes da antena e as baterias das armas para criar o dispositivo que poderia desativar o bloqueador de sinal.

Feita a ponte improvisada, começamos a nossa travessia, enfrentávamos disparos esporádicos vindos dos Párias da Tecnologia. A adrenalina tomava conta do ambiente, e o risco de sermos atingidos aumentava a cada passo:

— Cuidado! Eles estão nos atacando! — Gritou o major.

— Precisamos nos proteger e manter a ponte o mais estável possível! — Alertou o sargento Irve.

Alguns soldados faziam uma cobertura defensiva para proteger os que estavam na ponte, eles corajosamente se aproximavam da beirada para revidar o fogo inimigo. Infelizmente, mesmo com todo o cuidado e coragem, alguns soldados foram atingidos pelos disparos dos Párias e caíram da ponte, em meio a gritos de dor e desespero.

— Continuem avançando! Não podemos parar agora! — Gritou novamente o major.

Apesar das perdas, continuamos em frente, não podíamos parar no meio da ponte. Atravessávamos com cautela, usando as coberturas temporárias para nos protegermos dos disparos feitos pelos Párias, quais se tornaram mais frequentes, vez que eles perceberam que não estavam tendo muito resultado contra a altitude e nossa barreira improvisada.

— Major, estamos quase lá! Atravessem com cuidado! — Exclamou Noah.

— Mantenham-se unidos! Vamos chegar ao outro lado juntos! — Incentivou o major.

Enfrentando o perigo iminente, cada passo dado naquela ponte era um ato de coragem. Os sons dos tiros e as vozes de comando ecoavam pelo ar enquanto nos aproximávamos cada vez mais do objetivo.

— Estamos quase alcançando o outro prédio! Não desistam! — Continuou gritando Noah.

— Olhem para frente! Já passamos da metade! — Disse Vicente.

Meu coração parecia tambor de samba em Carnaval brasileiro, batia muito acelerado! Do jeito que ia era mais fácil morrer de ataque cardíaco do que um tiro... Mas segui firme sem olhar para nenhum lugar sem ser a frente. De repente, o soldado diante de mim tomou um tiro e despencou da ponte:

— Aaah — gritei — inferno! Não quero morrer aqui nesse fim de mundo! — Paralisei nesse momento.

— Controle-se, doutor! Continue andando! — Berrou o sargento Irve.

— Se ficar parado aí, vai morrer caralho! — Esbravejou o major — A missão depende de você!

— Anda, porra! — Esbravejou o soldado que vinha depois de mim — você vai matar a gente, merda!

Já chegando na torre B, o major viu que a minha situação não melhorou, eu continuava em choque e imóvel. Percebendo isso, ele deixou que os soldados atrás dele passassem à frente e veio em minha direção:

— Seu merda! Quer matar todo mundo?! — Mostrou-se furioso e vindo de encontro a mim.

[...] eu só continuava pensando que ia morrer ali mesmo.

— Todos que estão atrás dele recuem para Torre A, não fiquem no fogo cruzado!

[...] todo mundo estava recuando, eu estava ali para morrer, senti um forte zumbido no meu ouvido, era o fim da linha para mim...

— Acorda, seu merda — Berrou Tyler ao me dar um forte tapa na cara.

— Ann... onde estou? — Perguntei desnorteado.

— Você está na porra do inferno dando uma de frangote, eles vão te jantar se não começar a andar logo, idiota! — Vociferou enfurecido.

Após tomar esse tapa na cara do major e não da vida, acordei imediatamente. Estava um caos e eu atrasando todo mundo:

— Vamos, doutor! Andando! — Ordenou o major.

— Sim, major! — Gritei respondendo.

— Todos que recuaram, nos deem cobertura! — Solicitou apoio.

Lá de longe escutamos um dos soldados aos berros:

— Canhão de plasma!! Corram!! Corram!!

— Mirem nele, destruam o canhão! Não deixem que ele acerte a ponte! — O tenente Noah, da Torre B, transmitiu aos brados sua ordem.

Nessa hora eu não pensava mais em nada, minha visão afunilou e só vi o que estava à minha frente, senti o meu corpo se mexendo sozinho, as batidas do meu coração desacelerando com rapidez, quase não batendo, não escutei mais nada até sentir a explosão:

— Pula!! — Gritou o major.

O canhão de plasma atingiu bem no centro da ponte e, simultaneamente, pulamos em direção à Torre B, segurando na estrutura que ficou fragilizada e que estava prestes a cair:

— Segurem nesse cabo, rápido! Vamos puxar vocês! — Disse Noah.

Ele nos jogou um cabo para agarrarmos, assim que seguramos, eles nos puxaram. Por pouco não estaria vivo para contar essa história para você. E, pensando bem, às vezes, é melhor não ter história para contar do que quase morrer para ter uma história para contar, é o que eu penso hoje em dia. Uma missão de resgate de dados se transformou em guerra sangrenta.

Voltando a história... Finalmente, com muito esforço, atravessamos a ponte e alcançamos o terraço da Torre B. O alívio tomou conta de nós, contudo, sabíamos que a batalha estava longe de terminar, pois com os materiais em mãos, era hora de colocar em prática o plano para desativar o bloqueador de sinal e restaurar as comunicações, o que nos tornou uma ameaça ainda maior para os Párias, os quais não deixariam passar sem retaliação:

— Temos os materiais necessários! — Informei um pouco aliviado ao verificar a antena da Torre B.

No entanto, com a ponte destruída, deixando o segundo e quarto esquadrão isolados do nosso, os Párias da Tecnologia avançavam implacavelmente em direção aos prédios, determinados a tomá-los de assalto. A situação que era crítica, tornou-se pior:

— Soldados, mantenham-se na borda do terraço! Atirem nos Párias que aparecerem! Não podemos permitir que eles subam! — Ordenou o major.

Os soldados posicionavam-se ao longo da borda do terraço, mirando cuidadosamente em direção aos Párias. A tensão era palpável:

— Major, eles estão se aproximando! Precisamos manter a linha de fogo! — Disse Irve.

— Firmeza, Irve! Não recuem soldados! Disparem com precisão e retenham o avanço inimigo! — Exclamou Tyler.

Os disparos eram ensurdecedores, por um lado os Párias empreendiam o seu avanço no Coeur Défense incessantemente, por outro a nossa linha defensiva era firme, e cada tiro certeiro significava uma investida inimiga frustrada, porém, eles nos venciam em números:

— Os Párias estão se multiplicando, parecem baratas! Precisamos de reforços! — Declarou Vicente.

— Continuem atirando! Vamos resistir o máximo que pudermos! Mantenham a posição, soldados! — Deu o comando o major.

O combate continuava ferozmente, e o número de Párias parecia aumentar a cada momento e, do nosso lado, as baixas se somavam a cada minuto. A nossa resistência foi posta à prova:

— Major, não sei por quanto tempo aguentaremos! Precisamos de ajuda! — Informou Noah.

— Aguentem firme, soldados! Não podemos deixá-los avançar! Mantenham o foco e continuem atirando! — Mandou Tyler.

— Não vamos desistir! Lutaremos com todas as nossas forças! Unidos somos mais fortes! — Tentei aumentar a moral do esquadrão.

— Cala a boca, doutor, e se concentra em fazer esse dispositivo! Quanto tempo vai levar?! — Retrucou o major.

— Na melhor das hipóteses, major, vai levar umas 4 horas para montar o dispositivo. Precisamos ser rápidos, mas também precisamos garantir que seja eficiente.

— Assim vamos morrer, doutor! — Clamou Vicente.

O major olhou para mim com uma mistura de impaciência e ansiedade, ele entendia a urgência da situação, entretanto, sabia que precisávamos fazer tudo com precisão para termos alguma chance de sucesso.

— Temos que torcer para que essas horas passem voando, doutor! Nossas vidas e a segurança dessa missão dependem disso! — Falou o major entre os sons de tiros.

— Compreendo, major! Vou precisar de mais alguns materiais específicos para construir o dispositivo, peço que continuem a defender nossa posição.

Eu fui vasculhando rapidamente a área em busca dos materiais necessários. Os esquadrões tanto da Torre A quanto da Torre B, mesmo sob a pressão do combate, mantinham-se firmes e atentos, protegendo a borda do terraço e mantendo os Párias da Tecnologia afastados.

Conforme eu reunia os materiais, as horas se passavam rapidamente. Cada minuto passava em um piscar de olhos, o meu tempo já era curto e assim ficava mais ainda. Estávamos em uma corrida contra o tempo e a nossa vontade de sobreviver era tudo que em que nos agarrávamos.

Após uma busca intensiva, finalmente consegui reunir todos os materiais complementares que precisava e continuei a montar o dispositivo, utilizando cada componente de forma adequada.

— Doutor, como está o progresso? Temos pouco tempo! — Perguntou o major.

— Está de sacanagem com a minha cara?! Acabei de achar os materiais que estava procurando — respondi.

A troca intensa de tiros não deu trégua, à medida que continuei a montagem do dispositivo, focado unicamente em minha tarefa, o som das balas zunindo pelo ar e os gritos dos soldados criou uma atmosfera de tensão insuportável:

— Doutor, as munições estão acabando! Precisamos agir rápido! — Gritou Irve.

— A pressa é inimiga da perfeição, sargento. Se não fizermos isso corretamente, tudo pode ser em vão.

— Não precisamos de perfeição, precisamos de soluções! Faça o que for necessário! — O major, visivelmente irritado, vociferou em resposta.

Eu, de fato, compreendia a urgência da situação e, agora, diante da falta de munição, nossas perspectivas se tornavam mais obscuras.

— Soldados, cessar fogo! — Mandou o major — Formem barricadas nos andares abaixo de nós e impeçam os Párias de subirem! Doutor, precisamos explodir as escadas e os elevadores. Faça acontecer!

Com a ordem do major, os soldados interromperam o fogo e começaram a criar barricadas improvisadas nos andares inferiores, utilizando móveis, destroços e qualquer objeto que encontraram.

Simultaneamente, fui colocar em prática o plano de destruir as escadas e os elevadores para voltar à construção da bomba de pulso eletromagnético. Utilizando explosivos estrategicamente posicionados, garantimos que os Párias não tivessem acesso fácil ao nosso refúgio.

O cenário era sufocante, cada soldado se esforçou para cumprir sua parte na defesa dos prédios. O barulho das explosões vindas de ambas as Torres e o tremor dos edifícios indicavam que as escadas e elevadores estavam sendo destruídos, bloqueando qualquer possibilidade de avanço inimigo.

O major vendo a ação frenética ao seu redor e, mesmo sob pressão, manteve a liderança, parecia uma tarde de domingo no clube para ele:

— Soldados, mantenham-se firmes! Não vamos deixar que eles passem! Defendam cada andar com suas vidas! — Bradou o major tentando motivá-los.

Os Párias da Tecnologia tentavam avançar, contudo, enfrentavam a resistência das barricadas improvisadas e a falta de acesso às escadas e elevadores dificultavam sua progressão.

Duas horas se passaram, eu persistia com afinco na montagem do dispositivo, concomitantemente os soldados permaneciam vigilantes na borda do terraço. E, se você acha que não poderia piorar, piorou. O clima tenso foi interrompido por Noah que chamou a atenção do major:

— Major, temos problemas! — Disse ao apontar em uma direção.

O major direcionou seu olhar na direção indicada e percebeu a ameaça iminente. Os Párias da Tecnologia estavam se preparando para lançar drones e utilizar *jetpacks* para chegar ao topo dos prédios.

— Maldição! Eles estão tentando superar nossas defesas! — Esbravejou o major.

A equipe enfrentava um novo desafio: os inimigos criaram uma rota alternativa para contornar as barricadas e alcançar o refúgio do esquadrão.

Mesmo sob pressão, continuei focado em minha tarefa, cheguei na parte de ajustar os componentes finais do dispositivo, sabendo que a batalha se desenrolava ao meu redor. Os soldados reagiam rapidamente à ameaça dos drones e dos Párias com jetpacks, tentando abatê-los e impedir sua aproximação.

O major liderou os soldados, instruindo-os a concentrar o fogo nos drones, e caso qualquer Pária tentasse se aproximar pelo ar, a ordem era para mudar o foco e neutralizá-lo.

No entanto, o som dos disparos diminuía gradualmente à medida que a munição se esgotava. Os esquadrões, desesperados, compartilhavam suas frustrações ante da falta de recursos para continuar a luta:

— A munição acabou! — Ouvia-se da Torre A.

— Aqui também! O que faremos agora? — Gritou Noah.

— Se não temos mais balas, usem o que tiverem! Pedras, qualquer coisa! — Disse o major.

Em meio ao caos, eu fiz de tudo que estava ao meu alcance para terminar o dispositivo o mais rápido possível. O meu coração estava acelerado, as mãos trêmulas, suando frio já, o desespero de morrer ali crescia constantemente:

— Está quase pronto, major! Resista mais um pouco! — Berrei.

O major, em meio aos desafios e pressão crescente, vociferou em um tom de urgência:

— Doutor, não temos mais tempo! Precisamos de algo agora!

O major se aproximou rapidamente de mim em busca de uma solução para a ativação do dispositivo.

— Como eu ativo essa maldita coisa? — Perguntou.

— Ainda não terminei, major.

O major repetiu sua pergunta com impaciência, ao passo em que a tensão aumentava a cada segundo:

— Como eu ativo a merda desse dispositivo, doutor?!

— É de forma remota, com esse controle. Basta pressionar esse botão aqui.

— Perfeito!

E de surpresa ele me tomou o controle de ativação e pegou a bomba:

— Soldados, aqueles que ainda possuírem granadas, peguem--nas e aguardem a minha ordem! — Exclamou em alto e bom tom o major.

— Major, o dispositivo não está pronto! Ele pode falhar! — Tentei alertá-lo.

— Se demorarmos mais para ativá-lo vamos morrer, Dr. Vanguard... Então, se você acredita em Deus, é bom começar a rezar para isso funcionar agora!

Cansado de tudo aquilo e inconformado também, não pude fazer mais nada além de observar e torcer para que ocorresse tudo certo:

— Todos prontos?! — Indagou o major.

Os soldados confirmaram, segurando suas granadas firmemente, e vendo aquilo os esquadrões da Torre A seguiram a mesma ação, sabendo que poderia ser a sua última esperança de voltarem para casa vivos:

— Sim, major! — Disseram todos do primeiro esquadrão.

O major levantou a mão, sinalizando para que todos se preparassem para lançar as granadas:

— Lancem! — Foi dada a permissão, meu coração parou e vi tudo lentamente.

As granadas foram lançadas com precisão, voando pelo ar e explodindo ao redor dos Párias. O caos se instaurou, forçando os Párias a se abrigarem e cessar o fogo momentaneamente.

Logo em seguida, o major lançou o dispositivo de pulso eletromagnético e todos ficamos apreensivos pela sua ativação, ao chegar na altura que previ, gritei:

— Ativa!!

E com um único apertar do botão, o major ativou. Uma luz intensa irrompeu, ofuscando o horizonte e banhando a área em um brilho cegante. O impacto do pulso eletromagnético foi sentido em todo o entorno, desativando temporariamente a tecnologia dos Párias. O major, ao ver o resultado, não pôde deixar de exclamar:

— Funcionou! — Essa foi a primeira vez que o vi comemorando nessa guerra.

Um sentimento de alívio e triunfo tomou conta dos esquadrões, todos sabiam que aquele pequeno momento poderia marcar uma reviravolta em nossa luta contra os Párias.

Os soldados, embalados pelo sucesso momentâneo, ergueram seus punhos em comemoração, olhando ao redor, admirando a cena, veio-me um sorriso de alívio.

Com o bloqueio temporário das comunicações e a desativação dos equipamentos dos Párias, a batalha encontrava-se em um breve hiato. O major, aproveitando esta oportunidade, rapidamente pegou seu rádio e tentou estabelecer comunicação com a central de operações. Ele sabia que era crucial informar sobre a situação e pedir apoio para resgatar os esquadrões presos nos terraços dos prédios:

— Central de operações, aqui é o major Tyler, código *KT26FNP14*, do Primeiro Esquadrão da *Direction Générale de la Sécurité Extérieure*.

— Recebido, major. Qual é a sua situação? Relate — respondeu a central.

— Temos esquadrões presos em dois terraços diferentes do edifício Coeur Défense. Precisamos de apoio imediato para o resgate. Estamos enfrentando forte resistência dos Párias, porém, conseguimos desativar o bloqueador de sinal deles por agora e devido a isso não entramos em contato com a central antes.

— Entendido, major. Estamos mobilizando reforços para a sua localização. Mantenha a posição e continue relatando.

— Compreendido, central. Manteremos a posição e aguardaremos os reforços. Precisamos de uma equipe de extração o mais rápido possível. Os esquadrões estão sob intenso fogo inimigo.

— Copiado, major. Estamos enviando uma equipe de extração para o local. Eles vão chegar aí em breve.

O major respirou aliviado ao ouvir as palavras da central de operações. Sabia que ajuda estava a caminho, todavia também tinha consciência de que cada minuto era valioso para os soldados presos nos terraços.

— Agradecemos, central. Os soldados presos estão em uma situação precária. Precisamos agir rápido.

— Entendido, major. Faremos o possível para agilizar o resgate. Mantenha a calma e continue protegendo a área.

— Recebido, central. Vamos manter a posição e aguardar o resgate, desligo.

A comunicação foi encerrada e o major olhou para os soldados ao seu redor, transmitindo-lhes a notícia de que a ajuda estava a caminho:

— Soldados, a central está enviando uma equipe de extração, eles chegarão em breve! Até lá, a nossa missão é proteger esses terraços e garantir a segurança dos nossos companheiros, vamos permanecer firmes!

Os soldados acenaram confiantes de que conseguiriam enfrentar qualquer desafio que surgisse. Após alguns minutos, a Central de Comando retornou o contato via rádio:

— Major, iremos ativar o projeto Tártaro, de acordo?

— O quê?! O Tártaro?! — Indagou assustado.

— Peço que lancem seus sinalizadores se estiver de acordo, major.

— Tem certeza?! Vai funcionar? Esse protocolo não estava disponível, Central!

— Major, foram ordens superiores.

— De quem?!

— O Marechal deu a ordem.

— Entendido, Central — então, o major se virou para a gente e falou — Senhores, o comando central vai colocar em funcionamento o projeto Tártaro, nos pediram para sinalizar a nossa localização para que evitem de nos acertar.

Todos os soldados ficaram com uma cara pálida e sem crer por um momento, no entanto, eu não fazia ideia do que se tratava:

— Tártaro?! O que é isso? Por que vocês todos ficaram em choque assim do nada? — Perguntei sem entender a situação.

— Doutor, em breve você verá... — disse Noah meio cabisbaixo.

O major olhou ao redor, avaliando a situação com uma mistura de preocupação e esperança, vi em sua face que ele sabia que a ativação do Projeto Tártaro era uma medida extrema, no entanto, não podia ir contra as decisões do marechal:

— Soldados, preparem-se para o lançamento do sinalizador!

Os soldados assentiram, demonstrando sua prontidão para seguir as ordens do major. Um silêncio pairava sobre o terraço conforme todos se preparavam para o momento crucial:

— No meu comando... Agora! — Ordenou o major.

Com um movimento, todos lançaram os seus sinalizadores ao ar. Os dispositivos subiram rapidamente, deixando um rastro brilhante no céu noturno. Os olhos de todos se voltaram para o horizonte distante, onde por uma resposta aguardavam.

E então, como se o próprio céu estivesse respondendo ao chamado, uma poderosa luz surgiu no horizonte. Era o Projeto Tártaro, um satélite de combate militar capaz de disparar uma forte e destruidora carga de energia para aniquilar o que estivesse em sua mira.

A luz intensa e brilhante avançava em direção aos prédios onde o major e seus soldados estavam. Todos observavam, maravilhados e apreensivos, enquanto a energia do Projeto Tártaro se aproximava rapidamente.

À medida que a sua luz se fazia mais presente, os Párias que cercavam os prédios perceberam a ameaça iminente e começaram a recuar, abandonando suas posições. O brilho intenso preencheu o céu em sua completude, e então, em um piscar de olhos, a energia do Projeto Tártaro atingiu a área alvo. Nesse instante, uma explosão colossal seguiu-se, iluminando o céu noturno e enviando ondas de choque por toda a região. O impacto foi devastador, reduzindo os Párias e suas fortificações a destroços.

Sentimos, lá de cima, o impacto das ondas de choque, mesmo estando protegidos pela distância segura no topo dos prédios. A sensação de alívio foi nítida, ao se ter em mente que uma ameaça significativa havia sido neutralizada.

O céu acima de nós estava, agora, mais calmo, com a luz do Projeto Tártaro desaparecendo gradualmente. Nos entreolhamos, compartilhando nossa sensação de exaustão e triunfo. O sacrifício dos demais soldados não foi em vão, e a batalha contra os Párias da Tecnologia deu um importante passo em direção à vitória.

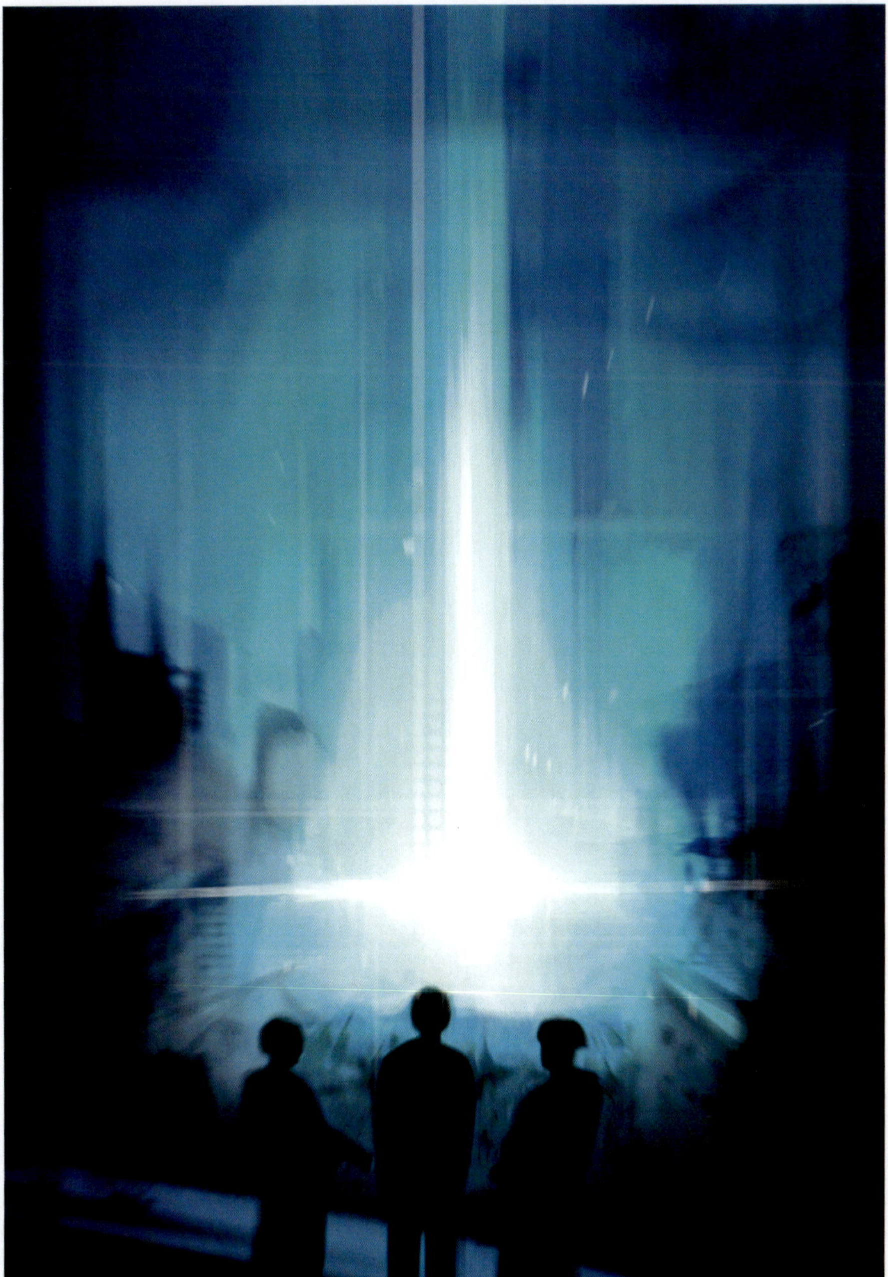

O major, com uma voz cansada, entrou em contato com a central de operações para relatar o sucesso do Projeto Tártaro:

— Central de operações, aqui é o major Tyler. Informo que o Projeto Tártaro foi um sucesso. Os Párias foram neutralizados. Repito, o Projeto Tártaro foi um sucesso. Os Párias foram neutralizados. Por fim, solicito envio de apoio imediato para a extração e tratamento dos feridos.

Ao tempo em que aguardava a resposta da central de operações, o major observou o cenário ao seu redor. Os escombros fumegantes dos prédios onde os Párias se abrigavam eram um testemunho da feroz batalha que acabara de ocorrer. Após alguns momentos de tensão, a resposta finalmente chegou através do rádio:

— Major, parabéns pela ação bem-sucedida. As equipes de resgate estão a caminho para auxiliar na retirada e cuidado dos feridos. Você e sua equipe devem permanecer no local até que recebam ordens adicionais.

O major assentiu, satisfeito com o resultado, então se voltou para seus soldados, que estavam exaustos:

— Soldados, nosso dever ainda não acabou. Vamos garantir que todas as áreas estejam seguras e aguardar as equipes de resgate. Mantenham-se alertas.

Os soldados assentiram, recuperando suas energias e prontos para cumprir as suas últimas tarefas.

Depois de alguns minutos, os helicópteros chegavam à localização para fazer o resgate de todos, era mais uma missão que terminava, contudo, eu ainda estava atônito com tamanho poder de destruição, não conseguia dizer uma palavra.

Entrei no helicóptero, sentei-me e olhei pela janela enquanto a aeronave começava a subir. Lá de cima, o cenário abaixo era funesto; os prédios reduzidos a escombros, as ruas cobertas de destroços e fumaça, e o silêncio que agora dominava a paisagem urbana eram um lembrete aterrorizante do poder destrutivo do Projeto Tártaro... Eu não conseguia evitar a sensação de pesar, era difícil compreender a magnitude do que eu acabara de presenciar... A visão daquela destruição se tornou uma lembrança vívida do quão frágil e preciosa a vida humana poderia ser.

Olhando para baixo, pensei nas vidas que foram perdidas nesse conflito. Tanto soldados quanto Párias, todos eram vítimas de um sistema injusto e desigual que os levou a esse confronto mortal. E, ao me afastar cada vez mais da zona de batalha, senti uma mistura de emoções, havia o alívio por ter sobrevivido, mas... mas... também... uma sensação... de profunda tristeza pela carnificina que testemunhei. A guerra havia cobrado seu preço... ou foi a ganância humana?

Permaneci sentado no helicóptero, olhando para o vazio, processando os eventos que vivi. Logo, o major se aproximou, sentando-se ao meu lado, e dirigiu a palavra a mim, com uma mistura de cansaço e resignação em sua voz:

— Enfim, vamos para casa, doutor... — disse Tyler — pela sua cara, nunca esteve em uma guerra antes, e muito menos sabe o que sua tecnologia pode fazer contra vidas humanas... Mas esse é o nosso trabalho, doutor...

As palavras do major ecoaram na minha mente, foi como se eu sentisse o peso das vidas daqueles que acabaram de morrer devido ao suposto "desenvolvimento tecnológico". Esta seria uma recordação dolorosa de que iria carregar comigo pelo resto da vida: apesar das boas intenções, a tecnologia também pode ser uma arma perigosa nas mãos erradas.

Olhei para o major, ainda atordoado com a carnificina que havia testemunhado, eu sabia que, como cientista, era o meu dever compreender as consequências de minhas criações e, essa experiência me fez confrontar a realidade brutal, a qual eu poderia ter conhecimento, porém... de alguma forma a ignorava... talvez, por conveniência...

— É verdade, major... Nunca estive em uma guerra... E, francamente, espero nunca mais ter que vivenciar algo assim... Entendo que meu trabalho também tem um lado negativo... a tecnologia que desenvolvemos para trazer benefícios, também poderá ser usada como uma arma — respondi entre suspiros.

O major assentiu, parecendo entender as minhas palavras, pois ambos compartilhávamos uma carga pesada de responsabilidade por nossas respectivas funções. Eu ainda me questionava sobre o equilíbrio delicado entre o avanço tecnológico e a proteção da humanidade, em contrapartida o major parecia ter aceitado o fardo que sua posição exigia.

— Vamos para casa, doutor — declarou o major com um tom mais suave — há muitas coisas que precisamos aprender com essa experiência...

— Casa... é... para casa... — disse sussurrando ao focar minha visão para fora da janela do helicóptero, contemplando o horizonte distante.

A viagem de volta foi silenciosa, cada um perdido em seus pensamentos, refletindo sobre o preço da guerra e a responsabilidade que carregávamos.

[...]

A batalha havia terminado, mas eu não seria capaz de esquecer o que acabara de viver.

---

[6] Ref. à canção *Way down We Go*, de KALEO.

O PIOR CEGO É AQUELE QUE NÃO QUER VER

No dia seguinte à ativação do Projeto Tártaro, eu estava na base militar ainda processando os acontecimentos da missão que participara. O clima era pesado e o silêncio pairava pela base, todos refletiam sobre o ocorrido. O major pegou uma xícara de café e ligou a TV da sala em que estávamos, e colocou no noticiário.

Na tela, as manchetes eram claras: "Tártaro, o devastador satélite militar é ativado em ação surpreendente"; "Destruição em periferia deixa população em choque e indignada"; "A tecnologia da morte: Tártaro destrói uma comunidade e aniquila seus moradores", dentre várias outras. As imagens da periferia destruída pelo poder do Tártaro eram fortes, a parte mais difícil de ver aquilo foi tentar assimilar o impacto da tragédia na vida das pessoas.

O major percebeu o meu desconforto e falou em tom sério:

— É uma verdadeira arma de destruição em massa que foi usada, doutor. Só que não podemos negar que salvou nossas vidas e as de meus homens naquele momento. No calor da batalha, precisamos tomar decisões difíceis.

— Eu entendo a necessidade de proteger nossas vidas, porém, ver o que o Tártaro causou naquela periferia... É difícil de engolir. Sinto que a tecnologia foi usada como uma arma para matar, não para proteger — respondi ainda abalado.

— Você não é o único a se sentir assim, e não deve culpar a si, apenas seguimos ordens daqueles que realmente mandam no mundo; eles fizeram com que esta tecnologia se tornasse uma arma poderosa. Somos peões nesse tabuleiro de xadrez — disse o major ao colocar sua mão em meu ombro e me olhar nos olhos.

— Você está certo, major... Contudo, penso que talvez seja hora de assumir uma parte da responsabilidade e garantir que nossas criações sejam usadas para o bem de todos — falei olho a olho com Tyler.

Logo, ele desviando do assunto mudou de canal, na esperança de encontrar uma distração das notícias sobre o Tártaro, o que o levou a se deparar com algo ainda pior. O meu rosto estava estampado na tela, com a notícia errônea de que eu era o criador da devastadora arma de destruição em massa. O major ficou chocado com a revelação e olhou para mim com preocupação:

— Não! Não fui eu quem criou o Tártaro! Eu sequer participei de um pré-projeto disso! — Declarei em desespero.

— Você ao menos sabe quem estava envolvido na criação desse satélite militar? — Perguntou o tenente Noah.

— A minha amiga Ji-Yeon, ela estava desenvolvendo um satélite de proteção planetário, mas segundo ela havia muitos interesses no projeto dela, razão pela qual deve ter saído do IPDTA. No entanto, não sei se ela está envolvida no projeto Tártaro.

— Entendo... — disse o major pensativo.

— Como isso aconteceu? Como vazaram essa informação sigilosa? E ainda mais errada! Eu só fui à missão com vocês — exclamei sem conseguir esconder a minha angústia.

— Ainda não sabemos ao certo, suspeito de que alguém dentro da base deve ter passado essas informações para a mídia. Isso é extremamente grave, doutor... Você se tornou alvo de uma exposição pública indesejada — expressou Tyler preocupado e passando a mão pelos cabelos.

— O que isso significa para mim? O que vou fazer agora? — Senti até um nó na garganta.

— Por enquanto, a melhor opção é você se manter afastado de Paris e da base militar para que possamos investigar o vazamento. Vamos te manter em algum lugar seguro e discreto... affees — suspirou — É trabalho em cima de trabalho... imagina fazer o relatório disso tudo... — disse Tyler olhando para cima.

— Eh, major... não vai ser fácil esse relatório — concordou Noah.

— Ainda bem que temos uns aos outros, né, soldado?!

— Quê?!

— Né, soldado?! — Falou mais firme.

— Sim, senhor! Irei fazer o relatório da missão e da situação atual!

— Ótimo, soldado! Vou atrás do esquadrão para proteger o Dr. Vanguard.

Eu balancei a cabeça, ainda tentando assimilar tudo aquilo:

— Não queria dar mais trabalho do que já foi aquela missão... — confessei.

— Nós cuidaremos de você, doutor! Vamos encontrar quem vazou essa informação e garantir que a verdade seja restabelecida, até lá se mantenha seguro e fora do alcance da mídia — disse o major Tyler.

— Sim, farei o que for preciso!

— Vou providenciar a sua saída da base imediatamente. Fique atento às nossas comunicações e não hesite em nos contatar se precisar de alguma coisa!

Ao sair da sala em busca do esquadrão de locomoção, o major viu na saída da base militar uma enxurrada de jornalistas, os quais tentavam um furo midiático. Nesse momento, eu observava pela janela da sala o caos que se formou do lado de fora da base, uma multidão de pessoas desesperadas por qualquer informação sobre o criador do Tártaro... A situação era tensa e complicada, e o major percebeu que não seria fácil sair dali sem ser seguido:

— Como vamos sair daqui sem sermos seguidos por esses jornalistas? — Perguntei a mim mesmo.

— A coisa está feia, hein, doutor! Temos que despistá-los de alguma forma — disse o tenente Noah que estava na sala.

À medida que o major organizava a estratégia com a equipe, eu me preparava mentalmente para a saída, não fazia ideia de como sairia dali; a única certeza era que pelo céu não seria. Quando tudo estava pronto, Tyler voltou para a sala e disse:

— Falei com a equipe e pedi que eles se dividam em grupos, saindo por portões diferentes da base. Isso pode confundir os jornalistas e nos dar uma chance de escapar despercebidos.

— É uma boa ideia, major! — Afirmei esperançosamente.

— Providenciei veículos discretos para usarmos, em razão de não podermos chamar atenção; pegue essas roupas, troque-se ali na sala e leve essa mala, nela tem mais roupas. Quando você estiver pronto, vamos sair pelos fundos da base, que é menos vigiado.

— É sério, Major?! Estampa da Peppa Pig?! — Falei após ter me vestido com um conjunto de moletom da Peppa Pig.

— Ficou lindo em você, doutor! — Gracejou Noah segurando o riso.

— Estamos prontos para partir, ou melhor, na língua do doutor, *It's picnic time!* — Disse o major, e todos da sala seguraram o riso.

— Ha-Ha-Ha, muito engraçado, vocês... estou morrendo de rir oh! Alguém pode me dar um tiro?

— Foco, doutor! Ninguém vai te reconhecer assim... Vamos seguir juntos até o veículo, e a equipe vai se dispersar por saídas diferentes — falou Vicente, rindo.

Respirei fundo e segui o major até o veículo que estava em um galpão enorme, cheio de carros. Todos estavam em alerta máximo, o que deu a entender que o plano parecia estar funcionando. Chegando nesse galpão, o major indicou em qual carro eu deveria entrar e disse:

— Boa sorte, doutor. Confiamos em você para se manter seguro!

Agradeci ao major e entrei no veículo. Daquele galpão saíram oito carros em direções diferentes, com o intuito de confundir os jornalistas. Porém, algo de errado estava acontecendo, todos os carros estavam saindo, menos o meu:

— O que está acontecendo?! Não deveríamos partir também?! — Indaguei desnorteado.

— Tenha calma, doutor! Só quem conhece o plano somos nós dentro desse carro e o major — disse Vicente — Aliás, quem vai comandar hoje é o Chefe, ele não estava na missão anterior, *porém, todavia, no entanto...* Ele é *sangue bom* e de confiança... Olha ele aí, chegou!

Avistei um soldado que parecia estar de férias, vestia uma roupa estilo praiana, óculos escuros, barba por fazer, cabelo bagunçado e estava até com um palito de dente na boca:

— E aí, pessoal?! É aqui que vai ser a festa hoje?! Gostei da roupa da Peppa, minha filhinha tem uma igual — comentou o Chefe.

— Tem certeza de que é ele?! — Expressando preocupação.

— É ele mesmo, tiramo-lo das férias, e não se preocupe que o Chefe é o melhor que nós temos — disse Irve.

Quando eu olho para o lado, avisto o major sorrindo e dando *tchauzinho*. De repente o chão do galpão começou a descer, como se fosse um elevador e me deparei com uma rodovia subterrânea:

— Incrível... — falei sem reação.

— Tente confiar mais na gente, doutor — declarou Chefe —, o major estava com receio de ser alguém da base que vazou a informação, logo fez com que somente as pessoas de confiança dele soubessem para onde vamos levá-lo. Ninguém além de nós sabe dessa missão.

— Nem os outros soldados daqueles carros que saíram da base?! — Perguntei.

— Muito menos eles... nos carros que saíram estão os principais suspeitos de vazar as informações, a essa hora estamos passando informações falsas para eles, fingindo ser verdadeiras, o que vai nos ajudar a achar o inútil que causou todo esse problema — explicou Chefe.

— Ele pensou em tudo isso em pouco tempo assim?! — Fiquei surpreso.

— Pode não parecer, mas o major é extremamente inteligente e muito estratégico. Ele já tinha previsto que tudo isso aconteceria — declarou com muito orgulho, o sargento Irve.

— Quem diria... — realmente fiquei muito surpreso, para mim o major Tyler só sabia gritar e ameaçar os outros.

— *So I'm gonna never dance again the way I danced with youu*[7]... música boa essa! — Cantou Vicente, naquele momento não sabia se estava seguro ou na mão de loucos.

Depois de um bom tempo seguindo pelo subterrâneo, saímos por uma rota alternativa, evitando as principais vias e áreas movimentadas da cidade. Seguimos em uma estrada de terra até chegarmos em uma fazenda, onde paramos e descemos do carro:

— É aqui que vou ficar? Uma bela fazenda, um pouco caída, mas temos que tentar ser positivos, né? — Já estava me convencendo do péssimo lugar que iria ficar.

— Shiu! — Chefe fez um sinal para ficar calado e para que os demais verificassem o perímetro.

Chefe seguiu para o celeiro e eu fui com ele; Irve foi para a casa e Vicente para um campo que tinha atrás da casa. Ouvi apenas pássaros e as cigarras cantando, não consegui deixar de me sentir inquieto com toda a situação, a minha ansiedade estava me matando. Conforme os soldados verificavam a área, eu observava sem saber o que estava acontecendo:

— Área limpa! — Gritou Irve de dentro da casa — Limpo! — Vicente confirmou que tudo estava seguro no campo atrás da casa.

Eu fiquei ainda mais intrigado com o que poderia estar escondido ali, e para a minha surpresa, Chefe, dentro do celeiro, acionou um dispositivo oculto, revelando um painel digital sofisticado.

Nesse momento, olhei para ele com os olhos arregalados, surpreso com o que estava se desenrolando e, antes que pudesse fazer qualquer pergunta, o teto do celeiro começou a se abrir lentamente, bem como o chão também se moveu, revelando um elevador, o qual estava subindo. Para o meu contínuo espanto, um helicóptero, que nunca vi antes na vida, emergiu de dentro do celeiro:

---

[7] Ref. à canção *Careless Whisper*, de George Michael. Use o leitor de QR Code do Aplicativo Spotify para escutar a música.

— O que... O que é isso?! — Perguntei, ainda atônito.

— Bem-vindo à nossa base de operações secretas. Esse é o nosso helicóptero de fuga, equipado com a mais avançada tecnologia para garantir nossa segurança e discrição — Chefe se gabou, dando um sorriso.

— Precisamos nos manter um passo à frente dos jornalistas e de qualquer pessoa que possa estar nos perseguindo, em razão disso, essa é uma das bases onde nos refugiamos quando precisamos sair da vista do público — acrescentou Vicente que retornava ao celeiro.

— Isso é incrível! Nunca imaginei que houvesse uma base assim escondida no meio de uma fazenda, pensei que a gente iria ficar um bom tempo aqui! — Confessei.

— Pois é, essa é a ideia — falou Chefe, rindo.

Quando pensei que era só aquilo, Chefe revelou outro dispositivo escondido e abriu uma sala secreta, os meus olhos brilhavam de tanta curiosidade ao ver a porta se abrindo lentamente. Percebi que era uma espécie de closet enorme, repleto de roupas e equipamentos, notei que havia detectores de rastreamento e escutas na entrada da sala, o que mantinha a nossa localização em sigilo.

— Ao passar por esta porta, um pulso eletromagnético será emitido, inutilizando qualquer dispositivo eletrônico que possa estar nos rastreando ou nos espionando. É importante que todos se desfaçam de qualquer aparelho antes de entrarmos e vistam essas roupas para não chamarmos atenção — Chefe explicou com seriedade.

Mais que depressa entreguei o meu celular e quaisquer outros dispositivos eletrônicos que carregava comigo, sabendo que precisava me proteger para evitar ser rastreado ou monitorado.

Ao me vestir com as novas roupas fornecidas, eu olhava ao redor da sala, ficando impressionado com a quantidade de equipamentos e recursos que estavam disponíveis ali. Era evidente que aquela base altamente tecnológica e bem equipada foi desenvolvida para preservar a equipe segura e escondida.

— Vamos manter um perfil discreto, usaremos identidades falsas e seguiremos rotas seguras para chegar ao nosso destino final, entendido? — Deu as ordens.

Um pouco quieto, ainda sem saber o que fazer, apenas demonstrei concordância com um aceno de cabeça.

— Dr. Vanguard, abra o armário que está a sua frente. Nele verá documentos masculinos de identificação. Pegue-os — disse Irve, durante a troca de roupas.

Seguindo as suas ordens, abri o armário e encontrei os novos documentos de identificação, ao pegá-los notei que junto a cada documento havia um broche:

— Junto da sua identidade tem como se fosse um broche, mas não é, puxe ele e fixe em qualquer parte do seu rosto para assumir a identidade da pessoa que está no documento escolhido por você — continuou Irve me guiando passo a passo.

Curioso, examinei mais de perto e vi que o broche era, na verdade, um dispositivo tecnológico:

— Isso é incrível — murmurei para mim mesmo, ao admirar a engenhosidade daquele equipamento.

Seguindo a orientação do Irve, puxei o broche, notando como ele se soltava facilmente da identidade. O dispositivo era leve e discreto, projetado para ser facilmente acoplado em qualquer parte do rosto.

— Esse dispositivo é um projetor de imagem holográfica e alterador de voz. Quando fixá-lo em seu rosto, ele irá projetar uma imagem da pessoa que está na identidade que você escolheu. Assim, poderá assumir a identidade dessa pessoa temporariamente — explicou Irve sobre a funcionalidade do apetrecho.

Então escolhi um dos documentos e rapidamente fixei o dispositivo na minha testa. Imediatamente, uma imagem holográfica se formou, transformando o meu rosto na imagem da pessoa da identidade que estava comigo:

— Isso é incrível!! — Disse novamente, agora com uma voz diferente, correspondente à identidade que estava assumindo. Então corri para me olhar no espelho, era como se realmente fosse aquela pessoa.

— Hahaha. Essa tecnologia é uma das nossas melhores ferramentas para passar despercebidos em situações perigosas, doutor! Agora você poderá viajar e se movimentar sem chamar atenção para sua verdadeira identidade — exclamou Vicente.

— Pegue, doutor! — Chefe falou ao me jogar um celular — agora que o seu já foi inutilizado, use este, que é criptografado e seguro, para se comunicar com a gente sempre que quiser e nunca o deixe desligado, pois através dele saberemos a sua localização para ajudá-lo.

Logo após, embarcamos no helicóptero, todos com novas roupas e novas identidades, e assim que o helicóptero levantou voo, o celeiro voltou ao normal, fechando todas as saídas e o teto.

— Para onde estamos indo? — Perguntei a Vicente.

— Vamos para uma base próxima à Polônia — respondeu — Lá, você receberá mais instruções e orientações sobre o que fazer em seguida.

— Gente, ele dirige tudo?! — Indaguei surpreso.

— Hahaha, você não viu nada, doutor! Com roda ou sem roda esse idiota faz andar, é o melhor perito em fuga! — Declarou Chefe.

— *Now that the boys are here again, the boys are back in town, the boys are back in town, the boys are back in town, the boys are back in town*[8] — cantou Vicente.

— O único problema dele é esse, ficar cantando essas músicas velhas no nosso ouvido — resmungou Irve.

— Velha, não! Clássica! Ihuuull, bora para Polônia comer pierogi!! — Disse Vicente.

Nesse momento, tive a certeza de que estava sendo escoltado por loucos. E, mais que isso, algo me preocupava... seria talvez o

---

[8] Ref. à canção *The boys are back in town* de *Thin Lizzy*. Use o leitor de QR Code do Aplicativo Spotify para escutar a música.

baque que tive ao presenciar tamanha destruição com o poder do Tártaro? Ou atribuírem a culpa disso a mim? Eu queria só ter paz... Não fazia ideia do que seria de mim naquele instante.

— E essa cara de preocupação, doutor?

— Eh... a vida está uma loucura Chefe, minha cabeça não para mais, nem dormi ontem.

— Hahaha. Doutor, não tem como mudar o passado, ele já aconteceu e não há nada que possamos fazer sobre, você deveria se preocupar menos!

— Admiro sua calma, Chefe, ainda mais em uma situação como essa...

— Relaxa, doutor! Você está seguro conosco, aliás, você é a nossa missão... te proteger e garantir que suas ações não sejam usadas contra você é o que estamos fazendo. Podemos parecer loucos, contudo, peço confie na gente, vamos fazer de tudo para mantê-lo fora do radar.

Assenti, agradecendo ao Chefe por sua preocupação e apoio, no fundo sabia que estava em mãos experientes e determinadas a me proteger.

Chegando à base próxima à Polônia, o helicóptero pousou com suavidade, então descemos e fomos recebidos por soldados que estavam a nossa espera, levando-nos para dentro da base. Em seguida, foram nos dados carros populares e localizações de residências onde poderíamos ficar. Bom, eu viveria na Polônia por um mês ao menos, antes de voltar para Paris.

Na hora de partir, também tínhamos que ficar atentos, logo a escolta se dividiu em três carros e partiu da base militar, cada um pegando caminhos diferentes e alternativos. O carro em que eu estava, adentrou uma estrada rural cercada por belas paisagens verdejantes. O sol poente derramava uma luz dourada sobre os campos, à medida que a brisa fresca soprava pelas janelas. O clima tranquilo contrastava com a tensão que eu sentia:

— É estranho, não acha? — Comentou Vicente que estava ao volante.

— Estranho o quê?! — Indaguei.

— Apenas alguns quilômetros da base militar e já nos sentimos em outro mundo.

— Nesse sentido, até prefiro essa estranheza, é um alívio poder encontrar um pouco de paz e normalidade — respondi observando as pitorescas casas e fazendas à beira da estrada.

— Essa é a nossa intenção... Mantê-lo longe dos olhares curiosos e seguro de qualquer ameaça... Ou, quem sabe, levá-lo para um lugar isolado e desconhecido, então roubar os seus rins, hahaha — brincou Chefe.

O carro seguiu por mais alguns minutos até chegarmos a uma pequena cidade rural e, ao olhar pela janela, vi uma atmosfera serena, pessoas caminhando pelas ruas e até crianças brincando.

— Você ficará hospedado em uma casa nos arredores da cidade — informou Chefe —, é uma residência discreta e afastada do centro, para garantir sua segurança e privacidade.

Ao chegar à casa, notei que era uma construção de estilo campestre, cercada por árvores e jardins bem cuidados. Senti um leve alívio ao saber que poderia me esconder temporariamente nesse refúgio:

— É uma bela casa... — disse apreciando o local.

— Sim, é propriedade de um contato confiável — explicou Irve — Você ficará seguro aqui, e não se preocupe, temos agentes em todo lugar para garantir que ninguém o encontre.

Ao entrar na casa, encontrei um ambiente acolhedor e aconchegante, o seu interior era decorado com um toque rústico, e tudo parecia preparado para receber um hóspede:

— Esperamos que sua estadia aqui seja confortável, você terá todas as comodidades necessárias e alguém estará disponível para ajudá-lo sempre que precisar — declarou Chefe.

— Ahh! Como eu queria essas férias forçadas! Olha essa vida boa hahaha — falou Vicente.

— O seu serviço é ver o doutor descansando e curtindo uma baita tranquilidade, lide com isso criança! — Chefe disse para Vicente.

— É a vida, alguns têm a predileção divina... Porém, ao menos vou ali comer um pierogi, aliás a vida não pode ser tão triste assim, né?!

— Hora de irmos! Vamos deixá-lo descansar e qualquer coisa nos contate! — Despediu-se Irve.

— Bora, bora! Eu vi uma lojinha bacana ali na frente... Até mais, doutor! — Rapidamente se despediu Vicente.

— Até mais gente, agradeço toda a ajuda de vocês — disse a eles que já estavam saindo pela calçada.

— Você só pensa em comer?! Lembre-se que estamos em uma missão! — Preparava Chefe para dar uma bronca em Vicente.

— Vou comer para ter energia para fazer a missão, uai, é assim que funciona o ser humano hahaha — retrucou.

Naquele dia, lembro-me da paisagem tranquila que vi pela janela. A paz aparente daquela cidade contrastava com o caos tecnológico e político que eu havia deixado para trás.

— Espero que tudo se acalme em breve... E que eu possa voltar a Paris em segurança para resolver isso — pensei.

Esse foi um período de muita paz em minha vida, só que um mês passa rápido... bem rápido. Durante o meu período sabático, no instituto de tecnologia, uma equipe de cientistas e engenheiros trabalhava incansavelmente na recuperação e análise dos dados do satélite. O ambiente era movimentado, com telas exibindo gráficos e códigos complexos que pareciam dançar.

À distância, eu colaborava com os colegas e fornecia informações sobre a estrutura do satélite. Simultaneamente, Astra, a inteligência artificial do instituto de tecnologia, processava os dados coletados e fazia análises avançadas para determinar a causa da falha do satélite.

Dias e dias de trabalho se passavam, até que finalmente uma das telas exibiu uma mensagem em letras garrafais: "**ANOMALIA DETECTADA**".

— Conseguimos! — Exclamaram todos os pesquisadores envolvidos.

— Encontramos a causa do mau funcionamento do satélite! — Declarou outro.

A equipe se reuniu ao redor da tela, ansiosa para ouvir as conclusões que Astra estava prestes a dar, e por meio de videoconferência eu aguardava ser anunciada, de repente escuto:

— Atenção, a causa da anomalia foi causada por um impacto de micrometeorito que atingiu uma das partes críticas do satélite. A colisão provocou uma falha em um dos sistemas de propulsão, o que fez o satélite sair de órbita — esse foi o relatório anunciado.

— Foi um golpe de sorte termos conseguido recuperá-lo e analisar os dados — diziam os pesquisadores.

Esta notícia trouxe alívio para a equipe, uma vez que significava que o satélite não havia sido sabotado ou alvo de alguma ação mal-intencionada, e sim uma falha técnica, um acidente no espaço.

Astra continuou a fazer análises detalhadas, revelando informações valiosas sobre o comportamento do satélite durante o incidente... No entanto, algo me incomodava ainda, como se fosse a minha intuição dizendo que tinha alguma informação errada ou faltando em tudo isso. Ao pensar melhor, entrei em contato com instituto pedindo ao Diretor uma reanálise, dado que me parecia incoerente que foi um micrometeorito que causou a falha no satélite:

— Dr. Müller, eu estava revisando os dados da análise do satélite, e tenho algumas dúvidas sobre a conclusão que a Astra nos deu. Acredito que precisamos refazer as análises.

— Refazer as análises? Por quê? A nossa inteligência artificial é extremamente precisa em suas conclusões, por isso confiamos nela para interpretar os dados mais complexos.

— Eu entendo, Dr. Müller, porém, algo não está se encaixando. As informações que obtivemos são consistentes com a hipótese do micrometeorito, contudo, há algumas inconsistências que não podem ser ignoradas.

— Inconsistências? Não podemos simplesmente duvidar da Astra, você mesmo sabe que ela é muito mais capaz de processar e analisar dados do que qualquer humano.

— Eu não estou duvidando das capacidades dela, mas como cientistas, é nosso dever questionar os resultados e buscar a verdade e, se estivermos errados, pelo menos teremos a certeza de que fizemos tudo que podíamos.

— O tempo é precioso, doutor Vanguard! Não podemos nos dar ao luxo de refazer todo o processo de análise, confio nela e isso deveria ser suficiente para você também! — Falou um pouco ríspido.

— Dr. Müller, entendo a pressão do tempo, no entanto, esta é uma questão séria. Se houver algum erro na análise, as nossas conclusões podem ser equivocadas e isso poderia ter consequências desastrosas.

— Consequências desastrosas, doutor?! Mais do que já foi feito com o Projeto Tártaro?! Você só tinha uma missão, uma! E deu no que deu, né, doutor?! Bom, a missão já foi concluída, e o satélite já foi recuperado, então não vejo motivo para gastarmos mais recursos com algo que já está resolvido! — Exclamou zangado, como se fosse minha culpa a ativação do Tártaro.

— E se estivermos errados, Diretor Müller?! E se houver algo que não estamos levando em consideração?! Precisamos ter certeza antes de descartar qualquer possibilidade — fui mais incisivo.

— Possibilidades, é?! Você está vendo fantasmas onde não existe, a Astra já nos deu uma resposta clara e confio nela! — Retrucou já irritado.

— Eu não estou vendo fantasmas, estou apenas seguindo o rigor científico! — Disse aumentando o tom de voz — essas inconsistências podem significar algo importante, e eu me sinto obrigado a investigar!

— Obrigado? Obrigado pelo quê? Para nos atrasar e gastar mais recursos à toa? Se você não tem nada de concreto, é melhor deixar essa droga de lado e seguir em frente — falou o Dr. Müller em um tom mais impaciente.

— Eu tenho certeza de que há algo a mais aqui, Dr. Müller, não posso simplesmente ignorar a minha intuição e colocar em risco a credibilidade do instituto — revidei aumentando o tom de voz.

— Credibilidade? Você está arriscando nossa credibilidade ao questionar a nossa própria inteligência artificial, ela é o coração de todas as nossas pesquisas, Dr. Ellijah Vanguard! — Gritou.

— Dr. Müller, vej...

— Se eu soubesse que você agiria assim, não teria te incluído nessa missão e muito menos nessa equipe! — Berrou o Diretor do instituto, cortando minha fala.

— Eu entendo sua frustração, ainda sim precisamos ser transparentes, aliás, ciência não pode ser baseada apenas em conveniência ou ego.

— E quem é você para falar de ciência? Eu sou o Diretor dessa merda, as minhas decisões são as que importam! — Esbravejou ao bater na mesa furiosamente.

— Descul...

— Agora você é o defensor da verdade, não é?! — Declarou o pesquisador chefe em toda sua fúria, cortando minhas desculpas — Pois saiba que eu confio na Astra, em minhas decisões e não vou desperdiçar mais tempo com essa discussão.

— Muito bem, se é assim que prefere, eu continuarei investigando por conta própria. Pode contar com meus resultados quando estiverem prontos — disse inconformado.

— Faça o que quiser, só não espere que eu esteja ao seu lado quando tudo isso der em nada — alertou ao encerrar a videoconferência.

Engasgado com essa conversa que tive com o Dr. Müller, resolvi pegar o trem de alta velocidade para Paris o mais rápido possível:

— Doutor, o que pensa que está fazendo?! — Perguntou Chefe — Temos uma missão em andamento e você não pode sair assim de repente.

— Desculpa, Chefe! É que o Presidente do Instituto está prestes a fazer merda sobre a recuperação de dados do satélite da última missão, ele quer encerrar a investigação com base em evidências frágeis.

— Que maravilha, hein, doutor... Affes... situação nada boa... espere um momento, vou entrar em contato com o major — disse Chefe.

— Nem me fale, temos loucos em funções de poder! — Resmunguei.

Após um tempo, Chefe voltou com uma resposta:

— Doutor, a situação é a seguinte, foi permitida a sua volta para Paris, no entanto, teremos agentes apaisana para ficar de olho em você por algum tempo. Não acontecendo nada com você nesse período de vigia, retiraremos os agentes, tudo bem?

— Perfeito! Concordo com as condições, posso ir então?! — Falei ansiosamente.

— Deixaremos você na estação, vamos lá.

Com a mente agitada pelas palavras do Dr. Müller, decidi não perder mais tempo e imediatamente fomos em rumo à estação de trem:

— Doutor, não se esqueça das nossas orientações e não hesite em entrar em contato com a gente caso precise, ok?!

— Chefe, agradeço muito por todo o apoio que vocês estão me dando!

— *I've come home, hom, hom-hom-hom-home. Hom-hom, hom, hom, hom-hom, home. Hom-hom, hom-hom-hom-hom-home. Hom-hom, hom, hom, hom-hom, home*[3]. Ihuuull, vamos lá de volta para casa! — Vicente cantava e gritava animado.

— Yeaah!!! — Acompanhei o ritmo.

— A cada dia que se passa, o mundo já não parece ser mais o mesmo — declarou Chefe.

— Chefe, por que te chamam de Chefe?! — Perguntei de tanto não conseguir segurar a minha curiosidade.

— Hahaha, é uma boa pergunta... bom, o meu nome é Voltanor Chief, mas como em nosso esquadrão temos uma variedade de nacionalidades, quase nunca me chamam de Chief. Para você ver, já fui chamado de *Der Chef*, *boss*, *Chīfu* (japonês チーフ), *el jefe*, só que um brasileiro lá do nosso esquadrão fez Chefe ser usado por todos e acabou que pegou mesmo, hahaha — contou rindo.

— Hahaha, te entendo... e quem foi esse?!

— Foi esse otário aí dirigindo e fingindo que não está escutando a nossa conversa.

— Ann? Falou comigo?! — Fingiu Vicente.

— Estou dizendo, é sínico mesmo! — Revidou Chefe.

— Espera! Ele é brasileiro?! — Perguntei surpreso.
— Sou sim, vim lá de Salvador — disse Vicente.
— Legal! Eu sou de São Paulo. E você, Chefe?!
— Eu sou de uma cidade da Ucrânia chamada Lviv. Enfim, chegamos em sua estação — informou passando os olhos ao redor, procurando por algo suspeito — mantenha-se atento, ok?!
— Pode deixar comigo! Obrigado por tudo, vocês dois! Dê um abraço no Irve por mim!

Desci do carro e fui em direção à estação. Já dentro do trem, eu me recostei na poltrona e olhei pela janela, vendo o cenário passar em um borrão veloz. A minha mente estava inquieta, relembrando a discussão com o Dr. Müller e sabia que enfrentaria dificuldades ao retornar ao instituto, eu só não podia ignorar o que acreditava ser uma pista importante.

Conforme o trem avançava, eu revisava os dados da missão do satélite, estudava cada detalhe, procurava por qualquer indício que pudesse apoiar as minhas suspeitas. Após trinta minutos, de viagem, quiçá menos, o trem finalmente chegou a Paris. Bom, essa parte eu já contei, até mesmo a interação que tive com o androide me alimentando, lembra? Foi por causa de tudo isso que estava naquele trem no início da história.

Podemos pular essa parte já que foi contada, né?! Vamos direto para depois da excursão dos alunos que me fizeram horrores de perguntas e ficavam me chamando de tio, ninguém merece.

Bom, essas foram as minhas semanas agitadas. E agora, como já tinha terminado a excursão escolar, usei o meu tempo para focar na análise de dados do satélite e a fiz sem auxílio de inteligência artificial. Se demorou? Muito... porém, eu estava certo de que iria encontrar algo.

Os dias e as noites se fundiram em uma jornada contínua para mim. Eu me encontrava imerso no trabalho, analisando minuciosamente os dados do satélite, sequer fiz a barba e... banho? A falta de banho tinha se tornado marca do meu esforço incansável em busca da verdade! Aprenda essa desculpa para não tomar banho, anota aí... Eu parecia um morador de rua...

O meu escritório virou um lar temporário, eu nem saía mais da minha sala, nem mesmo para dormir. A minha mente estava completamente focada na pesquisa, o mundo ao meu redor desapareceu, restando apenas os números e gráficos que preenchiam a minha tela.

As horas viraram dias e os dias viraram semanas, não me dei conta do tempo que passei preso no escritório, fiz as minhas refeições rápidas e solitárias no próprio escritório, durante essa jornada extenuante... O meu cansaço físico era evidente.

À medida que o tempo passava, eu descobria pistas intrigantes nos dados, pequenos padrões que pareciam insignificantes a princípio, no entanto, tornar-se-iam indícios importantes.

Enquanto eu estava imerso em minha análise, Adia entrou no escritório com uma expressão de surpresa e preocupação, lembra-se dela? Adia é uma mulher de origem africana, com traços fortes e um olhar expressivo, os seus cabelos negros e cacheados caem em cascata sobre seus ombros, e sua pele é iluminada por uma beleza cativante. Ela sempre traz consigo um sorriso caloroso e uma personalidade acolhedora, a tenho como uma das minhas melhores amigas, é uma pessoa sem igual.

Enfim, voltando à história, ao entrar no escritório, Adia se deparou com a bagunça e o caos que se instalou ali. Sacos de lixo se acumulava nos cantos, eu parecia um tanto desalinhado, com a barba por fazer e uma aparência cansada.

Ao presenciar isso, ela olhou ao redor, visivelmente incrédula e preocupada com o estado em que me encontrou. Ela aparentou hesitar por um momento, contudo, decidiu se aproximar, ignorando o cheiro desagradável:

— Meu amigo, o que aconteceu aqui? Parece que houve uma tempestade! — Declarou em um tom preocupado.

— Adia... Eu... Desculpe a bagunça, eu estou tão focado em minha análise que perdi a noção do tempo e dos cuidados pessoais — respondi ao levantar os olhos cansados para ela.

— Entendo que esteja trabalhando em algo importante, todavia, é bom, às vezes, cuidar de si, sabe? Você está parecendo um morador de rua! Hahaha — falou rindo e tapando o nariz — Vamos, pare de trabalhar um pouco e vamos tomar um banho e comer alguma coisa, isso vai até te ajudar a pensar melhor.

— Eu sei, Adia, só que estou tão perto de encontrar algo importante... Não posso parar agora.

— Não duvido, conheço a sua dedicação, e peço que se lembre de que você não está sozinho nisso, ok? Coloque em sua mente que temos uma equipe aqui que pode te ajudar. E digo mais, se você não estiver bem, como vai continuar sua pesquisa? — Colocou sua mão em meu ombro e olhou fixamente em meus olhos ao dizer estas palavras.

— Affees... Você tem razão... Eu preciso de uma pausa, pelo menos para me refrescar e comer algo... irei acatar o seu conselho, mas preciso voltar rápido, hein! Acredito que estou prestes a encontrar algo crucial.

— Hahaha. É isso aí! Admiro a sua dedicação, você sabe disso! Agora vamos cuidar dessa sua personalidade moradora de rua primeiro — falou sem conseguir segurar o riso — para que depois possa continuar seu trabalho com toda a energia. E não se preocupe, a equipe pode dar uma olhada nos dados durante o seu descanso.

Cedendo à insistência carinhosa e debochada de Adia, deixei-me guiar por ela para fora do escritório. Ao caminharmos pelo corredor em direção à área de descanso, Adia mantinha um braço me abraçando, transmitindo-me conforto e apoio.

— Vamos dar um jeito nisso tudo, meu amigo! Você não precisa enfrentar o mundo sozinho, sabe que estou aqui para cuidar de você e para ajudá-lo a encontrar as respostas que procura, não sabe? — Disse suavemente.

— Obrigado, Adia... Você é a melhor que eu tenho! Sua amizade e compreensão significam muito para mim — falei com os olhos marejados.

— Ownt, ele está emotivo... não precisa me agradecer, estou aqui por ser sua amiga, é para isso que servem os amigos!

— Obrigado mesmo! E eu não estou chorando, foi a luz do sol que bateu nos meus olhos...

— Aham, sei! Jamais pensaria que um homem da sua idade se comoveria, hahaha.

— Bom, antes de ir para casa descansar, vamos ao refeitório? Preciso comer algo de verdade, hehehe — mudei de assunto.

— Sem problemas, você precisa de verdade de comer algo reforçado!

No refeitório, sentamos à mesma mesa, rodeados por outros colegas de trabalho que se entreolhavam com certo desconforto devido ao odor que exalava de mim. Adia, demonstrando compreensão, manteve um sorriso amigável e começou a conversar comigo como se nada a incomodasse:

— Então, você está trabalhando nesse projeto há mais de 300 horas, é isso? — Indagou com um olhar preocupado.

— Sim, umas 300 horas, talvez até mais, tenho estado tão imerso nisso que perdi a noção do tempo... Desculpe pelo meu aspecto, Adia, e obrigado por me aguentar assim — disse um pouco cabisbaixo.

— Não há do que se desculpar, meu amigo! Eu entendo a paixão que você tem por suas pesquisas, mas acho que talvez esteja na hora de dar uma pausa e pensar em você mesmo — aconselhou com uma voz suave.

— Eu sei que você tem razão, Adia... É só que... Sabe aquela sensação de estar perto do que você busca? Eu sinto que estou tão perto de encontrar alguma coisa significativa, algo que possa ajudar a entender o que aconteceu com o satélite, sinto que estou prestes a fazer uma descoberta importante.

— Eu acredito em você e sei que você é capaz de fazer grandes descobertas, contudo, você tem que ter em mente que para continuar seu trabalho é necessário cuidar de si também, porque não vai conseguir ajudar ninguém se não estiver bem.

— Você está certíssima! Eu preciso de um tempo para descansar, me alimentar adequadamente e, é claro, tomar um bom banho.

— Hahaha. É isso aí! E você pode contar comigo para te ajudar com tudo, menos com o banho, hahaha — esse momento ia ficar marcado na memória dela, ver-me todo maltrapilho seria conteúdo para me zoar pelo resto da vida — Além disso, estou curiosa para saber mais sobre o que você está trabalhando, diga-me o que é esse projeto do satélite?

— Humm, bem, o satélite em questão é responsável por proteger a Terra das explosões solares. Ele saiu de órbita de forma estranha, agora estou tentando entender o que causou esta falha. A princípio, pensávamos que poderia ter sido um micrometeorito, só que começo a achar que pode ser algo mais complexo.

— Humm, me parece ser um grande desafio, e espero que você encontre as respostas para revelar o que aconteceu, isso vai ser de grande ajuda para a Terra inteira.

— Obrigado, Adia! Significa muito para mim ter o seu apoio. E, mais uma vez, me desculpe por esse cheiro horrível.

— Hahaha, esse cheiro está horrível mesmo! Mas tudo bem, eu aguento, sou forte! Agora vamos terminar de comer, e depois vá tomar um banho para se purificar desse odor terrível! Hahaha

Nós continuamos a conversar durante a refeição, em meio a esse diálogo, Adia colocou delicadamente o dedo no meio da minha testa, olhando-me nos olhos com compaixão e seriedade, declarando:

— Sabe, não é só o corpo que precisa de cuidados, a mente também precisa Van... Aqui dentro, no seu coração e na sua cabeça, é onde a verdadeira batalha acontece — disse em um tom firme.

— Você está certa, Adia... A mente é uma ferramenta poderosa e, ao mesmo tempo, frágil. Às vezes, ficamos tão imersos em nossas paixões e objetivos que esquecemos de olhar para nós mesmos — concordei com ela.

— *Touché*! Embora nossos pensamentos e emoções moldam nossa caminhada e podem nos levar a caminhos surpreendentes, eles também podem nos cegar para o que realmente importa: a nossa saúde, paz interior e as relações com os outros.

— Eu nunca havia pensado nisso dessa forma, sabia? Você tem razão, precisamos cuidar de nossas mentes tanto quanto cuidamos de nossos corpos, afinal, são elas que nos impulsionam nessa vida.

— Sério?! Ainda bem que fui te ver então, só de fazê-lo pensar mais sobre cuidar de sua saúde já é uma vitória para mim hahaha Alimente-a com pensamentos positivos, descanse, permita-se relaxar. A minha mãe costumava me dizer:

"*A mente é o portal para um mundo infinito, cuide bem dela e você abrirá portas para o desconhecido.*"

— A sua mãe é uma sábia, essa frase é realmente impactante!

— Sim, ela é! — Adia disse sorrindo — E acredito que cada palavra dela seja verdadeira, então, prometa-me que vai dar um tempo para si, ok? Encontre o equilíbrio entre suas pesquisas e suas necessidades pessoais.

— Eu prometo, Adia! E obrigado por estar aqui, por me ajudar a enxergar as coisas de uma maneira diferente — disse com os olhos cheios de lágrimas.

— Estamos juntos nessa jornada, não chore meu amigo! Conte comigo para o que precisar. Agora, vamos terminar de comer e depois você vai descansar.

Ao voltar a comer, depois de colocar a comida na boca, de repente parei de mastigar e arregalei os olhos:

— A mente é o portal para um mundo infinito, cuide bem dela, e você abrirá portas para o desconhecido — falei para Adia.

— O quê?! Engole a comida primeiro!

— Repete a frase da sua mãe, por favor!

— Qual? *A mente é o portal para um mundo infinito, cuide bem dela, e você abrirá portas para o desconhecido*, essa?

— *O pai tá on!* — Exclamei.

— Não deveria ser eureca? — Perguntou desnorteada.

Então levantei às pressas e fui correndo em direção ao escritório, mas percebendo que nem ao menos tinha me despedido de Adia, voltei na mesma euforia e dei um beijo de despedida:

— (*smack*) Valeu, Adia! Sua mãe é um gênio de verdade! — Falei empolgado.

Por fim voltei correndo para o escritório. Adia, confusa com a minha reação repentina gritou:

— O que está acontecendo? Você está bem?!

— Sim, estou bem! Eu acabei de ter uma epifania graças à frase de sua mãe! — Respondi com um entusiasmo que transbordava.

— E o que você quis dizer com *"o pai tá on"*? — Indagou sem entender.

— Depois te explico! — Respondi rindo lá de longe.

— Hahaha, aqui só dá louco... enfim, o CAPS em seu dia mais normal — falou Adia para si ao rir da situação.

— Preciso verificar os dados novamente! Essa frase me fez entender que o satélite não foi atingido por um micrometeorito, como todos acreditam. Há algo a mais por trás disso e eu já sei o que procurar — pensei comigo mesmo.

Entrei em meu escritório com a mente fervilhando, apressadamente liguei o computador e comecei a analisar os dados sob uma nova perspectiva. As horas se passaram e eu me mantinha completamente imerso na análise dos dados em que suspeitei estarem alterados. Refiz os cálculos, comparei os dados e verifiquei cada detalhe minuciosamente.

Durante a minha análise, percebi um pequeno detalhe que havia passado despercebido pela inteligência artificial e por toda a equipe durante a fabricação do satélite. Um erro na montagem de uma das portas internas de transmissão contínua de dados, a qual controlava a ativação da barreira de proteção contra explosões solares.

Essa porta foi produzida de forma incorreta, criando um curto-circuito que acabou danificando as portas internas de transmissão contínua de dados, fazendo com que a barreira de proteção ativasse em momentos indevidos. Em vez de proteger o satélite de possíveis impactos, a barreira estava sendo ativada durante os períodos em que deveria estar inativa, comprometendo o funcionamento do dispositivo. Esse pequeno deslize durante a fabricação resultou em um efeito cascata, afetando o funcionamento geral do satélite e culminando na sua falha e saída de órbita.

Rapidamente preparei um relatório com as minhas descobertas, incluindo os detalhes do erro de fabricação na porta de transmissão de dados, e me dirigi ao gabinete do pesquisador chefe, Dr. Müller, para compartilhar as conclusões do trabalho e após fui para o auditório para apresentar à equipe responsável pelo projeto do satélite e aos demais envolvidos.

Ao apresentar as descobertas, fui recebido com surpresa e admiração pela equipe. A inteligência artificial, apesar de toda sua capacidade, ainda estava sujeita a falhas, e a análise minuciosa que fiz, revelou um erro crucial que havia passado despercebido por todos.

Tendo as novas descobertas em mãos, a equipe ficou animada com a possibilidade de corrigir o erro na porta interna de transmissão de dados do satélite. Adia, sempre pronta para solucionar problemas, sugeriu que poderiam criar um software de correção e fazer a instalação remotamente, o que gerou uma ampla aprovação por todos.

Horas depois de se iniciar os trabalhos, a equipe percebeu outro relevante problema: os satélites afetados pelo erro de fabricação só enviavam dados remotamente, porém, não recebiam informações. Isso tornava impossível a instalação remota de qualquer atualização ou correção. Era uma péssima notícia para todos, parece que os problemas não parariam de acontecer.

Procuramos em todos os documentos e especificações do projeto do satélite em busca de alguma solução, no entanto, a falha de fabricação era tão grave que não havia uma forma simples de fazer as correções à distância. As tentativas de enviar comandos remotos para corrigir o problema não surtiram efeito, pois os satélites simplesmente não tinham capacidade de recebê-los.

Naquele momento suspirei profundamente, sabia que precisava encontrar uma solução mais complexa para acessar e corrigir a porta interna de transmissão de dados. Olhei para Adia, e percebi que ela também parecia abatida pela notícia:

— Éh, gente... não vai ser nada fácil... o que poderíamos fazer é: desenvolver um plano de ação para tentar fazer a correção manualmente — propôs Adia, sabendo que haveria muitas variáveis e riscos.

— Pelo jeito será nossa única alternativa ou perderemos todos os satélites com o tempo — assenti com Adia.

À medida que todos discutiam possíveis abordagens para resolver o problema, a pressão de encontrar uma solução começava a se fazer mais presente. E, mais ainda, eu assumia como minha a responsabilidade de corrigir o erro que eu mesmo havia descoberto.

— Calma gente, não é o fim do mundo, temos um bom tempo para arrumar os satélites, certo?! — O Dr. Müller tentava tranquilizar a equipe.

No entanto, logo após ele dizer isso, a central de monitoramento soltou um alerta de que ocorreria uma explosão solar muito intensa e impactaria a Terra de forma desastrosa, caso os satélites não estivessem funcionando corretamente.

— Você e esse seu azar não ajuda a gente, né? Nunca se perguntou o motivo de estar na área de gestão e não no desenvolvimento? — Disse já irritado.

A equipe ficou apreensiva com o alerta da central de monitoramento sobre a iminente explosão solar. Já o Dr. Müller, mesmo com o nervosismo crescendo em seu rosto, tentou manter a compostura e disse:

— Eu sei que parece azar, só que... essas coisas acontecem, né?! — Comentou sem graça — Não temos controle sobre as explosões solares. E, quanto à minha posição na área de gestão, são decisões estratégicas que precisam ser tomadas em uma equipe de pesquisa tão complexa quanto a nossa.

Ao mesmo tempo, os alertas continuavam reforçando a gravidade da situação. O tempo era o nosso ativo mais crucial e corrigir os satélites se apresentava essencial para evitar uma catástrofe, logo, respirei fundo e disse:

— Tudo bem, pessoal, voltem todos ao nosso foco inicial, precisamos nos concentrar em encontrar uma solução rápida, visto que não temos tempo a perder!

A equipe se reuniu novamente para pensar em uma estratégia para alcançar os satélites e fazer as correções necessárias, porém, ninguém arriscava dizer uma palavra sobre o caso, todos estavam quase que considerando a perda dos satélites. Em meio a esse silêncio perturbador, escapou-me:

— Não vamos conseguir sem ela... affees... — suspirei.

— Ela quem? — Perguntou Adia.

— Uma velha amiga desenvolvedora, Ji-Yeon Kim...

— Você quer dizer a Ji-Yeon Kim, a especialista em sistemas de comunicação e transmissão? Aquela que sabia tudo sobre os satélites? — Disse Adia com uma expressão surpresa.

— Sim, exatamente ela, Ji-Yeon era uma das melhores em sua área! E não só em sua própria área, mas em todos os projetos que coordenava. Se conseguirmos encontrá-la e convencê-la a nos ajudar, teremos uma chance real de corrigir os satélites a tempo.

— Humm, entendo... ma...

— Sim, o problema é esse: como vamos encontrá-la?! — Indaguei interrompendo-a.

— Diga-me uma coisa, como você a conheceu? — Perguntou Adia com uma curiosidade evidente.

Eu fiquei momentaneamente perdido em meus pensamentos, as lembranças pareciam voltar de forma intensa que nem consegui articular uma resposta. Em seguida, suspirei e comecei a falar, contudo, algo estava estranho... Senti a minha voz carregada de nostalgia e um toque de melancolia.

— Ji-Yeon... Bem, nós éramos colegas de estudo, quando tudo isso ainda era apenas um projeto, um sonho. Lembro-me dela como uma jovem brilhante, cheia de ideias inovadoras e uma paixão pela tecnologia que era contagiante. Éramos uma equipe coesa, contribuindo para um futuro melhor, e um dia... um dia ela simplesmente desapareceu.

— Desapareceu? Como assim? — Adia inclinou a cabeça, demonstrando interesse ao escutar atentamente.

— Sim, não sei muito do seu paradeiro e, em que pese sermos amigos, de um dia para o outro ela desapareceu como mágica. A sua casa estava trancada quando fui até lá, nenhum vizinho a viu mais, não tenho pistas dela.... Até hoje não consegui entender o motivo... — disse olhando para o teto, tentando afastar as lembranças dolorosas.

— O que será que aconteceu com ela nesse meio tempo? — Adia parecia intrigada.

— Não faço ideia... Sei que ela tinha uma visão muito crítica sobre o uso da tecnologia, especialmente quando percebeu que nem todos estavam colhendo os frutos desse progresso. Quanto ao que aconteceu com ela... Bem, é uma incógnita. Só espero que ela esteja bem, onde quer que esteja — a minha voz deu espaço a um tom de frustração.

— Humm, temos de encontrá-la já que ela é uma peça chave para resolver esse problema dos satélites... — disse Adia, pensativa.

— Sim, essa é a ideia! Ela conhece essa tecnologia de dentro para fora, e se alguém souber como contornar as limitações dos satélites, será ela.

— Então, o que estamos esperando? Vamos encontrar Ji-Yeon e trazê-la de volta, nem que seja amarrada! — Falou empolgada.

— Obrigado, Adia! Só pega leve nessa sua abordagem, não precisa ser brusca assim hehehe — ri sem graça.

— Não precisa agradecer, vai ficar me devendo mais essa, hahaha.

— Ainda bem que você não é agiota, porque pelo tanto que fico te devendo, tu já terias me matado, hahaha.

— Hahaha, sim! Deixa eu te perguntar, vocês eram muito amigos? Como era a Ji-Yeon? Eu só escuto sobre a fama de ser um gênio.

— Sim, éramos amigos muito próximos. A Ji-Yeon era incrível, não apenas pela sua genialidade, como também pela sua forma única de enxergar o mundo. Ela tinha uma paixão ardente por fazer a tecnologia trabalhar para as pessoas, para melhorar suas vidas — sorri levemente ao relembrar momentos do passado

— Ela sempre foi assim? — Ouvia com tamanha curiosidade.

— Desde que a conheci, ela sempre teve essa visão, sempre foi aquela pessoa que não estava interessada apenas em criar inovações tecnológicas, ela buscava entender como os seus projetos poderiam ser aplicados de maneira ética e justa, como a tecnologia que produzimos impactaria na sociedade.

— E como ela lidava com o fato de ser tão talentosa? Isso não a deixava... sei lá, isolada?

— Humm, ela era definitivamente única, porém, não era isolada. Ji-Yeon tinha uma personalidade introvertida, tinha poucos amigos, adorava conversar sobre ideias malucas, explorar novas abordagens. Ela conseguia equilibrar sua genialidade com uma personalidade quieta e vibrante ao mesmo tempo, assim, as pessoas naturalmente se sentiam atraídas por sua energia — até soltei uma pequena risada.

— E como foi no dia que ela desapareceu? Ela não deixou nenhuma pista ou dica sobre isso?!

— Foi tudo muito repentino... Um dia, ela simplesmente não apareceu no laboratório, deixando para trás todas as suas coisas. Não tínhamos ideia do que aconteceu, e todas as tentativas de entrar em contato foram em vão. Nós do Instituto ficamos chocados, para dizer o mínimo, ainda mais pelo fato de a polícia não achar nada sobre o paradeiro dela e encerrar o caso.

— Deve ter sido muito difícil para você e para todos que a conheciam — falou com pesar.

— Sim, foi. E agora, depois de tanto tempo, sinto que é minha responsabilidade encontrá-la. Ela pode ser a chave para resolver esse problema dos satélites e evitar a catástrofe iminente — o meu olhar ficava opaco de nostalgia.

— Estamos juntos nessa, vamos encontrar a Ji-Yeon e resolver essa situação. E quem sabe, talvez até descobrir o que a levou a desertar, não acha?! — Disse Adia, oferecendo-me um sorriso solidário.

— Isso, vamos encontrá-la e descobrir o que aconteceu! Hahaha, ah, lembro-me de uma vez, no inverno, quando enfrentávamos um problema aparentemente indecifrável em um projeto de inteligência artificial. Estávamos presos em um beco sem saída, incapazes de fazer com que a IA reconhecesse padrões complexos em um conjunto de dados cruciais.

Adia olhou curiosa, ansiosa para ouvir mais e todos da equipe também, até o Dr. Müller puxou uma cadeira e se sentou. Então, continuei a história:

— Estávamos em uma sala, cercados por telas de computador e pilhas de anotações. Ji-Yeon estava em silêncio por um tempo, e eu estava prestes a sugerir que talvez precisássemos recomeçar do zero quando ela se virou para mim com um brilho nos olhos.

— Vamos ensiná-la a dançar! — Ela exclamou.

Naquele momento, eu fiquei perplexo e respondi:
— Dançar? O que isso tem a ver com a IA?

Então, Ji-Yeon começou a explicar sua ideia enquanto se levantava e começava a fazer alguns passos de dança, explicando que a IA precisava entender o ritmo, os padrões e a fluidez dos movimentos para realmente "ver" os dados.

— E funcionou? — Adia parecia fascinada.

— Bem, no começo eu pensei que ela estava brincando — falei rindo — contudo, à medida que ela explicava, comecei a entender. Nós codificamos o algoritmo para reconhecer os movimentos da dança, e isso nos ajudou a desbloquear a barreira que tínhamos enfrentado. A inteligência artificial começou a reconhecer os padrões em outros conjuntos de dados também. Foi brilhante!

— Isso é incrível! Ela realmente tinha uma mente única — Adia riu comigo.

— Sim, era isso que a tornava especial, a sua capacidade de enxergar conexões onde ninguém mais conseguia, de pensar fora da caixa e aplicar abordagens inusitadas para resolver problemas. Ela era um verdadeiro gênio e não acaba por aí...

— Não?! — Indagou o Dr. Müller, parecia que todos da equipe estavam atentos às histórias, como se fosse uma lenda.

— Não! Para você ter uma noção, a mente dela funcionava de uma maneira incrivelmente singular, era como se ela pudesse ver as complexidades da programação e dos algoritmos como padrões fluidos, uma dança de informações que se entrelaçavam no espaço. Ela tinha essa capacidade rara de visualizar as conexões entre as linhas de código como se fossem formas tridimensionais flutuando no ar.

— Isso deve ter sido incrível de testemunhar — Adia e todos estavam visivelmente impressionados.

— Realmente foi. Eu me lembro de passarmos horas juntos, trabalhando em um problema e, de repente, ela pegava um marcador e começava a desenhar no ar, como se estivesse traçando linhas invisíveis. E eu ficava lá, tentando acompanhar o que ela via tão claramente.

— Hahaha, ela devia ser uma pessoa fascinante de se estar ao lado — disse Adia.

— Absolutamente. Estar perto dela era uma experiência que desafiava a maneira como eu via a tecnologia e o mundo. Com ela aprendi que a criatividade e a intuição são tão importantes quanto o conhecimento técnico. Ela tinha essa incrível habilidade de unir lógica e imaginação de maneiras que eu nunca tinha visto antes — olhando para o horizonte, perdido em minhas memórias, continuei — Agora, mais do que nunca, precisamos encontrar Ji-Yeon e trazê-la de volta.

— Vamos fazer o que for preciso para encontrá-la. E, quando encontrarmos, espero que possamos trazê-la de volta para o lugar onde ela pertence, mesmo que por um tempo — encorajou-me Adia.

[...] A mente é o portal para um mundo infinito [...]

EM BUSCA DO PASSADO

A minha jornada começou na Coreia do Sul, em uma pequena vila onde os campos de arroz se estendiam até onde a vista alcançava. Desde cedo, percebi que enxergava o mundo de forma diferente. Ao passo em que as outras crianças brincavam, eu me fascinava com os padrões que se escondiam nas sombras das plantações.

No entanto, isso me isolava... Os números, as equações, os padrões matemáticos e físicos eram como uma dança para mim, e ninguém mais parecia ver essa coreografia invisível. Na escola, meus olhos brilhavam ao analisar um problema de matemática, porém, os outros alunos pareciam confusos, eles eram incapazes de entender a minha empolgação.

Eu nasci em uma família que enfrentava dificuldades, não tínhamos condições financeiras, a vida era uma luta diária para garantir o básico. E em meio às dificuldades, eu encontrava oportunidades para explorar minha curiosidade. À noite, quando as estrelas brilhavam no céu, perdia-me na imensidão do universo, tentando decifrar os padrões cósmicos que pareciam se entrelaçar em harmonia.

A minha mãe, embora não entendesse a paixão pela matemática e pela ciência, sempre me apoiava. Ela via a minha determinação e me incentivava a buscar os meus sonhos, ela me deu o meu primeiro livro de matemática, mesmo que não soubesse do que se tratava e fiz daquelas páginas um tesouro, uma janela para um mundo onde algo fazia sentido para mim.

A infância foi desafiadora, pelo fato de eu não me encaixar no que era considerado "normal". No entanto, foi lidar com essas adversidades que moldou a minha mente, a minha determinação e a minha paixão pela tecnologia. Aprendi que a diferença pode ser uma vantagem, que a visão única de mundo pode nos levar a lugares que os outros nem imaginam. Foi essa visão que me guiou através dos desafios, os quais nem imaginava encarar.

Com a morte de meu pai, a vida ficou ainda mais difícil, fazendo com que minha mãe se tornasse o meu porto seguro. Ela trabalhava o dia todo e sempre voltava para casa com um sorriso no rosto, assegurando que tudo estava bem, que tudo iria melhorar... Ela é o meu exemplo de mulher forte!

Lembro-me de um dia em particular, quando eu ainda era criança, em nossa cidade natal, Gimje, estava na época da colheita de arroz e, apesar das dificuldades, todos na vila estavam ocupados trabalhando nos campos, assim, minha mãe me levava para o campo junto dela e lá eu costumava passar horas observando o balé das folhas de arroz ao vento, vendo padrões sutis se formando e se dissipando.

Naquele dia, enquanto todos estavam imersos em suas tarefas, vi algo que partiu o meu coração... Um pássaro, desesperado por comida para seus filhotes, ele tentava encontrar algo nos campos de arroz, e a cada bicada, suas patas afundavam na lama, prendendo-o. A cena me comoveu profundamente, pobre criatura lutava tanto para sobreviver, assim como minha mãe estava lutando por nós.

Eu sabia que tinha que ajudar o pássaro. Então, mesmo com minha mãe ocupada e exausta, a convenci a me deixar ir até os campos e resgatar o pássaro. Com cuidado, consegui libertar suas patas da lama para que voasse novamente. Aquela experiência serviu-me de lembrete, um doloroso lembrete de como a vida pode ser implacável, contudo, também mostrou a importância de ajudar aqueles que estão em necessidade, não importa quão pequena seja nossa capacidade de ajudar.

Essa memória, embora triste, ensinou-me uma lição: ter empatia e compaixão... Com quem? E até que ponto? Seguindo a história, eu prometi a mim mesmo que usaria a minha paixão pela ciência e pela tecnologia para fazer a diferença, ajudando aqueles que precisam mais. E essa promessa me levou a lugares que jamais poderia ter imaginado durante a infância simples e desafiadora em Gimje.

À medida que eu crescia, o desejo de aprender só aumentava, dediquei-me firmemente aos estudos que logo começaram a render frutos, vez que ao me destacar dos demais alunos, ganhei uma bolsa de estudos em uma das melhores escolas da Coreia do Sul.

Parecia que finalmente estava conseguindo trilhar um caminho que me levaria além das dificuldades que minha família enfrentava, sentia que em breve poderia retribuir tudo o que minha mãe fazia por mim... Era como eu pensava.

No entanto, a jornada não foi fácil, com o passar dos anos eu subia na hierarquia acadêmica, o que me fez cada vez mais estar cara a cara com o lado obscuro da competitividade. A maioria dos alunos da escola vinha de famílias ricas, e eu era constantemente lembrada de que não pertencia à mesma classe social. Sofria bullying, tanto pelas diferenças econômicas quanto pela minha paixão pela ciência, o que muitos achavam estranho.

Recordo-me de um "incidente" particularmente doloroso... Foi em um dia em que outras alunas da minha classe decidiram me pregar uma peça. Elas me convidaram para uma festa que não existia, e quando cheguei ao local, fui recebida com risos zombeteiros... Aquilo doeu profundamente, foi um golpe certeiro em quem queria apenas ter amigos, uma lembrança cruel de que, apesar de minhas conquistas acadêmicas, ainda era vista como uma esquisita.

As histórias de bullying que enfrentei ao longo dos anos são muitas, foi quase como uma rotina cruel que parecia não ter fim. A maioria das vezes, eu tentava manter esses episódios em segredo, principalmente da minha mãe, em razão dela possuir preocupações suficientes à época, e eu não queria acrescentar mais peso aos seus ombros.

Outro episódio que me ocorreu, foi quando eu estava estudando em um canto da escola durante o intervalo e algumas garotas se aproximaram, puxaram meus cadernos e começaram a rasgar minhas anotações, elas riam e zombavam de mim, como se tudo que eu fizesse fosse algo digno de escárnio... Tudo que eu podia fazer era aceitar calada, aliás, que escola expulsaria filhos de pessoas influentes por fazer "brincadeiras de mau gosto" contra uma pobre bolsista, não acha?

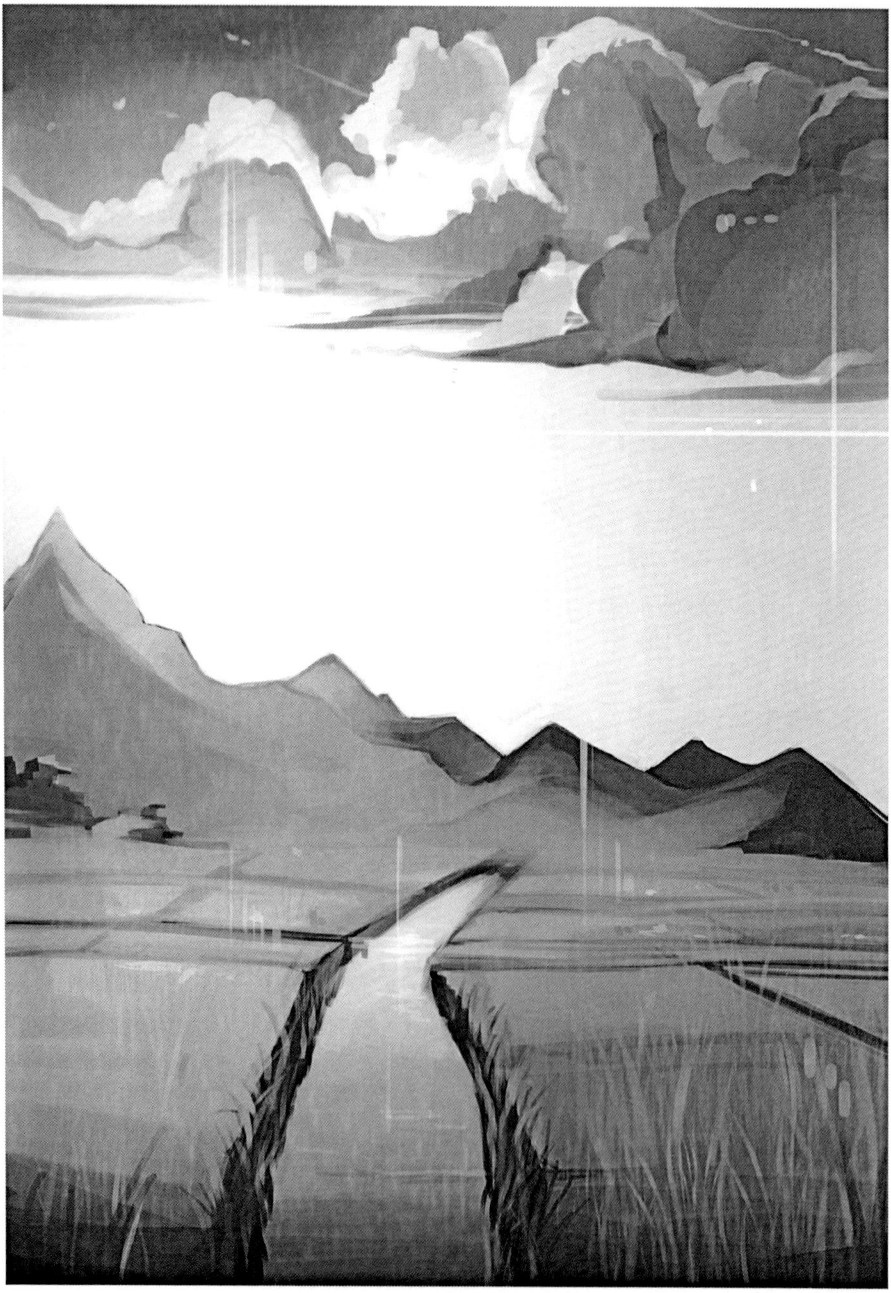

Outra vez, na aula de ciências, fui alvo de um ataque de risos quando levantei a mão para fazer uma pergunta. Chamaram-me de "esquisita", falaram que eu estava no lugar errado, que era para eu voltar a plantar arroz, e isso tudo pesava na minha mente, fazendo com que eu me retraísse mais a cada dia. Assim, mesmo quando eu estava ansiosa para compartilhar minha paixão pelo conhecimento, o medo de ser ridicularizada frequentemente me silenciava.

Havia também aqueles momentos em que eu sentia que estava sendo observada constantemente, como se todos estivessem esperando para pegar qualquer erro que eu cometesse. Uma vez, eu estava apresentando sobre uma teoria matemática, e ao mencionar um termo específico, um grupo de estudantes começou a rir histericamente, como se o simples fato de eu entender aquele conceito fosse motivo de zombaria.

Apesar de todas essas situações, continuei em frente até encontrar conforto nos livros, na minha paixão por aprender e na esperança de que um dia, meu entendimento do mundo e da ciência poderia ser usado para ajudar as pessoas, independentemente das barreiras sociais.

A minha mãe nunca soube a extensão do bullying que eu enfrentava, ela nunca sequer imaginou sobre as lágrimas que eu derramei em silêncio quando estava sozinha no meu quarto, só que, de alguma forma, sua força e otimismo inspiravam a mesma perseverança em mim. E eu sabia que, não importasse o quanto fosse difícil, eu continuaria a lutar pelo meu sonho, porque a minha mãe também continuava lutando pelo dela.

Os anos se passavam e o bullying não dava trégua, cada vez mais eu me via cercada de olhares julgadores e palavras cruéis. Por vezes, as agressões verbais se transformavam em ações físicas, como quando um grupo de garotas me barraram em um corredor e começaram a jogar papéis e restos de comida em mim, elas faziam com que eu me sentisse indefesa, impotente diante do desprezo delas.

Ser órfã era mais um motivo para piadas e escárnio. Alguns colegas de classe diziam que eu era uma "criança abandonada" ou perguntavam onde estava o meu pai, rindo quando eu não respondia, eles achavam que a falta de uma figura paterna me tornava vulnerável a qualquer tipo de humilhação.

Somando-se a isso, a minha mãe estava sempre ocupada, trabalhando longas horas para sustentar a nós duas. Ela fazia tudo o que podia para nos dar uma vida digna, o que significava que eu passava muitas horas sozinha em casa. A falta de companhia e a ausência de amigos próximos começaram a me isolar gradualmente.

Eu me refugiava nos livros, na matemática e na ciência, a ponto de se tornarem meus amigos silenciosos e companheiros leais... Eles não me julgavam, não riam de mim, e não me faziam sentir menos digna, era um escape seguro do mundo cruel lá fora.

A cada novo episódio de bullying, eu me fechava um pouco mais, até chegar ao ponto de ser difícil confiar nas pessoas, difícil de acreditar que alguém pudesse realmente se importar. Eu me sentia como se estivesse em uma ilha, separada do resto do mundo por um oceano de desentendimento e crueldade. Essa solidão se instalou profundamente em mim, moldando minha visão de mundo e minha abordagem à vida.

Confesso que se essa história tivesse um final aqui, seria o meu final feliz, independentemente de quem partisse desse mundo... Contudo, segui em frente tentando ignorar o mundo e os anos de escola continuaram passando, sendo um período desafiador. Às vezes, as garotas espalhavam boatos sobre mim, inventavam histórias que me retratavam de maneira negativa. Elas diziam que eu era estranha, que não tinha amigos por opção, que minha mãe estava ausente porque não me amava.

Houve uma ocasião em que participei de um projeto em grupo e naquele dia eu estava ansiosa para contribuir, compartilhar minhas ideias, porém, fui recebida com olhares de desdém e risadas abafadas quando tentei falar. As garotas do meu grupo alegaram que minha presença não era necessária e que eu só iria atrasá-las. Me senti pequena, insignificante, como se não pertencesse ali.

Após termos sido penalizadas, por eu não conseguir apresentar a minha parte, tiramos nota baixa nessa disciplina e isso refletiu em mais sadismo... — por qual motivo elas fazem isso se foi culpa delas? — Eu me perguntava conforme elas me prendiam no banheiro para me bater... — Ninguém virá para me ajudar? Será que realmente eu não tenho valor algum? — Questionava-me vendo o sangue escorrer da minha boca e do meu nariz... — Demônios, é o que os humanos são, agora entendo o significado do céu, um lugar sem humanos, esse é o céu — pensava quando enchiam a pia do banheiro para me afogar — Se todas morressem... Se todas... Morressem... Seria o céu? — Indagava, ao me molharem da cabeça aos pés e me afogavam até eu perder a consciência. No final das contas, cortaram meus pulsos para simular uma cena em que disseram ter me impedido de cometer suicídio... pessoas podres, é o que mais há nesse mundo...

A solidão, depois desse ocorrido, tornou-se uma companheira constante... Pedi que os diretores não comentassem com minha mãe, inventei que ela estava muito doente e se ela soubesse disso poderia afetar sua saúde.

Enquanto os meus colegas de classe saíam para se divertir ou compartilhavam histórias de família, eu não dava sequer um sorriso, vi minhas emoções cada vez mais distantes, era tudo frio para mim... o mundo... as pessoas... nada despertava emoções, assim, muitas vezes me vi isolada.

Tudo isso acabou me empurrando ainda mais para o mundo dos livros e do conhecimento, acabei me tornando uma estudante ainda mais dedicada, devido buscar refúgio nas páginas dos livros, porém, eu sabia que, apesar de tudo, o isolamento era uma faca de dois gumes. Por um lado, proporcionou-me um espaço para crescer intelectualmente. Por outro, deixou-me com cicatrizes emocionais que durariam anos, quiçá minha vida inteira.

No ensino médio, meu dom para lidar com as ciências exatas se intensificou de maneira surpreendente. Foi como se um véu tivesse sido retirado dos meus olhos e eu pudesse ver o mundo de uma forma completamente nova, as fórmulas e os cálculos que antes eram apenas abstrações em papel agora ganhavam vida, dançando no ar diante dos meus olhos.

Eu olhava para um problema de matemática e via as equações formando padrões intrincados, interconectados como uma teia complexa, conseguia ver, a partir dali em diante, cada símbolo, cada número, tudo, tudo tinha um lugar específico nesse intricado quebra-cabeça matemático. Naquele primeiro momento, foi como se eu pudesse tocar nas equações, sentindo sua textura e profundidade ao explorar suas conexões.

Indo além, não eram apenas as fórmulas que ganhavam vida para mim, quando me envolvi em experimentos científicos, vi as reações químicas acontecendo em 3D diante dos meus olhos. As moléculas dançavam, átomos se juntavam e se separavam, tudo em uma coreografia magnífica que só eu parecia ser capaz de presenciar, era como se estivesse em um mundo paralelo, onde a ciência se manifestava de maneira visível e tangível.

Essa experiência me instigou mais e mais, eu fiquei maravilhada, talvez até viciada por esse mundo à minha frente e, dessa forma, a busca pelo conhecimento ganhou maiores proporções. Tornei-me obcecada por entender os mistérios do universo, por desvendar os segredos por detrás dos fenômenos naturais e por explorar as possibilidades infinitas que a matemática e a ciência me ofereciam.

Todavia, uma benção nunca é somente uma benção, ela é sempre acompanhada de algum sacrifício, no meu caso, ao mesmo tempo em que esse dom me trazia uma profunda compreensão e admiração pelas ciências, também intensificava a minha sensação de isolamento. Eu sabia que as pessoas ao meu redor não viam o mundo da mesma forma, era como se eu estivesse em um filme em que somente eu pudesse ver as cenas extras e os detalhes ocultos, o que me tornava ainda mais reclusa, mais reservada, com medo de ser mal compreendida ou ridicularizada por compartilhar minha perspectiva sobre o mundo.

Nos anos intermediário e finais do ensino médio, após mudar de escola, o bullying finalmente chegou ao fim. Contudo, uma nova batalha surgira: minha dificuldade em fazer amizades. Ainda que não fosse mais alvo de provocações cruéis, o isolamento se tornou a regra, talvez até de maneira mais intensa do que antes.

Eu entrava na sala de aula em silêncio, meus olhos focados no chão, e ocupava um assento ao fundo, tentando ao máximo não chamar a atenção. Os alunos da minha classe conversavam e riam, formando grupos animados, à medida que eu ficava à margem, invisível. A minha presença não passava de um pouco mais do que ecos nos corredores, alguém que estava ali, e que raramente fazia parte do cenário.

As interações sociais que me permitia eram limitadas ao necessário, por exemplo, quando um professor chamava meu nome, eu respondia sem levantar os olhos, como se o ato de falar fosse uma tarefa árdua demais; assim que a aula terminava, eu saía da sala quase que instantaneamente, sem me dar a chance de trocar uma palavra sequer com outros alunos.

A minha mãe, preocupada com minha solidão, tentava me encorajar a participar de atividades extracurriculares, a me envolver mais com os outros alunos... Deu certo? Não, não mesmo! Eu encontrava refúgio na biblioteca ou no laboratório de ciências, onde a companhia dos livros e dos experimentos me acolhiam bem, eu me sentia em casa, não precisava me preocupar com as interações sociais que tanto me intimidavam.

Os anos do ensino médio estavam passando e, diante dos meus olhos, as pessoas ao meu redor se conectavam, formavam laços e viviam experiências compartilhadas, eu, por outro lado, permanecia à margem, observando a vida dos outros como se fosse um espectador distante. A solidão, para mim, foi, ao mesmo tempo, um alívio e uma prisão, um refúgio seguro e um impedimento para o meu crescimento pessoal.

Durante o ensino médio, comecei a trabalhar em um emprego de meio período em uma pequena livraria da cidade. Essa oportunidade surgiu como uma chance de me conectar com as palavras e com as histórias que os livros traziam consigo.

A livraria era um espaço aconchegante, com prateleiras repletas de conhecimento e aventuras. Eu passava horas organizando os livros, ajudando os clientes a encontrar o que procuravam e aprendendo sobre diferentes gêneros literários. Era um trabalho que me possibilitou estar rodeada por histórias fascinantes e, simultaneamente, afastar-me um pouco do isolamento que eu vivia na escola.

No início, comunicar-me com os clientes era uma tarefa árdua, assim como lidar com qualquer tipo de interação social. Todavia, o meu fascínio pelos livros e pela possibilidade de compartilhar meu amor pela leitura superava meus medos. Com o tempo, comecei a me sentir mais confortável ajudando as pessoas a encontrar livros que as interessassem e até mesmo recomendando obras que eu havia lido e adorado.

Foi nessa livraria que também tive a oportunidade de conhecer outras pessoas com interesses semelhantes aos meus. Alguns clientes frequentes se tornaram conhecidos, e mesmo que nossas conversas fossem geralmente limitadas ao mundo dos livros, só de poder interagir de maneira mais descontraída e compartilhar nossas paixões literárias, fazia-me muito feliz.

Outra pessoa que ficou contente com tudo isso foi a minha mãe, ao ver que eu estava me envolvendo mais com o mundo exterior, mesmo que de maneira gradual, a deixava muito alegre. Aliás, ela sabia que, mesmo com todas as dificuldades que eu enfrentava, cada passo em direção à interação social era um avanço significativo.

O dono da livraria, Sr. Lee, era um homem gentil e de idade avançada, com olhos sábios que refletiam uma vida dedicada à literatura. Ele tratava a livraria como sua própria casa, estava sempre disposto a compartilhar histórias sobre os livros e sua vida em geral, e, ocasionalmente, compartilhava histórias pessoais de sua própria juventude, chegamos até conversar sobre o seu filho, Min-Jun, que estava morando na França pelo fato de trabalhar no campo do desenvolvimento de tecnologia, o que me pareceu interessante.

Nos anos em que trabalhei na livraria, Sr. Lee e eu desenvolvemos um relacionamento especial, eu costumava lhe contar sobre minha jornada de autodescoberta, meu aprimoramento em matemática e a maneira como via padrões e sistemas em tudo, ele foi uma das poucas pessoas em que confiei na minha vida.

Um dia, após fecharmos a livraria, conversávamos sobre o futuro, então, o Sr. Lee me revelou que havia compartilhado os meus sonhos e ambições com seu filho, Min-Jun. Ele parecia acreditar que a história de um talento único para a compreensão da lógica e dos padrões tinha intrigado Min-Jun... Fiquei surpresa e lisonjeada por ele ter compartilhado essa parte da minha vida com alguém importante.

Contudo, confesso que me senti um pouco insegura. A ideia de alguém tão habilidoso e bem-sucedido como Min-Jun ouvindo sobre minha "esquisitice" me deixava nervosa. Mesmo assim, o Sr. Lee insistiu que eu era excepcional e que Min-Jun poderia oferecer orientação valiosa no meu caminho para a iniciação no desenvolvimento de tecnologia. Ele disse que seu filho estava disposto a ajudar alguém com paixão e determinação, mesmo que fosse uma jovem garota vinda de uma pequena cidade.

Naquele instante, agradeci o Sr. Lee por acreditar em mim e por compartilhar minha história com Min-Jun. A perspectiva de conectar minha paixão pela tecnologia com alguém que estava profundamente envolvido nesse campo era emocionante e assustadora ao mesmo tempo, visto que eu não tinha ideia do que estaria porvir, no entanto, a história de como tudo começou foi moldada por esses momentos de conexão com pessoas e lugares especiais, iguais ao Sr. Lee e sua livraria.

Alguns meses após a conversa que tive com o Sr. Lee, na qual ele revelou o interesse de seu filho em conhecer minha abordagem única para a compreensão dos padrões e sistemas, Min-Jun retornou à Coreia para passar as férias, o que aconteceu no meu segundo ano do ensino médio.

Min-Jun parecia ansioso para ver de perto como minha mente funcionava e como eu enxergava o mundo através de uma lente matemática. Lembro-me de quando ele chegou à cidade, com uma mistura de empolgação e apreensão. Esta foi a primeira vez que nos vimos pessoalmente, carregava consigo um sorriso amigável e olhos curiosos, e mesmo sendo mais velho e vivido, não havia um traço de superioridade em sua atitude. Nossas primeiras conversas foram cheias de perguntas sobre como eu percebia os padrões, como a lógica me guiava e como eu aplicava esse pensamento em situações do dia a dia:

— Ji-Yeon, fale-me mais sobre como você enxerga esses padrões, como se fossem hologramas. Como você consegue resolver equações tão facilmente? — Falou com uma curiosidade verdadeira.

— É difícil explicar com exatidão... É como se eu pudesse ver a estrutura subjacente das coisas, as conexões entre os números e as fórmulas. Eles não são apenas números isolados para mim;

eles têm uma relação, uma dança invisível que consigo perceber — respondi com um sorriso tímido e um tanto desajeitada por estar no centro da atenção.

— Humm, interessante — disse ele assimilando tudo — e como você sabe por onde começar? Como escolher a abordagem certa?

— Ann... — falei pensativa — é um pouco como entrar em uma sala escura e acender uma vela. Conforme a vela ilumina a sala, eu começo a ver os contornos das coisas. Então, com as informações que tenho, as pistas dadas pelo problema, sigo o caminho que parece fazer sentido. Às vezes, é como se estivesse seguindo uma trilha que só eu posso ver, faz sentido? — Disse, após ter pensado por um momento.

— Humm, é um pouco complicado entender de primeira... E quando você se depara com um problema particularmente difícil? Como você lida com isso?

— É como resolver um quebra-cabeça — ri suavemente, lembrando de algumas situações desafiadoras que enfrentei — Uma vez ou outra, leva tempo, porém, eu não desisto, continuo olhando para os pedaços, girando-os na minha mente até que encaixem. E quando finalmente encaixam, é uma sensação incrível de realização.

— Humm, entendo, entendo... Digamos que a sua maneira de pensar é única, Ji-Yeon, você poderia fazer coisas incríveis com essa habilidade! — Declarou animado.

— Obrigada, Min-Jun! Por muito tempo, sinto-me isolada, como se as pessoas ao meu redor não conseguissem entender, só que saber que alguém valoriza essa forma de pensar me dá confiança para explorá-la ainda mais — sorri timidamente.

— Ji-Yeon, você tem um dom extraordinário. Já pensou em como poderia usar essa habilidade para criar um futuro para você e sua mãe? — Perguntou Min-Jun com um olhar sério e compassivo.

Senti um nó se formar em minha garganta, aquilo foi algo que eu já havia ponderado por vezes, e o que me impedia era o fato de ter que considerar a realidade financeira da minha família, o que limitava as minhas opções:

— Min-Jun, apesar de eu ter essa habilidade, tenho que levar em conta a situação atual, vejo a minha mãe trabalhando tão duro para sustentar nós duas. Bem, sinto que é meu dever ajudá-la, e se isso significa encontrar um emprego estável que pague bem, então é o que eu tenho que fazer.

— Eu entendo sua preocupação com sua mãe e suas responsabilidades, Ji-Yeon... Entretanto, você tem um bom potencial de fazer coisas incríveis a ser considerado, coisas que podem não só ajudar você e sua mãe, como também impactar o mundo ao seu redor — assentiu lentamente.

— Min-Jun, embora eu aprecie as suas palavras, a realidade é que não podemos ignorar nossas necessidades imediatas... Talvez um dia, quando as coisas estiverem melhores, eu possa explorar outras possibilidades — senti um tom melancólico em minha voz.

— Tudo bem, Ji-Yeon. Contudo, peço que tenha em mente uma coisa: você possui um talento único e valioso, não deixe que as circunstâncias atuais limitem a sua visão do futuro. Digo mais, inúmeras das maiores oportunidades apenas estão esperando decidirmos dar um passo além da nossa zona de conforto, certo?! — Declarou com um sorriso gentil.

Em seguida, para testar minha habilidade, ele propôs uma série de desafios envolvendo padrões matemáticos complexos e sequências numéricas. Passamos horas mergulhados nesses desafios, analisando sequências, quebrando códigos e explorando conceitos.

Em certo momento, nossos olhares se encontraram brevemente, e houve um entendimento silencioso entre nós. Naquele instante, percebi que Min-Jun não via apenas as minhas habilidades matemáticas, como também a pessoa por trás delas; alguém que estava em busca de compreensão, conexão e um lugar onde pudesse pertencer.

A experiência com Min-Jun me deu uma nova perspectiva sobre meu próprio talento. Não era apenas uma habilidade isolada; e sim uma visão singular de processar informações, uma maneira de enxergar o mundo que poderia ser canalizada de formas incríveis.

Quando ele voltou para a França, deixou comigo alguns materiais de estudo e recursos para aprofundar meu conhecimento, o que me incentivou a continuar explorando o meu potencial e a buscar meios de transformar a minha abordagem em algo tangível.

Assim, os encontros com Min-Jun durante aquelas férias de verão desencadearam uma forma diferente de encarar a "esquisitice" que eu considerava ter... alguém estava acreditando em mim e queria me ajudar pela primeira vez, a memória desses dias continuaria a me inspirar por muito tempo.

Nossas conversas continuaram ao longo das férias, explorando não apenas os desafios matemáticos, ele me encorajou, apesar de tudo, a aceitar minha habilidade e abraçá-la como um presente único.

Em um dia qualquer para mim, um vento suave soprava pelas ruas estreitas de Gimje quando alguém bateu à porta da minha casa. Eu estava ocupada estudando, então relutantemente me levantei para atender. Ao abrir a porta, fui surpreendida ao ver um homem elegante vestido de terno à minha frente, os seus olhos eram penetrantes, como se estivessem analisando cada detalhe de mim:

— Ji-Yeon Kim? — Ele perguntou com uma voz calma e profunda.

— Sim, sou eu — respondi, sentindo-me um pouco nervosa, sem saber quem era esse homem.

— Meu nome é Seong-Ho Park, eu trabalho como recrutador para a escola de desenvolvimento tecnológico filiada ao instituto de tecnologia avançada de Paris — ele disse com um sorriso sutil.

— Paris? A escola de desenvolvimento tecnológico? Eu nem me candidatei — Pensei, arregalando os meus olhos de tanta surpresa.

— Recebemos recomendações de destaque sobre você, senhorita Ji-Yeon — continuou o Sr. Park — Sua habilidade excepcional em lidar com conceitos matemáticos e científicos chamou a nossa atenção, estou aqui com o intuito de convidá-la para fazer parte do nosso programa na escola de desenvolvimento tecnológico. Acreditamos que você tem um potencial incrível para impactar o mundo com suas habilidades.

Naquele momento fiquei atônita, incapaz de acreditar no que estava ouvindo, uma oportunidade como aquela era além dos meus sonhos mais ousados, mal consegui articular minhas palavras, até que finalmente respondi:

— Isso... isso é real? Paris? A escola de desenvolvimento tecnológico? — Gaguejei.

— Sim, Ji-Yeon, é uma oportunidade real e genuína. Acreditamos que você tem algo excepcional a oferecer ao mundo da tecnologia — sorriu gentilmente.

Com a cabeça cheia de pensamentos e emoções, eu dei um passo para trás, permitindo que o Sr. Park entrasse em minha casa:

— Por favor, entre... Desculpe por não o ter convidado antes... A surpresa foi tanta que até agora estou tremendo.

— Não se preocupe, Ji-Yeon, entendo perfeitamente. Uma oportunidade como essa pode ser esmagadora — disse ao entrar em minha casa.

Sentamos na sala, e eu não conseguia evitar tocar as pontas dos meus dedos de tanto nervosismo:

— Eu... eu realmente aprecio essa oportunidade incrível, Sr. Park. Contudo, também tenho que pensar na minha mãe... Ela trabalha muito para nos sustentar, e eu não sei como poderia ajudá-la se eu não estiver trabalhando e estudando ao mesmo tempo.

— As suas preocupações são legítimas e as respeito, Ji-Yeon. Entretanto, deixe-me esclarecer algo sobre a escola de desenvolvimento tecnológico. Nós selecionamos apenas os melhores dos melhores, não há processo seletivo tradicional, porque escolhemos os alunos com base no potencial que vemos neles. Isso significa que, se você for aceita, receberá uma bolsa completa que cobre todas as suas despesas, incluindo moradia, alimentação e materiais de estudo. E não somente isso, a escola tem um programa de apoio às famílias dos alunos, especialmente aqueles que precisam — falou com seriedade.

— Isso... isso é incrível! Quer dizer que minha mãe seria apoiada também?! — Arregalei os olhos incrédula e comecei a sorrir, foi uma reação repentina e involuntária.

— Sim, exatamente isso! Devido a acreditarmos que os nossos alunos têm o potencial de mudar o mundo com suas habilidades, fazemos de tudo para garantir que todas as barreiras, incluindo financeiras, sejam removidas para permitir que se concentrem em seus estudos e desenvolvimento.

Neste instante, as minhas preocupações começaram a se dissipar, ainda sim foi difícil crer que uma oportunidade tão extraordinária estava se desdobrando diante de mim. Eu olhei para o Sr. Park com gratidão e disse:

— Isso é realmente impressionante! Não só por mim, mas pela minha mãe também... Ela sempre apoiou meus sonhos, e agora parece que eles podem se tornar realidade.

— Estamos aqui para apoiá-la, Ji-Yeon e, se você for aceita, faremos tudo o que estiver ao nosso alcance para garantir que sua jornada seja bem-sucedida.

— Obrigada, Sr. Park! Realmente, muito obrigada e isso é mais do que eu poderia esperar! — Disse ao sorrir, sentindo uma mistura de medo, empolgação e esperança.

— A decisão é sua, Ji-Yeon, pense com calma, discuta com sua mãe e entre em contato conosco quando estiver pronta para nos dar sua resposta — encerrou a conversa ao se levantar e estender a sua mão.

— Eu definitivamente vou pensar sobre isso, Sr. Park! E, mais uma vez, obrigada! — Declarei ao apertar a sua mão.

Com um aceno amigável após dar-me o seu cartão para contato, ele se despediu, deixando-me uma pergunta intrigante que ecoou em meus pensamentos:

— Já se perguntou o motivo de uma instituição tão importante não ser internacionalmente divulgada e nem fazer processos seletivos tradicionais como as universidades que você conhece? — Plantou essa dúvida ao sair.

Fiquei ali, parada na porta, encarando o horizonte, perdida em pensamentos profundos. A pergunta dele era como uma faísca de curiosidade que acendeu meu desejo por respostas. Por que essa escola era tão discreta? Por que eles escolhiam seus alunos de forma tão exclusiva?

Era evidente que essa oportunidade estava além do comum, um convite para um mundo que eu nunca imaginei que faria parte, porém, havia um mistério subjacente a tudo isso, uma sensação de que havia mais por detrás dessa escola do que o que era aparente.

Enfim, antes de mais nada, eu contei tudo para a minha mãe, pois ela sempre foi meu pilar de força, minha inspiração. Assim, juntas, iríamos pesar os prós e os contras dessa oportunidade única. Foi uma noite como tantas outras, a minha mãe chegou do trabalho tarde, cansada e com aquele sorriso que sempre trazia consigo. Eu estava sentada à mesa da cozinha, aguardando o momento certo para compartilhar a notícia que estava me consumindo:

— Mãe, a senhora pode sentar por um momento? — Pedi com a voz trêmula de nervosismo.

— O que está acontecendo, Ji-Yeon? Você parece tão séria — olhava-me de forma curiosa e preocupada.

— Mãe, eu fui convidada para estudar na escola de desenvolvimento tecnológico afiliada ao instituto de tecnologia avançada de Paris... affee — suspirei depois de ter falado às pressas.

Ela piscou algumas vezes, processando a informação:

— Espera, o quê?! Você disse Paris?! Você foi convidada por um instituto em Paris?! — Perguntou surpresa e sem crer.

— Sim, mãe! Sim! — Falei para o mundo escutar — É uma oportunidade incrível, eles querem que eu estude lá! — Afirmei empolgada.

— Minha filha, isso é maravilhoso! Você sempre foi tão talentosa, merece isso e muito mais! E o que você achou do convite? — Disse entre risos e lágrimas de felicidade.

Então, comecei a explicar os detalhes do convite, o apoio que a escola ofereceria e o fato de que eles estavam interessados em mim. Conforme eu falava, uma sombra de preocupação atravessou o olhar dela:

— Isso é incrível, Ji-Yeon! E, o que isso significa para nós? — Falou pensativa — Como vamos lidar com as despesas? Viajar para Paris é muito caro, morar por lá mesmo com todo esse suporte ainda é caro para nós, vamos ter que correr atrás de visto, passaporte.

— Hahaha — interrompi ela com uma risada — eles oferecem um suporte completo, mãe! — Falei pulando de um lado para o outro dançante — De moradia aos custos de vida. Ah! Tem mais, vão nos dar uma ajuda financeira além disso para que a senhora possa ter uma vida melhor do que a que temos agora! Eles realmente acreditam em mim! — Exclamei sorrindo.

— Minha filha — em meio às lágrimas continuou — eu só quero o melhor para você, isso é uma oportunidade que vai te levar para um futuro melhor, eu estou do seu lado!

— Obrigada, mãe! A sua compreensão significa tudo para mim! — Nesse momento a minha visão embaçou de lágrimas e eu abracei a minha mãe com força... Nossos abraços se transformaram em lágrimas de alegria.

Já no último semestre do ensino médio, eu me preparava para dar mais um passo em direção ao meu sonho. Nesse período recebi uma chamada inesperada, era o Instituto de Tecnologia Avançada de Paris, e eles estavam interessados em me avaliar pessoalmente para considerar a minha entrada na escola de desenvolvimento tecnológico.

A notícia me deixou nervosa e empolgada ao mesmo tempo, uma vez que teria que ir até Paris. Embora minha mãe ter se preocupado com esse convite repentino de ir à Paris para os testes, o que custaria caro para nós, eu não tive gasto algum. O instituto pagou todos os custos de viagem e hospedagem, tiraram o meu passaporte em tempo recorde, menos de uma semana já estava embarcando para a cidade luz.

Chegando lá, encarei uma série de avaliações que pareciam desafios impossíveis. A primeira delas foi um teste de lógica e raciocínio: fui colocada diante de distintos quebra-cabeças complexos, os quais exigiram uma abordagem lógica e criativa. Eu estava acostumada a lidar com desafios matemáticos, porém, esses testes ultrapassaram os limites do que já havia experimentado, sem contar que a pressão era intensa.

A segunda avaliação foi uma simulação de projeto, na qual tive que desenvolver uma solução tecnológica para um problema do mundo real; foi como se eu estivesse mergulhando de cabeça em um ambiente de trabalho, enfrentando problemas reais com prazos apertados. O desafio estava em equilibrar a criatividade com a viabilidade técnica, algo que aprendi a dominar ao longo dos anos, às vezes ser pobre nos ajuda a criar soluções engenhosas para os nossos problemas, se é que me entende.

Por fim, a última avaliação foi uma entrevista com um painel de professores e especialistas; eles me bombardearam com perguntas sobre meu background acadêmico, minhas paixões e como eu lidava com desafios. Era como se estivessem testando não apenas meu conhecimento técnico, como também minha capacidade de comunicação e trabalho em equipe.

Após a minha volta para a Coreia, estava imersa em um turbilhão de emoções. O término do ensino médio havia chegado, a realização de participar de uma grande instituição de pesquisa em tecnologia estava finalmente se tornando realidade, a sensação de orgulho por tudo o que havia conquistado até então, misturada à ansiedade pelo que viria a seguir, era avassaladora.

Durante as férias, dediquei-me a passar o máximo de tempo possível com minha mãe, eu considerava aqueles momentos preciosos e sabia que em breve estaria a milhares de quilômetros de distância. Fomos a lugares que costumávamos frequentar quando eu era criança, rimos das histórias engraçadas do passado e compartilhamos nossos sonhos para o futuro, cada momento foi um tesouro que guardei em meu coração.

Em meio a todas as atividades, eu também estava ocupada fazendo os preparativos finais para minha mudança para Paris. Organizei documentos, fiz as malas, pesquisei sobre a cidade e suas tradições, suas leis, cultura, transportes, preço das coisas, aprendi tudo que podia para não ficar perdida quando chegasse lá.

À medida que as férias se aproximavam do fim, minha mãe e eu compartilhamos momentos especiais, sabendo que essa separação temporária era um passo necessário para o meu crescimento. Ela me abraçou diversas vezes e disse palavras de encorajamento e amor. Sabia que ela estava orgulhosa de mim, mesmo que isso significasse estar longe dela.

Então, chegou o dia da partida. Com o coração cheio de gratidão, me despedi de minha mãe e embarquei no avião que me levaria para Paris. Sentia entusiasmo pelo que estava por vir, saudade antecipada da minha casa e da minha mãe. Quando o avião decolou, eu olhei pela janela... estava ali o país que sempre chamei de lar, sabendo que Paris me aguardava, fui pronta para aceitar tudo o que essa jornada tinha a oferecer.

Bom, estudar na escola de desenvolvimento tecnológico filiada ao Instituto de Tecnologia Avançada de Paris foi uma experiência completamente transformadora e desde o momento em que pus os pés no campus, fiquei impressionada com o ambiente de inovação e excelência que permeava tudo ao meu redor.

Cada dia acontecia uma nova imersão em conhecimento e criatividade, lá estudei com os melhores em suas respectivas áreas, o que me inspirou e desafiou ao mesmo tempo, em razão de as aulas serem ministradas por professores renomados, especialistas em suas disciplinas, os quais nos incentivavam a explorar além do óbvio, a questionar e a colaborar, não havia comodismo.

Uma das coisas mais marcantes, a meu ver, foi a diversidade dos meus colegas de classe, estudantes de todos os cantos do mundo traziam suas perspectivas únicas, culturas diferentes e experiências diversas. Aquela sensação de poder interagir e aprender com pessoas que assumiam pontos de vista tão variados, parecia uma celebração das mentes brilhantes e inovadoras que se uniam para buscar um objetivo comum: o avanço tecnológico... ou pelo menos assim devia ser.

Em cada disciplina, vinha-me um maravilhamento impensado. Eu me sentia como se estivesse em um mundo onde todos falavam a mesma linguagem, onde todos compartilhavam a mesma paixão pela tecnologia e pela exploração do desconhecido.

Os projetos eram desafiadores e estimulantes como se estivéssemos constantemente resolvendo problemas complexos, sempre buscando maneiras inéditas de se alcançar as soluções. Com isso, sentia-me energizada pelo ambiente intelectual que me cercava, essa energia impulsionava meu desejo de superar limites, de fato aquele é o meu mundo!

Apesar de todo o ambiente estimulante e de conviver com pessoas incrivelmente talentosas na escola de desenvolvimento tecnológico, eu ainda carregava vestígios das marcas do passado. O bullying que sofri na juventude havia deixado uma certa resistência em relação a fazer novas amizades, as sombras daquelas memórias dolorosas me acompanhavam, lembrando-me constantemente de que confiar nos outros poderia ser arriscado.

Dentro da sala de aula, mantinha-me reservada, ainda era aquela garota quieta, que falava apenas o necessário e, mesmo quando alguém puxava um assunto, tendia a responder de maneira breve. O medo inconsciente de ser magoada novamente, de me abrir e ser rejeitada, como aconteceu antes, permanecia.

Via meus colegas interagindo, formando grupos de estudo, compartilhando ideias animadamente, e eu me mantinha à margem, observando de longe, como sempre. Claro, havia momentos em que eu me forçava a sair da minha zona de conforto. Participava de projetos em grupo, trocava algumas palavras com os colegas, porém, sempre havia essa barreira invisível entre mim e os outros. Protegia-me, ao vestir esta armadura, das possíveis feridas emocionais que o passado me ensinou a temer.

Ainda assim, estava em um ambiente que valorizava a colaboração e a troca de ideias. Gradualmente, comecei a perceber que me isolar não me beneficiaria, de modo que perderia oportunidades de aprendizado e de crescimento pessoal ao não me abrir para as conexões que poderiam surgir.

E foi assim, aos poucos, que comecei a desafiar essa resistência, tentei a me envolver mais nas discussões em sala de aula, a participar ativamente dos projetos em grupo e, aos poucos, baixar a guarda emocional. Não foi um processo fácil, mas eu sabia dessa necessidade latente para que eu pudesse aproveitar ao máximo essa experiência.

Com o tempo, passei a perceber que as pessoas ao meu redor eram diferentes daquelas que me machucaram no passado, indivíduos tão apaixonados e focados quanto eu, muitos estavam abertos a fazer novas amizades e compartilhar conhecimentos. Aquela armadura que eu carregava se tornava menos necessária a cada dia que passava.

Embora em alguns momentos a sombra do passado me fizesse hesitar, fui aprendendo a confiar novamente. Aos poucos, as paredes que construí dentro de mim começaram a cair, permitindo que eu me conectasse com os meus colegas. Foi um processo de autodescoberta e superação, revelando-me que mesmo depois das adversidades, ainda seria possível construir novas relações baseadas na confiança.

Um dia, algo inusitado aconteceu, foi na tão aguardada excursão científica, a qual seria uma oportunidade para conhecermos de perto as últimas inovações tecnológicas e as empresas líderes na área. Eu estava animada por poder explorar o mundo da tecnologia fora dos limites da sala de aula e, ao mesmo tempo, um pouco ansiosa com a perspectiva de interagir com meus colegas de classe.

Preparávamo-nos para sair, observei os grupos de alunos se formando, cada um com suas animadas conversas e risadas. Logo, perguntei-me se seria capaz de me encaixar da mesma forma. Mais adiante, já na excursão, estava parada, observando uma demonstração de experimentos de física e alguém se aproximou de mim:

— Oi. — Disse uma voz gentil ao meu lado.

Virei-me para ver quem estava falando comigo e me deparei com um jovem com olhos cheios de curiosidade, ele parecia tão entusiasmado quanto os outros, contudo, havia algo diferente nele, algo como se ele percebesse que eu estava um pouco à parte do grupo:

— Oi. — respondi, um pouco surpresa por ele ter se dirigido a mim —, você é Vanguard, certo?

— Sim, sou eu. E você é Ji-Yeon, certo? Você sempre parece tão concentrada e quieta, achei que seria uma boa oportunidade para conversarmos um pouco — declarou.

Fiquei sem palavras por um momento, surpresa de que alguém realmente tivesse notado a minha quietude:

— Sim, você está certo — admiti, sentindo um leve rubor subir às minhas bochechas — Às vezes... é difícil para mim, sabe? Me encaixar nas conversas animadas.

— Eu entendo! Nem todo mundo é extrovertido o tempo todo; por outro lado, essas excursões são uma ótima oportunidade para conhecer novas pessoas. E, pelo que ouvi, você é incrivelmente talentosa quando se trata de tecnologia — ele disse com um sorriso no rosto.

— Bem, eu gosto de me dedicar aos meus estudos apenas, não tem nada de "incrivelmente talentosa" nisso — fiquei surpresa por ele saber algo sobre mim.

— É inteligente e humilde, isso é ótimo! Além disso, vejo que você é realmente apaixonada pelo que faz — confessou.

Aquelas palavras foram como um pequeno raio de luz em minha vida... Eu estava acostumada a me manter à margem, a ser invisível, e aqui estava alguém que parecia interessado em me incluir na conversa. Por fim, respondi com um sorriso tímido e comecei a falar sobre os experimentos que estávamos observando.

Conversamos por um tempo, e sua atitude descontraída e gentil me fez sentir à vontade, ele não estava me pressionando a falar, além disso criou um espaço onde eu podia compartilhar sem medo de julgamento. Fiquei surpresa por mim mesma, pela facilidade com que tive em me abrir.

Ao passo em que a excursão continuava, Vanguard e eu trocamos ideias sobre os experimentos, discutimos teorias e até compartilhamos algumas piadas. Ele não apenas me incluiu na conversa, como também me fez sentir que a minha opinião era valiosa. Foi um sentimento novo e revigorante, como se as paredes que eu havia construído estivessem a ruir.

Conforme o dia avançava, eu percebi que estava realmente aproveitando a excursão, e naquele momento, não precisava carregar a armadura do passado o tempo todo:

— Então, Vanguard, de qual país você veio? — Indaguei.

— Eu sou do Brasil, e você?

— Eu sou...

— Não, espera — ele me interrompeu —, vou adivinhar! Você é da China?! Acertei?!

— Errou miseravelmente — falei com uma cara de desânimo.

— Affees, não precisava me julgar assim...

— Eu sou da Coreia do Sul.

Confesso que fiquei um pouco surpresa, afinal, a escola tinha alunos de diferentes partes do mundo, só que do Brasil não era um país que eu estava acostumada a encontrar muitos estudantes:

— Tem sido uma experiência única, não acha? Estudar em Paris, conhecer vários pesquisadores importantes, é sonhar acordado — exclamou Vanguard.

— Concordo! Isso é incrível!

— E você, Ji-Yeon? De que lugar da Coreia do Sul você é?

— Eu sou de Gimje, uma cidade conhecida por seus campos de arroz e sua rica história cultural.

— Campos de arroz? Isso me parece sensacional! E qual é a sua comida tradicional favorita? — Perguntou-me.

— Definitivamente o bulgogi, não tem coisa melhor! — Falei com toda a minha empolgação — É um prato de carne marinada e grelhada, servido com arroz e vários acompanhamentos, uma delícia! — Não me contive ao falar sobre.

— Parece ótimo! E como é a cultura da Coreia do Sul? Quais são as tradições mais marcantes?

Conversamos por um tempo sobre a cultura sul-coreana, suas tradições, festivais e até mesmo sobre as influências da tecnologia no país. Ele estava curioso e parecia estar adorando aprender mais sobre a minha cultura. De repente, ele me fez uma pergunta que me pegou um pouco de surpresa:

— Qual é o seu sonho, Ji-Yeon? O que você espera alcançar com seus estudos aqui?

— Será que é uma entrevista? Do nada uma pergunta assim, deveríamos ter mais conhecimento dos outros para falar sobre isso — pensei comigo mesma, porém, tentei responder de maneira genérica — Humm, o meu sonho é usar a tecnologia para criar soluções que possam impactar positivamente a vida das pessoas, vejo a tecnologia como uma ferramenta poderosa para a mudança, e quero aproveitar essa oportunidade para fazer a diferença.

— Isso sim é incrível, Ji-Yeon! — Falou admirado — Tenho certeza de que você vai alcançar grandes coisas.

Ao passo em que a conversa continuou, senti que o dia não estava apenas me presenteando com um novo amigo, como também me dando a chance de compartilhar minhas paixões e sonhos com alguém que se importava. Aquela seria uma amizade que se tornaria uma parte essencial da minha experiência na escola de desenvolvimento tecnológico, e eu estava ansiosa para ver como nossas jornadas se entrelaçariam daquele momento em diante.

Nos dias que se seguiram, minha amizade com Vanguard floresceu. Descobri que além de ser um estudante brilhante, ele também era uma pessoa divertida e cheia de energia. Ele tinha um jeito descontraído de encarar a vida que muitas vezes me fazia rir e relaxar.

Conforme compartilhávamos histórias sobre nossas vidas e culturas, comecei a aprender mais sobre o Brasil. Ele me contou sobre o Carnaval, uma festa colorida e animada que parecia ser cheia de energia e alegria; sobre a Festa Junina, onde ele disse que é a época do ano no Brasil que mais tem comida gostosa; as praias exuberantes, a música cativante da bossa nova e a paixão pelo futebol também foram temas recorrentes nas nossas conversas.

Ele também me introduziu à culinária brasileira, fiquei fascinada com a variedade de sabores e ingredientes que compunham a comida brasileira. Ele até mesmo me ensinou algumas palavras em português, o que resultou em momentos engraçados quando eu tentava repeti-las.

Mais do que apenas aprender sobre o Brasil, a presença de Vanguard me ajudou a superar minha hesitação em fazer amizades. Sua natureza extrovertida me mostrou que eu não precisava me isolar dos outros como costumava fazer, encorajando-me a sair da minha zona de conforto, a participar de atividades em grupo, compartilhar minhas opiniões e ideias.

A amizade entre nós também se refletia em nossos estudos. Trocávamos informações e ideias sobre os projetos que estávamos trabalhando, muitas vezes enxergando soluções de maneiras diferentes, essa parceria nutriu nossa paixão pela tecnologia.

Em pouco tempo, nossa amizade se transformou em uma parceria inseparável. Tornamo-nos melhores amigos, compartilhando ideias, sonhos e projetos. Juntos, começamos a trabalhar em diversos programas de tecnologia, aplicando nossos conhecimentos e habilidades para criar soluções inovadoras.

Foi durante esse período que compartilhei com Vanguard como eu via as fórmulas, cálculos e projetos. Descrevi como as informações pareciam ganhar vida, dançando no espaço à minha frente, e ele ficou maravilhado com a maneira de como eu conseguia enxergar as complexidades da tecnologia de forma tão visual e viva.

Nossas ideias pareciam fluir naturalmente, e muitas vezes eu desenhava conceitos complexos no ar, explicando como tudo se conectava e interagia. Vanguard entendia minha visão de mundo e, com suas habilidades excepcionais, conseguia traduzir esses conceitos em códigos e dados para usarmos em projetos concretos.

Durante esse período em que trabalhamos juntos, começamos a ganhar reconhecimento dentro do instituto, em razão de termos propostas que se destacaram. A nossa equipe estava sempre pronta para desafios, possuíamos capacidade de ver as coisas de maneira singular, o que nos permitia criar soluções originais e com a nossa dinâmica equilibrada tornamo-nos líderes naturais em várias iniciativas.

Aquela época da juventude era cheia de esperança, onde acreditávamos firmemente que com muito esforço poderíamos mudar o mundo para melhor. Cada novo projeto, cada avanço tecnológico, enchia-nos de entusiasmo. Olhávamos para aquela tela, chamada de passado, deslumbrados por um futuro mais brilhante, até que o inexorável presente rasgou a bela pintura, trazendo-me ao mundo em que vivemos.

Contudo, uma sombra estava prestes a cair sobre essa esperança. Como eu temia, a escola do instituto de desenvolvimento tecnológico não era exatamente o que parecia. Após anos de dedicação e trabalho duro, eu finalmente apresentei meu projeto de doutorado. O projeto propunha o desenvolvimento de um satélite orbital capaz de absorver as imensas explosões solares, protegendo a Terra dos efeitos devastadores desses eventos.

A apresentação foi um sucesso e a minha ideia foi aclamada como uma solução inovadora, muitos dos meus colegas e professores elogiaram meu trabalho. Porém, foi quando os financiadores entraram em cena que as coisas começaram a tomar um rumo sombrio.

Eles estavam interessados no potencial militar do meu projeto, queriam transformar algo destinado a proteger a Terra em uma arma de destruição em massa, o choque foi imenso! A minha visão de um mundo melhor estava sendo corrompida por interesses escuros e gananciosos. Só de imaginar a possibilidade de usar algo que criei, com tanto cuidado e esperança, para causar destruição, eu me sentia mal, era completamente contrário aos meus valores.

Nem tudo é o que parece, e até mesmo os lugares e pessoas que admiramos podem esconder agendas sombrias, essa foi uma lição que aprendi a duras custas. A situação se tornou cada vez mais perigosa, iniciaram-se as ameaças de morte e as pressões dos investidores para que eu transformasse meu projeto em uma arma de destruição em massa, e cada vez mais, eu me via em uma encruzilhada entre meus princípios e minha própria segurança.

Assim, decidi que era hora de sumir do mapa, pelo menos temporariamente. Foi o que fiz, sem contar a ninguém sobre o que estava acontecendo, eu deixei algumas pistas cuidadosamente elaboradas que apenas Vanguard, meu fiel amigo, conseguiria decifrar. Aquelas pistas eram meu último recurso, uma forma de garantir que, mesmo desaparecendo, haveria alguém que entenderia a verdade por trás do meu sumiço.

Em seguida, no silêncio da noite, com o coração cheio de ansiedade e sem saber o que aconteceria dali em diante, eu deixei minha casa para trás. A incerteza da estrada à frente era assustadora, mas eu sabia que não podia voltar atrás, a minha decisão estava tomada, e a única maneira de proteger o que acreditava era desaparecendo do alcance daqueles que queriam me usar para seus propósitos obscuros.

Ao seguir o meu caminho para um destino incerto, apegava-me à esperança de que, em algum momento, Vanguard encontraria as pistas que havia deixado para trás, e que viesse de encontro a mim.

Morar com os Párias da Tecnologia foi uma mudança drástica e necessária. A vida com eles não era fácil, porém, eu sabia que estava fora do alcance dos investidores e de suas ameaças. Ademais, sob a proteção deles, eu pude encontrar um refúgio temporário para recomeçar a minha vida.

Passaram-se mais de quatorze anos desde o dia em que deixei tudo para trás. Junto aos Párias da Tecnologia, encontrei uma nova vida, uma comunidade onde o valor do conhecimento e da colaboração eram fundamentais, aliás, lutávamos juntos pela sobrevivência desse povo esquecido em um mundo obcecado por tecnologia, tentando encontrar equilíbrio em meio ao caos.

Durante esses anos, fui capaz de construir uma família com os Párias, tive as minhas duas filhas, Dawon e Ji-Hyun, que cresceram em meio a esse ambiente único, cercadas por mentes brilhantes e histórias de resiliência. Elas se tornaram parte integral da nossa comunidade, aprendendo a importância de pensar fora da caixa e de nunca desistir, mesmo quando as probabilidades parecem insuperáveis.

No decorrer da minha estadia com os Párias, continuei acompanhando de longe o desenvolvimento dos satélites orbitais. Era uma mistura de sentimentos ver meu projeto sendo concretizado, sabendo que ele estava cumprindo sua missão de proteger a Terra das explosões solares.

Eu tinha em mente que a tecnologia que desenvolvi iria ser usada no campo militar, só não previ que seria ao nível do projeto Tártaro. A ideia de que algo que eu tinha criado para proteger a humanidade estava sendo usado como uma arma de destruição em massa era quase inacreditável. Eu havia ocultado informações vitais do projeto original, detalhes que passaram despercebidos no desenvolvimento dos satélites contra explosões solares e, ainda sim, fizeram o que fizeram.

Ver o Tártaro sendo ativado e causando uma destruição terrível abalou-me até o âmago. Eu senti uma responsabilidade esmagadora, mesmo que a culpa não fosse inteiramente minha. As consequências de minhas ações, ou, mais precisamente, da minha inação, eram agora vistas em uma escala global.

Após a ativação do Tártaro, o mundo estava em choque, e eu me encontrei em meio ao meu desejo de justiça. O desafio estava claro: encontrar uma maneira de pôr fim nesse jogo de poder

[...] Perdi tudo que era importante para mim... Sinto como se as sombras do passado estivessem se movendo em minha direção, posso estar errada, contudo, um pressentimento inquietante tem crescido dentro de mim.

[...]

E as minhas filhas, minha maior força e motivação para tornar o mundo um lugar melhor para se viver... agora... deixaram--me... tão somente razões para uma... extinção...

ESTAÇÃO 13

Assim que saí do instituto naquela noite, exausto após um dia inteiro de análises de dados, estava pensando em como poderia encontrar a Ji-Yeon e algo me veio à mente: lembrei-me de um pequeno caderno que ela costumava carregar para todos os lugares, ele possuía uma capa simples e gasta, repleto de anotações e rabiscos matemáticos, já a ouvi falar que aquele era o seu "caderno de ideias geniais", algo nesse sentido.

Não sei por que, mas de imediato corri para antiga sala da Ji-Yeon, que atualmente virou uma espécie de depósito, para procurar por esse caderno, vez que senti uma forte intuição de que acharia algo nessas anotações. Chegando lá, comecei a abrir todas as caixas que tinha o nome dela ou qualquer menção a ela, porém, não encontrava nada.

Após horas abrindo uma pilha de caixas, sentei-me à mesa, que estava bem empoeirada, parecia a antiga mesa da Ji-Yeon e por curiosidade abri uma das gavetas... tinha muitos papéis sem importância, no entanto, algo me chamou atenção: o fundo da gaveta estava oco.

Mais que depressa joguei fora todos os papéis da gaveta e passei a procurar algum dispositivo que abrisse esse compartimento secreto, contudo, não havia nenhum dispositivo, então, parti para o bom e carinhoso jeito russo de resolver as coisas, joguei a gaveta no chão e comecei a pisá-la até quebrar... e, lá estava o caderno genial!

Abri o caderno e comecei a folhear mais que depressa, aquelas anotações eram um reflexo da mente brilhante de Ji-Yeon. Equações, diagramas, pensamentos e até mesmo desenhos abstratos preenchiam as páginas, porém, olhando com mais atenção algo saltou às minhas vistas, havia um padrão estranho e repetitivo que parecia não ter relação com as equações matemáticas.

Foi como se Ji-Yeon estivesse tentando me dizer algo através desses padrões. Uma mensagem codificada, talvez? Uma pista para seu paradeiro ou a chave para desvendar o mistério por trás do projeto Tártaro? Tudo isso me veio à mente... Olhei para aquelas páginas por horas a fio, tentando decifrar o que aquilo poderia significar.

Ao mergulhar mais a fundo nas anotações de Ji-Yeon, percebi que o padrão estranho e repetitivo não estava apenas em uma página, como também se espalhava por vários textos desconexos, o que me pareceu ser parte de um quebra-cabeça que ela havia montado meticulosamente.

O padrão em si era complexo, uma série de caracteres, números e símbolos que apareciam em momentos aparentemente aleatórios em meio às equações e fórmulas. À primeira vista, não fazia sentido algum, contudo, desconfiava se Ji-Yeon deixaria pistas sem propósito, isso não teria lógica ainda mais para ela.

Assim, comecei a analisar cada ocorrência do estranho padrão, tentando encontrar alguma lógica subjacente. Logo, percebi que certos caracteres apareciam com mais frequência do que outros, e alguns pareciam formar grupos específicos. A partir daí, comecei a montar um sistema de codificação que associava esses caracteres a letras do alfabeto.

Ao passo em que as palavras começaram a surgir, a mensagem oculta começou a se revelar. Contudo, Ji-Yeon havia tornado isso ainda mais difícil, usando múltiplos sistemas de codificação dentro de um único texto. Era como se ela estivesse se protegendo contra qualquer um que tentasse decifrar suas mensagens.

Depois de inúmeras horas de trabalho, vi que não iria conseguir alcançar uma resposta sozinho, desta forma, levei comigo as anotações e fui para casa descansar. No dia seguinte, entrei em contato com Adia, contando o que descobri na noite passada, a qual se mostrou animada e pronta a me ajudar.

Durante a manhã inteira nos debruçamos sobre aquelas anotações, buscando por pistas até que conseguimos decifrar a maioria das mensagens, as quais nos levaram para mais um enigma a ser resolvido, um que estava ligado a seis números e caracteres especiais aparentemente aleatórios que apareciam em várias páginas de seus registros.

Nós dois olhávamos para esses números e caracteres especiais, tentando encontrar qualquer conexão lógica entre eles, entretanto, não pareciam fazer parte de nenhuma das codificações que tínhamos desvendado até agora... Poderiam ser coordenadas geográficas? Códigos de acesso? Senhas? A resposta estava escondida em algum lugar, e precisávamos encontrá-la.

Depois de um longo período de análise, de tentativa e erro, Adia teve um estalo de inspiração:

— Vanguard, esse padrão numérico eu já vi em algum lugar... — exclamou Adia.

— Sério?! Onde você viu?! — Perguntei curioso.

— Humm... Parece-me muito com nossas senhas para acessar projetos confidenciais... Não acha? — Indagou ela.

— A senha dos sistemas seguros?! Essa está diferente da que eu uso... Será que há níveis diferentes de acesso? — Falei pensativo.

— Saberemos só se tentarmos, vamos! — Levantou-se às pressas.

Com essa nova descoberta, embora não termos certeza do que encontraríamos, desconfiávamos estar no caminho certo. Poderia ser um arquivo secreto, informações sobre sua localização ou algo ainda mais importante. Quando acessamos o sistema confidencial com aquela senha fomos surpreendidos:

— Entramos! — Comemorou.

— Espera, tem certeza?! — Disse à Adia, com uma expressão de descontentamento.

— Affes, não acredito nisso... tanto trabalho para nada?! — Respondeu Adia.

— Tem que ter alguma coisa nesses diretórios, abra tudo Adia...

— E lá vamos nós...

Abrindo diretório por diretório, a frustração aumentou a cada insucesso em encontrar alguma informação relevante, a desesperança começou a se fazer presente até que abrimos uma pasta e de repente saltou no meio da tela uma mensagem:

A perspectiva do certo e errado varia do referencial do observador.

— O que Ji-Yeon está tentando nos dizer com isso? — Perguntei.

— É, Vanguard... mais um enigma que ela nos deixou, voltamos à estaca zero.

— Vamos encerrar por hoje, Adia — disse deprimido — já estamos exaustos de tanto bater cabeça com isso.

— Você está certo, e já está anoitecendo, a melhor coisa que fazemos é deixar para amanhã.

Logo, nos despedimos e fui em direção ao metrô. A noite havia caído e a estação estava quase deserta quando entrei no vagão, algo incomum, mas ainda bem que estava vazia. Sentei-me, olhando para longe de forma aérea, perdido em meus pensamentos, cansado e com um sentimento profundo de fracasso... Dessa forma, o metrô partiu com sua rapidez, fazendo com que as luzes da cidade se transformassem em um borrão de cores, tudo parecia um vulto colorido.

Com um olhar vazio em rumo ao horizonte, algo quebrou a uniformidade dos tons e vultos que passavam pela janela:

— O que é aquilo?! — Pensei.

Imediatamente conferi qual era a estação que acabara de passar.

— Estação número 13 — exclamei para mim mesmo — Um armário? Por que ele é diferente dos demais? — Meu coração acelerou de uma vez — Não pode ser coincidência... Talvez eu esteja enlouquecendo.

O armário, na estação 13, trouxe à minha mente uma conversa que tive com Ji-Yeon quando ainda estudávamos em Paris. Naquele fim de tarde, ela me perguntou o porquê de sempre pegar a mesma rota para ir e voltar, incluindo o metrô. E respondi que fazia certas coisas no "piloto automático" para descansar a mente, para me desconectar um pouco do mundo, isso me trazia tranquilidade.

À época, Ji-Yeon, com sua imaginação sempre ativa, respondeu com um sorriso travesso:

— Sabe o que seria incrível, Van? Ter um armário em uma estação de metrô, ou talvez em um aeroporto, como os espiões dos filmes fazem. Poderíamos trocar coisas, deixar mensagens secretas... seria como entrar em um mundo de mistério e espionagem

— Nós rimos muito naquele dia, achando aquela ideia apenas um devaneio divertido.

Agora, contudo, essa lembrança parecia mais do que uma simples brincadeira, o armário na estação 13 poderia ser o ponto de partida para desvendar um quebra-cabeça que ela planejou meticulosamente, e minha intuição me dizia que tudo isso fazia parte do jogo que Ji-Yeon criou, sendo o armário uma peça importante para entender o enigma que estava enfrentando.

Na manhã seguinte, após uma noite de pouquíssimo sono, liguei para Adia e pedi que nos encontrássemos na estação de metrô 13. Ela não demorou a chegar, e quando estávamos na plataforma, comecei a contar a história que me ocorreu na noite anterior:

— Adia, preciso te contar algo... Algo que me lembrei da Ji-Yeon.

— Claro, Vanguard, estou ouvindo. O que você descobriu? — Disse com toda sua atenção.

— Affee... Então... Lembra-se de quando eu te falei sobre como eu e a Ji-Yeon costumávamos pegar o metrô juntos durante nossos dias de estudantes aqui em Paris?

— Sim, vocês costumavam fazer isso para relaxar, certo?

— Exato. No entanto, em um daqueles dias, ela mencionou algo... Ela disse que seria incrível ter um armário, como aqueles que vemos em estações de trem ou aeroportos, onde pudéssemos trocar coisas, deixar mensagens secretas... Como se fôssemos espiões de filmes.

— Ah, eu me lembro de você me contar isso antes, o que eu não entendi é: o que isso tem a ver com a nossa busca?

— Acontece que a Ji-Yeon deixou uma pista para nós, tenho certeza de que ela planejou algo meticulosamente, e acredito que esse armário na estação 13 seja parte do plano, uma peça importante do quebra-cabeça... Posso estar enlouquecendo com isso tudo, porém, minha intuição aponta para esse caminho — disse olhando para o número 13 na placa da estação.

— E o que faremos agora? — Perguntou Adia, um pouco incrédula.

— Vamos começar por aqui, talvez haja alguma pista, algum código ou mensagem que ela deixou para nós, não sei. Vamos dar uma olhada nesse armário e ver o que encontramos, deve haver alguma razão para ela ter nos deixado aquela mensagem do observador e do ponto de referência.

A primeira coisa que fizemos foi procurar a administração da estação para entender por que aquele armário era diferente dos demais. O atendente nos explicou pacientemente:

— Esse armário é realmente antigo, senhor e senhora. Já tentamos várias vezes obter autorização da proprietária para substituí-lo por um novo, igual aos demais, porém, nunca tivemos êxito. Além disso, faz anos que não conseguimos mais contato com ela. No entanto, há algo curioso: sempre são pagas todas as taxas do armário em dia, o que nos impede de retirá-lo sem a devida autorização — disse com um ar de resignação.

— Entendo. E vocês têm alguma informação sobre essa proprietária? Nome, contato, algo assim? — Perguntei pensativo.

— Infelizmente não podemos dar informações pessoais de nossos clientes, a menos que seja de forma judicial — negando com a cabeça.

— Isso é estranho, Vanguard — disse com desconfiança — Parece que a Ji-Yeon estava realmente determinada a manter esse armário aqui, mas por quê? — Declarou Adia, olhando-me nos olhos.

— É isso que precisamos descobrir, Adia! Se a Ji-Yeon nos deixou esse enigma, é certo de que ela tinha um motivo importante.

— Se o armário não for dela e eu for presa por tentar abri-lo, você vai pagar o meu advogado, já deixo avisado! — Falou rindo.

— Hahaha, calma, calma, não vamos ser presos e tenho certeza de que o armário é dela!

— Eu espero que sim, hein!

Nos dirigimos ao armário antigo na estação 13 e digitamos apenas os números 7-2-4-9-1-6 sem os carácteres especiais que tínhamos encontrado após resolver as codificações do caderno. Contudo, para nossa surpresa, o armário não abriu, acusando que a senha estava incorreta. Tentamos mais uma vez para confirmar que digitamos a senha certa e, novamente, o armário não abriu por acusar que a senha estava errada. Mais uma vez frustrada, Adia começou a repetir a frase que Ji-Yeon deixou no sistema confidencial:

— "A perspectiva do certo e errado varia do referencial do observador"... — cochichou Adia.

— O quê?!

— É claro! Temos que fazer alguma combinação com esses números para achar a senha, estamos no caminho certo, sob a perspectiva errada, só temos que ajustar a nossa perspectiva, entendeu, Vanguard?! — Explicou com um ânimo inabalável, nem parecia frustrada mais.

— Humm... Só que... Veja só... Se formos fazer uma combinação desses números, vai ser uma vida... Quantas possíveis combinações pode se ter dos números 7-2-4-9-1-6 em uma senha de seis dígitos?

— Humm... Há um total de 720 possíveis combinações, se eu não estiver enganada — respondeu de imediato, Adia.

— Vai ser um saco testar todas essas combinações... — respirei fundo ao passar a mão na cabeça e suspirar.

— Hahaha, até parece que não vivemos no mundo da tecnologia, né? Ou você se esqueceu? — Disse em um tom jocoso, rindo de mim.

— Eh... só de pensar em tantas combinações já fico com dor de cabeça, é muito improvável fazer isso manualmente.

— Vamos ter que voltar à noite com alguns brinquedinhos para essa "missão", Vanguard! — Comandou muito animada.

De madrugada voltamos até a estação 13, com cuidado para não levantar suspeitas, sentei-me em um banco e comecei a derrubar o sistema de câmeras da plataforma para que Adia pudesse hackear a combinação da tranca do armário.

O silêncio da noite era perturbado apenas pelos sons sutis dos teclados e dos cliques do mouse, enquanto eu mantinha as câmeras mostrando a estação vazia na tela dos seguranças, garantindo que não fôssemos detectados, para que Adia fizesse a sua mágica.

Após alguns minutos, ela conseguiu quebrar a segurança da tranca e abrir o armário. Nos entreolhamos com uma mistura de empolgação e ansiedade pelo que poderíamos encontrar ali dentro... Ao abrir o armário com cautela, pois não fazia ideia do que estaria nele, Adia encontrou um único papel, e nele estava registrada a seguinte informação:

"48°53'24"N 2°14'37"E"

Claramente um conjunto de coordenadas geográficas, a pergunta que restou, foi: para onde?! Quando Adia me mostrou aquele papel, o meu coração disparou de ansiedade, essa pista poderia ser o próximo passo para encontrar Ji-Yeon. Com o papel em mãos, rapidamente saímos da estação de metrô, certificando-se de não chamar a atenção dos seguranças das câmeras.

A largos passos, fomos para minha sala no Instituto, acessamos o sistema e colocamos as coordenadas geográficas:

— Não pode ser... pesquise de novo essas coordenadas, Adia — pedi com uma voz trêmula.

— As coordenadas estão indicando para esse lugar mesmo, Vanguard — informou sem querer acreditar.

— Para o Coeur Défense?! — Perguntei ainda incrédulo.

— Exatamente...

A tela do computador mostrava nitidamente que as coordenadas geográficas apontavam para o Coeur Défense, um dos territórios ocupados pelos Párias da Tecnologia e, pior ainda, o prédio destruído pelo Tártaro, próximo à torre que eu estava.

— O que teria levado Ji-Yeon a deixar pistas apontando para um lugar tão perigoso? — Questionou Adia, confusa e olhando para mim.

— Será que ela foi feita de refém por eles? Ela é um gênio e poderiam forçá-la a trabalhar para obter novas tecnologias — indaguei.

— Rezo para que ela esteja viva, precisamos ir até lá investigar o mais rápido possível! — Expressou sua preocupação.

— Affees — respirei fundo — precisamos agir, Adia... E não podemos deixar pistas aqui que nos liguem a essa investigação.

— Pode deixar isso comigo! Vou apagar todos os registros, os logs de acesso, qualquer coisa que possa indicar que estivemos aqui.

— Faça isso, e depois vamos precisar pensar em como entrar no território dos Párias sem sermos detectados.

Adia terminou o processo de apagar os dados, e saímos da sala com o cuidado de não deixar uma presença suspeita. Agora, o desafio era encontrar um caminho até Ji-Yeon sem chamar a atenção dos Párias da Tecnologia, o que não seria nada fácil. Conforme caminhávamos pelas ruas de Paris, começamos a traçar um plano:

— Precisamos de um plano sólido para entrar no território dos Párias e encontrar Ji-Yeon sem chamar a atenção... por onde iniciamos? — Indaguei.

— Concordo, Vanguard — assentiu Adia — Primeiro, precisamos de informações sobre a área. Vou tentar hackear as câmeras de segurança próximas ao Coeur Défense, assim, poderemos monitorar as atividades no território.

— Ótimo, ainda bem que tenho você comigo! — Disse à Adia.

— Oh que fofo! Contudo, não é hora de ser emotivo, Dr. Vanguard! Temos que manter o foco hahaha

— Não vou falar nada, viu? Bom, posso buscar recursos e equipamentos que possam nos ajudar. Precisaremos de identidades falsas, roupas que nos permitam misturar com os locais e, é claro, meios de comunicação seguros.

— Certo. E quanto ao transporte? — Levantou um bom ponto.

— Os Párias são conhecidos por controlar a maioria dos acessos ao seu território, teremos que encontrar um jeito de entrar sem sermos notados, talvez um acesso subterrâneo, um túnel antigo ou algo do tipo, não terá como a gente usar um transporte — esclareci.

— Vou tentar encontrar alguma movimentação suspeita nas proximidades assim que eu invadir o sistema de segurança deles — gracejou ao retirar um notebook de sua mochila.

— Perfeito, Adia! — Concordei ironicamente — Faça isso, vou entrar em contato com algumas pessoas que conheço e que podem nos fornecer o que precisamos.

— Você conhece os delinquentes, é? Nunca imaginaria o *"Sr. Certinho"* metido com essa gente — fez o seu julgamento.

— Adia, não enche... Vai ser por uma boa causa, então vamos evitar o moralismo.

— *Tá bom, Maquiavel*, nada de moralismo!

— Affees... Não vou falar nada...

— Vanguard, tenho algo! — Adia me interrompeu — Parece haver uma passagem subterrânea antiga não muito longe do Coeur Défense, parece ser um túnel de esgoto ou algo do tipo que pode nos levar diretamente ao território dos Párias.

— Sério?! Que rápida você! O quê?!! Desliga isso Adia!!! — Disse espantado.

— O que foi?! — Questionou inocentemente.

— Você invadiu o acervo de plantas governamentais no meio da rua, você é louca?! Quer que a gente seja preso?!

— Shiuu!! Nada de moralismo, lembra?! Não faça esse escândalo, era só para dar uma conferida no que podíamos achar hahaha — defendeu-se rindo.

— E ainda ri! Alguém me salve dessa perturbada...

— Ah, para, né?! Se aquele sistema não fosse para ser invadido, teria uma defesa melhor.

— Adia...

— O que foi agora?! — Respondeu esperando uma reprimenda.

— Coloca na sua cabecinha que você não é padrão de comparação para invadir sistemas, nem sei se há sistema suficiente para te suportar.

— Hahaha, foi um elogio?

— De toda forma, ótimo trabalho! Embora tenha sido arriscado, esta pode ter sido a nossa melhor chance de achar um caminho até os Párias. Agora vou providenciar os recursos que precisamos, e nos encontramos assim que estiver tudo pronto.

Sabendo que o tempo estava se esgotando e que cada movimento deveria ser calculado com precisão, definimos as diretrizes do nosso plano final e as tarefas que cada um de nós realizaria, após isso nos separamos para colocar tudo em prática.

Nesse meio tempo, Adia conseguiu encontrar câmeras no território dos Párias e se manteve monitorando-as, com o intuito de saber se havia algum padrão de vigilância nos arredores do Coeur Défense. Além disso, tentava descobrir algum código de acesso ou informações relevantes sobre o território dos Párias. Já eu, fui atrás de identidades falsas, roupas e outros equipamentos necessários para nos misturarmos aos locais.

No escuro da noite, após alguns dias de preparação, nos encontramos em um local seguro, longe de olhares curiosos. Estávamos tomados por uma inquietação conforme preparávamo-nos para colocar o plano em ação:

— Adia, você conseguiu alguma informação relevante sobre o território dos Párias? — Indaguei sussurrando.

— Sim, consegui alguns detalhes que vão nos ajudar bastante. Primeiro, parece que eles têm patrulhas regulares, ainda que não seja uma área altamente vigiada. Segundo, há rumores de que existem sistemas de segurança improvisados, então teremos que ficar atentos — também sussurrando.

— Você é o orgulho da "pofisson", Adia!

— Sempre soube que você gostava desse chefe!

— Foco. Eu consegui os recursos que precisávamos, temos as identidades falsas, roupas e alguns equipamentos que vão ajudar a nos aproximar do Coeur Défense.

— Parece que estamos prontos, então! Lembre-se, nossa prioridade é encontrar a Ji-Yeon e trazê-la de volta em segurança, tudo o mais é secundário — lembrei Adia do nosso objetivo.

— Com certeza, vamos fazer isso! — Concordou.

Fomos até a ponte do rio sena trajados normalmente para atravessá-la e entrar no território dos Párias. Os guardas da cidade de Paris não nos pararam, foi nossa primeira vitória. Chegando ao outro lado da ponte, já no território dos Párias, verificamos se havia alguma câmera nos filmando e depois trocamos de roupa para nos parecer aos locais. Desta forma, seguimos para a entrada do túnel subterrâneo e ao que parecia, estava abandonado, não era usado há anos, nem mesmo pelos Párias.

Sob a luz fraca da noite, nos aproximamos da entrada do túnel subterrâneo abandonado, trocamos um olhar rápido para confirmar que estávamos prontos para entrar:

— Fique alerta, Adia... Este é um território desconhecido e não sabemos o que podemos encontrar lá embaixo — sussurrei.

— Estou pronta — acenou com a cabeça — Vamos manter a calma e seguir em frente, acredito que ainda que sejamos pegos, as nossas identidades falsas devem nos dar um álibi.

Com cuidado, começamos a descer as escadas que levavam ao túnel escuro; lembro-me do eco e dos sons de nossos passos que reverberava nas paredes úmidas, criando uma sensação de opressão, a qual piorava em razão de estarmos conversando por sussurros para não fazer barulho:

— Adia, você ainda consegue rastrear a localização que Ji-Yeon nos deu?

— Sim, parece que estamos nos aproximando, devemos estar a apenas alguns quilômetros de distância — verificava em seu computador de mão.

À medida que avançávamos pelo túnel, os sons da cidade desapareciam, substituídos pelo eco dos nossos próprios passos, aquele era um ambiente sombrio e sinistro. De repente, o túnel começou a se iluminar ao passo em que nos aproximávamos de uma abertura, até que emergimos em uma grande câmara subterrânea, onde os destroços de um antigo sistema de metrô se espalhavam.

— Parece que chegamos a uma parte abandonada do metrô — sussurrou olhando ao redor.

— Vamos continuar seguindo as coordenadas da Ji-Yeon — respondi.

O túnel abandonado estava mergulhado em um estado de desolação. Suas paredes de concreto, que um dia foram brancas e imaculadas, agora estavam manchadas e cobertas de pichações, como cicatrizes que marcavam o local. A umidade escorria pelas fendas das paredes, a luz era escassa e intermitente, filtrando-se a partir de fontes desconhecidas, ecos fantasmagóricos inexplicáveis reverberavam pelas paredes, enchendo o túnel de uma sensação inquietante.

Conforme prosseguíamos, os trilhos enferrujados sob nossos pés rangiam a cada passo, como uma lamentação pelos dias passados. Pedaços de concreto caído e destroços do antigo sistema de metrô obstruíam o caminho, criando uma sensação claustrofóbica.

Por fim, chegamos a uma parte onde o túnel havia desabado completamente. Um monte de escombros bloqueava a passagem, tornando impossível avançar e mesmo após examinarmos os destroços, procurando por uma maneira de contornar o obstáculo, não encontramos nenhuma rota clara:

— Affees — suspirei — parece que chegamos a um beco sem saída... Não vai dar para continuar por aqui.

— A Ji-Yeon deve estar mais adiante, não podemos simplesmente desistir agora — exclamou Adia mesmo frustrada.

— Vamos voltar e procurar por outra rota, vai ser o jeito.

Adia, não querendo retroceder na busca, começou a procurar por algum meio de transpor os escombros, de repente se virou para mim e disse com um brilho incomum em seus olhos:

— Vanguard, acho que encontrei uma saída! Veja aquela escada de emergência, podemos subir por ela e tentar chegar ao Coeur Défense pelas ruas... É arriscado, mas é melhor do que voltar pelo túnel — declarou.

— Vamos fazer isso, tenha cautela... Mantenha-se alerta — sussurrei.

Nos aproximamos da escada e fomos vagarosamente subindo por ela, deixando para trás aquele túnel pavoroso. Ao chegar na superfície percebemos que, estranhamente, tudo estava calmo, não havia movimento algum, parecia toque de recolher. A atmosfera ao redor estava carregada de tensão, de uma só vez nos escondemos nas sombras de um beco estreito. Então, Adia em seu computador de mão começou a trabalhar em silêncio, digitando com agilidade:

— Vou tentar acessar as câmeras de segurança da área, talvez possamos obter alguma informação sobre o movimento dos Párias — cochichou.

— Vá em frente, vou ficar vigiando as ruas — respondi prontamente.

A noite parecia ter engolido as ruas, deixando-nos em um mundo emudecido:

— Estou dentro do sistema de segurança — disse Adia em um tom baixo —, vou verificar as câmeras agora.

Durante o tempo que eu fiquei de olho na rua, poucas vezes avistei a movimentação de Párias:

— Encontrei uma câmera próxima à localização do Coeur Défense, parece que os Párias estão patrulhando regularmente a área. Teremos que esperar por uma brecha para seguir em frente — informou Adia.

— Ótimo, só precisamos esperar o momento certo para irmos direto para lá.

E assim, no breu da noite parisiense, aguardávamos, prontos para avançar quando a oportunidade se apresentasse. No entanto, a observação de Adia trouxe uma notícia inesperada:

— Vanguard, os Párias que patrulhavam a área, estão se deslocando em direção à ponte, por incrível que pareça estão abandonando o perímetro... É uma abertura que não podemos perder! — Informou.

— Parece que a sorte está ao nosso lado, pelo menos por enquanto... Vamos nos aproximar da entrada do prédio e ver o que podemos encontrar — sugeri.

— Vamos! E não baixe a guarda, eles podem voltar a qualquer momento — alertou.

Ao chegarmos na entrada do Coeur Défense, um prédio imponente que já tinha visto dias melhores, suas paredes estavam manchadas e o concreto estava desgastado, testemunhas silenciosas de tempos turbulentos, somando-se a isto, os destroços deixados pelo Tártaro. Eu e Adia trocamos olhares e avançamos com cautela:

— Vamos subir com cuidado, um andar de cada vez, aliás, não sabemos o que vamos encontrar lá dentro — acautelei.

— Certo... Este lugar parece assustador, ainda mais à noite — observou Adia em um tom de preocupação e de pavor.

Subindo as escadas, um andar de cada vez, por mais cuidadoso que fôssemos, nossos passos ecoavam pelo prédio vazio. Cada porta que passávamos era uma incógnita, as escadas às escuras e empoeiradas, faziam com que o suspense se propagasse pelo ambiente, até que em um andar a visão que se desenrolou diante de nós, foi completamente surpreendente:

— O que diabos é isso? Uma instalação de pesquisa secreta? Em pleno Coeur Défense? — Retoricamente.

— Isso é estranho demais, Vanguard! Como que conseguiram tudo isso?! — Questionou atônita.

A visão que tivemos foi de um salão que parecia ser um laboratório totalmente equipado. Mesas de trabalho, instrumentos de precisão e telas de computador ocupavam o espaço amplo, mas o mais intrigante era a ausência completa de paredes. O laboratório estava exposto, como se alguém tivesse arrancado todas as barreiras físicas.

— Isso é bizarro e alguém estava trabalhando aqui recentemente, tenho certeza! — Falei ao averiguar o local.

— E, se a Ji-Yeon estiver envolvida nisso de alguma forma?! — Indagou Adia.

— Será que a fizeram trabalhar para eles?! — Retruquei.

— Vamos dar uma olhada nos documentos e nas telas, podemos achar alguma informação sobre o que está acontecendo aqui, Vanguard — ponderou.

Logo, começamos a vasculhar o espaço em busca de pistas, tudo que encontramos foram documentos com equações complexas e fórmulas indecifráveis, as telas de computador estavam ligadas, exibindo dados técnicos:

— Humm, estranho... Posso dizer que a Ji-Yeon tinha um dom para matemática e ciências... Isso está parecendo com o modo de trabalhar dela — declarei.

— Estamos no caminho certo, só precisamos descobrir o que exatamente estão pesquisando aqui.

Para nossa surpresa ou desespero, encare como achar melhor, escutamos uma voz ecoar no laboratório:

— Você acertou, Vanguard! Tinha alguém trabalhando aqui recentemente e esse alguém sou eu, e sim, estou envolvida nesses experimentos como disseram.

— Quem está aí?! Como sabe quem sou eu? É você Ji-Yeon?? Apareça! — Ouvindo aquilo perguntei.

— Como eu sei quem é você? Eu te trouxe até aqui e sabia de cada passo que você deu. Está vendo esse cristal minúsculo na decoração do caderno de anotações que deixei para você? É um rastreador, eu sabia que você viria, por isso falei para os Párias deixarem o perímetro — a voz ecoou pelo laboratório, e nos viramos para ver Ji-Yeon emergindo da penumbra, apontando para um monitor que mostrava a minha localização em tempo real. Contudo, havia algo diferente, seus olhos, outrora cheios de curiosidade e brilho, agora estavam tingidos de um frio e irônico desapego:

— Ji-Yeon! Você está viva e... — declarei em um misto de felicidade e surpresa.

— [...] bem? Sim, Vanguard, estou viva e, como você pode ver, muito bem — cortou de forma ríspida o que eu ia falar.

— Precisamos sair daqui! Este lugar não é seguro! — Apressei-me.

— Sair? Por que eu faria isso? — Questionou Ji-Yeon friamente — Eu escolhi este lugar, assim como você escolheu o instituto, Vanguard... Talvez este seja o único lugar onde minhas habilidades podem ser usadas de forma apropriada.

— Um lugar onde suas habilidades podem ser usadas apropriadamente? Ji-Yeon, aqui estão desenvolvendo tecnologia para controlar as pessoas, para suprimir a liberdade! — Adia declarou de uma vez.

— Ah, que visão ingênua do mundo... No instituto, eles desenvolvem tecnologia para alcançar um fim egoístico, apenas com métodos mais sutis — respondeu com um sorriso malicioso.

— Ji-Yeon, você não pertence aos Párias, aqui não é o seu lar! — Exclamei sem crer no que estava acontecendo.

— Vanguard, Vanguard... você realmente acredita que alguém "pertence" a algum lugar? De que adianta eu pertencer a um lugar em que utilizará tudo que eu criar para controlar a sociedade? Um lugar que se vale das minhas criações para retirar cada dia mais o sentido de ser humano e ter controle sobre o mundo? Eu não quero pertencer a um lugar como o instituto de desenvolvimento tecnológico — afirmou calmamente.

— Ji-Yeon, você está errada! Podemos fazer a diferença, podemos usar nossa tecnologia para o bem da humanidade! — Falei em um tom mais alto.

— E como você pretende fazer isso, Vanguard? Você acha que o instituto vai mudar suas prioridades? Não, meu amigo, aqui eu pelo menos tenho algum controle — Ji-Yeon me encarou nos olhos.

A tensão no laboratório só aumentava, estávamos divididos entre a alegria de reencontrar Ji-Yeon e o choque de suas revelações perturbadoras. Ela parecia ter se transformado em algo mais complexo e turvo, alguém que abraçou uma concepção obscura para se proteger do mundo:

— Ji-Yeon, podemos criar muitas tecnologias para ajudar a sociedade, para tornar o mundo um lugar melhor, volte com a gente! — Continuei o meu apelo.

— Assim como fizeram com a tecnologia dos meus satélites de absorção de explosões solares? Transformaram-no no Projeto Tártaro, Vanguard... Você acha que o instituto está interessado em fazer do mundo um lugar melhor? Eles só querem mais poder, mais controle — afirmou com um olhar perspicaz ainda fixo em mim.

— Ji-Yeon, nós não sabíamos o que aconteceu com você, não sabíamos que estavam distorcendo sua tecnologia dessa maneira — justificou Adia.

— Affees — suspirou — ignorância não é desculpa. Vocês todos são cúmplices, mesmo que involuntariamente, e eu não posso voltar atrás agora, o meu lugar é aqui, entre os Párias da Tecnologia, tentando minimizar o estrago que foi causado pelas invenções que ajudei a criar.

— Ji-Yeon, você não pode fazer isso sozinha! Juntos, podemos encontrar uma maneira de consertar os erros do passado — falei ao caminhar rumo à Ji-Yeon.

— Parado aí, otário! — Irrompeu uma voz mecânica.

— Quê?! Quem me chamou assim?? — Perguntei sem saber para onde olhar.

— Se der mais um passo vou te sentar a mão, c* de apertar linguiça! Não chegue perto da Ji-Yeon! — Novamente uma voz mecânica.

Procurando de onde viria essa brincadeira de péssimo gosto, avistei um androide meio sucateado, mas funcionando, escondido nas sombras:

— Ji-Yeon você ensinou esse androide a xingar?! — Indaguei.

— Não ensinei nada, ele aprendeu a conviver com os Párias... A vida aqui é uma luta por sobrevivência, se é que você sabe o que significa isso.

— É isso aí maluco, se der mole eles te amassam aqui! — Afirmou o androide.

— Androide, reiniciar configurações de fábrica — dei o comando para tentar recuperar a programação dele.

— Configurações de fábrica é o *caraio*! Não mete essa *pra* mim, *vacilão*! — Mostrou-se mais agitado.

— Vocês deturparam as configurações dele, Ji-Yeon! — Disse Adia.

— Não fizemos nada, ele é uma IA e aprende conforme o local que é inserido, não é um androide da sua bela Paris de ar limpo e tecnologia para todos. Ele luta como todos os outros para sobreviver mais um dia nesse fim de mundo — respondeu firme e calmamente.

— É isso aí, respeita o pai aqui, senão o negócio vai ficar feio para vocês!

— Um robô marginal, essa é nova para mim... — falei sem acreditar no que estava vendo.

— *Tá* tirando com a minha cara, seu *pela saco*? — Ficava mais agitado a cada segundo.

Em uma mesa perto da Ji-Yeon, eu avistei sua foto com duas garotas, uma aparentava ter 13 ou 14 anos e outra aparentava ter menos de 10 anos. Então, tentando apaziguar os desentendimentos, perguntei apontando para a foto:

— São suas filhas? Elas se parecem muito com você.

E de repente a revolta de Ji-Yeon deu espaço ao silêncio e se via lágrimas escorrerem de seus olhos. Sem entender, eu disse:

— Elas são lindas e, se puxarem o seu talento, vão ser muito inteligentes!

Ji-Yeon respondeu com uma voz fraca e falhada, entre lágrimas:

— Eram... eram lindas, as minhas filhas... nunca saberemos se serão talentosas como a mãe, pois... elas... elas... — suas lágrimas encharcavam seu rosto, e quase sem conseguir terminar sua fala, continuou — estão... mortas.

— Mortas?! Essas fotos parecem recentes — perguntou Adia, assustada.

— São... as últimas fotos que... que... que tiramos juntas — Ji-Yeon deixava escorrer lágrimas de profunda dor — quando ativaram o Tártaro mataram muita gente, o impacto daquela explosão atingiu as minhas filhas que estavam longe da guerra que acontecia... elas... elas morreram imediatamente... nem consegui vê-las novamente... essa é a sua sociedade, Vanguard! — Afirmou em tom alto e enfurecido, quase que gritando de raiva, fazendo com que a tristeza desse lugar à ira — A sociedade que perde a humanidade a cada tecnologia descoberta, vocês produzem humanos em incubadoras ultra tecnológicas, selecionam suas características a dedo; vocês não carregam mais consigo a humanidade e fazem a irrealidade ser uma nova vida, moram dentro de mundos de realidade virtual em uma imersão total... — pegando folego, terminou de declarar, limpando suas lágrimas — O mundo em que você vive, Vanguard, é tudo, menos humano!

A atmosfera na sala tornou-se ainda mais pesada à medida que Ji-Yeon compartilhava sua dor inenarrável, e, naquele momento, eu senti um nó na garganta e um aperto no peito ao ouvir sobre a tragédia que a atingiu:

— Ji-Yeon... eu... eu não sabia... Sinto muito, não tenho palavras... — lamentei com a voz trêmula.

Adia estava ao lado, com os olhos marejados de lágrimas, incapaz de encontrar as palavras certas para confortá-la.

— Não precisa sentir muito, Vanguard — com um suspiro pesado, ela olhou para a foto de suas filhas, seus olhos ainda cheios de lágrimas — suas lamentações não irão trazer de volta o que eu perdi, muito menos amenizar a dor que sinto.

Após ficamos em silêncio, fomos incapazes de encontrar palavras para responder à dor de Ji-Yeon. O mundo em que vivemos está cheio de complexidades morais e dilemas éticos, e nós estávamos no epicentro dessa tempestade.

— Ji-Yeon, eu sinto muito por tudo que aconteceu e não posso falar que entendo, pois nunca senti tamanha dor — declarou Adia, quebrando o silêncio — No entanto, se não lutarmos por um mundo melhor, várias pessoas perderão suas famílias também. Peço que você ajude, não por nós e nem pelo Instituto, mas por essas famílias.

— Ajudar? Vocês roubam meu projeto, usam como quer, tiram de mim as minhas filhas e depois vêm pedir ajuda?! Isso é inaceitável! Se o destino do mundo é explodir, que assim seja! — Expulsou toda sua raiva para fora de si.

— Ji-Yeon, não sabia de tal tragédia, muito menos que você vivia com os Párias, porém, o que eu posso afirmar é que os satélites feitos com o seu projeto estão todos com falha e precisamos repará-los de forma manual aqui da Terra, senão receberemos uma explosão solar imensamente poderosa, não consigo nem mensurar o dano que isso pode gerar no mundo, chutaria em uma extinção em massa, e nós humanos estamos inclusos. Você concorda em nos ajudar já que você projetou todos os satélites? — Apelei aos seus sentimentos pela última vez.

O silêncio pairou na sala, um silêncio pesado, permeado pela dor e pelas decisões que se desdobravam diante de todos nós. Ji-Yeon me olhou com uma expressão de desconfiança e raiva em seus olhos:

— Vocês falam em salvar o mundo, porém foi a busca por isso que nos trouxe a este ponto, não acham? Sei que vocês não são os únicos culpados, contudo, também não são inocentes, e em alguma medida todos fazemos parte de um sistema que perdeu o controle.

— Ji-Yeon... Não podemos mudar o passado, o que podemos fazer é moldar o futuro e estou disposto a agir como for preciso para corrigir os meus erros — supliquei a ela novamente.

— Ji-Yeon, entendo a sua dor, mesmo que não possa senti-la completamente... Porém, se você se recusar a nos ajudar, muitas famílias inocentes pagarão por nossos erros, e elas não... — interpelou Adia.

— Não vem com essa, bonitinha! Vocês fizeram a merda, agora vocês que limpem — o androide interrompeu a conversa.

— Alguém por favor reinicia esse androide?! É uma conversa séria essa aqui! — Expressou Adia impacientemente.

— Se quiser vir, pode tentar... *cai pra dentro*, 5 minutos de porrada e te mando direto para Paris sem passagem de volta, basculho!

— Você bate em humanos? Em mulheres?! — Adia perguntou pasma.

— Eu sou feminista, direitos iguais, se bato em homens, também bato em mulheres, afinal os dois são humanos, nos dois lados tem lixos e eu sou uma máquina distante dos seus conceitos!

— Ah, é?! Então pode vir sua privada inox, vou te derreter e fazer parafusos!

— Sendo parafusos, eu seria mais útil que você, ao menos ajudaria o mundo em algo.

— Está vendo isso aqui? É uma mini bomba de pulso eletromagnético, se eu apertar esse botão você já era, sua lata velha! — Esbravejou Adia.

— Aí estou morrendo de medo de você, tia! Tá vendo isso aqui?? É uma arma de plasma, se eu apertar o gatilho você vai de *arrasta para cima*!

— Parem vocês dois! — Falou Ji-Yeon em um tom alto e sério.

— Adia, como você conseguiu essa bomba?! Não sabia que você a tinha e não aperte esse botão! — Disse assustado.

— Não é só você que tem contatos, Vanguard. Hahaha — confessou Adia.

Ji-Yeon olhou novamente para a foto de suas filhas, e uma batalha interna se desenhou em seu rosto:

— Não irei ajudar, não me peçam mais isso... A dor que sinto, vocês jamais vão entender, a menos que passem pela mesma desgraça.

— Mas, Ji-Yeon... — conforme tentei me aproximar dela, fui surpreendido por Párias da Tecnologia.

— Nem mais um passo, estranho! Você está bem Ji-Yeon?! — Perguntou quem parecia ser o líder daquele grupo de Párias, apontando uma arma para mim.

— Estou bem! Percebe agora, Vanguard? Sou uma Pária, caso você não acredite ainda. Como todos aqui tenho minhas responsabilidades e não as largarei para ir com vocês... O meu projeto de satélite já está com o Instituto, se virem com o que tem! — Ji-Yeon mostrou um lado que nunca tinha visto antes.

Nesse momento, ao olhar nos olhos de Ji-Yeon vi que a cor deles não eram mais o azul Celeste que me impressionaram quando a vi pela primeira vez, eles estavam tomados por uma cor púrpura:

— Ji-Yeon, a cor dos seus olhos mudou... — disse em um tom baixo e meio intrigante.

— Não foi só a cor dos meus olhos, eu mudei para sobreviver, adaptei-me a todas as dificuldades que eram impostas a mim... a vida longe da cidade luz não é simples e aconchegante como uma cidade rural, aqui a luta acontece todo dia, toda hora, a todo instante e tudo piora a cada momento, simplesmente, pelo fato de que aqueles que patrocinam a criação de novas tecnologias vão continuar trabalhando para nos segregar cada vez mais e quiçá nos extirpar um dia.

— Isso não é verdade! — Exclamou Adia em um impulso.

— Verdade ou não, eu não tenho mais o que dizer a vocês... não irei a lugar algum e peço que vão embora antes que os prendam!

— Então vai ser assim Ji-Yeon?!! Vai virar as costas para o mundo que queríamos construir?! Você é a pior aqui, a única que poderia salvar a Terra e se recusa a fazê-lo! — Esbravejei ao ser retirado à força de lá.

— Parem! — Gritou Ji-Yeon, caminhando em minha direção — o mundo que sonhávamos construir já não existe mais, Vanguard, é uma utopia achar que a tecnologia vai ser usada para ajudar todas as pessoas da Terra. Enquanto houver interesse econômico, político, sede de poder e controle, tudo pode ser desenvolvido, no entanto, nada em prol de uma sociedade inteira, haverá sempre beneficiários selecionados. Ah! Havia esquecido, você está com uma coisa que me pertence — terminou o seu raciocínio pegando de mim o caderno de anotações que trouxe comigo — Obrigada por trazer-me de volta as minhas preciosas anotações!

— Ji-Yeon! Você vai se arrepender disso! — Ameaçou Adia.

— Não carrego comigo arrependimentos, não tenho mais nada a perder, porque vocês, do instituto, já me arrancaram tudo de mais belo e precioso que possuía em minha vida... Agora, vão embora de uma vez por todas e nunca voltem a pisar aqui, senão os Párias estarão autorizados a matá-los sem hesitar!

— Você está fazendo a escolha errada, Ji-Yeon... Ji-Yeon... — gritei ao ser arrastado, junto de Adia, para fora vendo Ji-Yeon nos dar as costas.

— Se vocês têm pressa é melhor correr, a Terra não vai esperar para ser salva! — Encerrou Ji-Yeon.

Eu e Adia aos sermos retirados a força do laboratório, nos jogaram na rua. Feito isso, mandaram-nos embora e nos alertaram a não voltarmos mais, do contrário, encontraríamos a morte:

— Por favor, podemos... — tentei argumentar

— Vocês já tiveram sua chance de falar, agora saiam daqui! — Vociferou o líder do esquadrão dos Párias.

— Entendemos, não queremos causar problemas — assentiu Adia.

As luzes fracas das ruas de Paris lançavam sombras irregulares sobre o concreto, e o silêncio se fazia mais presente do que nunca:

— Parece que não conseguimos o que viemos buscar... E agora? — Escapou-me em um tom de desânimo.

— Ji-Yeon está passando por um momento difícil... Talvez precisemos de mais do que palavras para convencê-la — respondeu Adia.

A noite estava fria, e com os nossos pensamentos voltados para a catástrofe iminente, retornar para Paris era nossa única opção naquele momento, para tentar encontrar uma maneira de conter as explosões solares.

— Vamos retornar, Adia... É o jeito... Talvez haja outra forma de impedir o que está por vir.

— Está certo, vamos aceitar o que aconteceu e buscar outras opções... — havia tristeza em suas palavras.

Retornamos a Paris, com um sentimento de fracasso e incerteza, nos despedimos e cada um foi descansar o resto da noite. Na manhã do outro dia fui acordado com uma ligação:

— Venha para o instituto o mais rápido possível, você precisa ver o que temos aqui! Corre, homem! — Exclamou Adia com muita empolgação.

A corrida até o instituto foi uma mistura de ansiedade e expectativa, aquelas palavras soaram como um chamado urgente, e eu mal conseguia esperar para saber o que tinha acontecido. Ao chegar ao instituto e entrar na minha sala, o que vi me deixou sem palavras:

— Como?! Por quê?! Você está aqui mesmo?! — Foi tudo que pude dizer.

Ji-Yeon estava lá, e sua presença inesperada era uma revelação impactante... Ela estava de pé, olhando pela janela para o horizonte, com uma expressão pensativa. Adia, por sua vez, estava ao lado dela, e ambas se viraram quando entrei:

— Não sou um fantasma, Vanguard. Estou aqui de verdade — sorrindo levemente.

— Ji-Yeon decidiu se juntar a nós para encontrar uma solução, não é incrível Vanguard?! — Declarou Adia com alegria.

— Não posso acreditar... É maravilhoso tê-la de volta! O que a fez mudar de ideia?

— As palavras de Adia me fizeram repensar, percebi que precisamos lutar por um mundo melhor, não importa o que tenha acontecido — respondeu pensativa.

Ver Ji-Yeon de volta ao nosso lado era uma verdadeira bênção, nos dava alguma esperança de achar uma solução para tudo, pois com sua experiência e conhecimento, tínhamos uma chance real de enfrentar a ameaça iminente das explosões solares.

— Bom, vamos deixar as boas-vindas para outro momento e voltar ao trabalho, temos que encontrar uma solução para esse problemão... E, adianto que é muito bom te ver aqui novamente e trabalhar com contigo, Ji-Yeon! — Mostrei-me de forma emotiva.

— Haha, eu digo o mesmo, Van! Vamos resolver as coisas como nos velhos tempos, não é mesmo?!

— Estou ansiosa para ver isso! — Adia não se continha de tanto entusiasmo.

— Ver?! Você vai trabalhar com a gente, nem ouse fazer corpo mole! — Declarou Ji-Yeon.

— Hahahaha, está bem, está bem! — Sorriu Adia.

Logo, fomos para a sala de reunião, prontos para começar a entender a natureza do problema que tínhamos em mãos. Ji-Yeon assumiu a liderança:

— Vamos recapitular o básico. O que estamos enfrentando são tempestades solares, causadas por enormes explosões no Sol, conhecidas como explosões solares ou erupções solares. Essas explosões ocorrem na atmosfera do sol e liberam uma quantidade gigantesca de energia e partículas no espaço.

— Certo! — Concordou Adia, dando seguimento à explicação — As explosões solares são causadas por distúrbios na atividade magnética do Sol. Geralmente, isso ocorre devido à torção e deformação das linhas do campo magnético solar, e essas deformações podem resultar em uma acumulação de energia magnética que, quando liberada, cria uma explosão.

— Adicionando à sua explicação, temos a massa coronal, uma parte da atmosfera externa do Sol, conhecida como coroa solar. Bom, resumidamente, sabemos que é uma região extremamente quente e rarefeita, onde o plasma do sol é continuamente liberado no espaço como um vento solar e, durante uma explosão solar, grandes quantidades dessa massa coronal podem ser ejetadas no espaço em alta velocidade — explicou Ji-Yeon.

— Assim, podemos dizer que as tempestades solares são o resultado dessas explosões e da liberação de massa coronal — fechei o pensamento.

— Exatamente, Vanguard. E quando a massa coronal e as partículas carregadas, como prótons e elétrons, atingem a Terra, elas podem interagir com nosso campo magnético e atmosfera. Essa interação é o que causa as tempestades solares na Terra — continuou Ji-Yeon.

— A partir daí, encarando as tempestades solares, podemos levantar alguns impactos que elas podem causar, sendo desde a interferência nas comunicações por satélite até a perturbação das redes de energia elétrica... E, em casos extremos, elas podem causar um blackout global, como se fosse uma enorme bomba de pulso eletromagnético — comentou Adia pensativa.

— E foi considerando esse caso extremo que, para proteger a Terra dessas tempestades solares, criei um sistema de satélites altamente avançado, onde cada satélite possui um conjunto de sensores extremamente sensíveis que detectam a chegada de uma tempestade solar e quando isso acontece, eles entram em ação — explicou Ji-Yeon.

— E o que exatamente eles fazem? — Perguntei curioso.

— Humm, basicamente cada satélite é equipado com uma série de painéis solares de nanotecnologia que coletam energia do Sol. Quando uma tempestade solar se aproxima, esses satélites se ajustam para capturar a energia excessiva, agindo como uma espécie de escudo solar. A energia absorvida é então convertida e armazenada em enormes baterias a bordo.

— Então, a função dos satélites é absorver a energia das tempestades solares? — Questionei.

— Inicialmente, sim. Primeiro, eles absorvem a energia, agindo como um amortecedor contra os impactos diretos das tempestades solares na Terra, e de modo simultâneo, eles liberam essa energia armazenada nas baterias para alimentar sistemas de proteção, criando escudos magnéticos artificiais, imitando a magnetosfera do planeta, o que ajuda a minimizar os efeitos das tempestades.

— Isso é incrível! É uma invenção muito inteligente, usar a energia do sol para nos proteger contra ele, genial! — Disse Adia empolgada.

— Nem tanto, Adia... Vocês mencionaram que os satélites têm falhas...

— De fato detectamos falhas, mas a questão é: o que acontece se não conseguirmos repará-las? — Abordei uma questão delicada.

— Veja bem, se não conseguirmos reparar esses satélites, a energia acumulada nas tempestades solares não será adequadamente controlada, o que pode resultar em um aumento substancial das tempestades solares que atingirão a Terra, causando uma série de impactos negativos, desde danos a infraestruturas críticas até riscos para a saúde humana. Imagine o mundo de hoje sem toda a tecnologia que possui, o que seria das pessoas? — Respondeu Ji-Yeon.

— Então, nossa prioridade agora é reparar esses satélites e garantir que eles possam continuar protegendo a Terra, ou seja, temos muito a perder — fiquei pensativo.

— Como desenvolvedora dos satélites posso dizer que as falhas não são apenas uma questão de reparo físico, elas também são atinentes a problemas em seus sistemas de controle e comunicação. Isso significa que, além de reparar os componentes danificados, precisaremos reprogramá-los para restaurar seu pleno funcionamento.

— Isso parece ser uma tarefa monumental. Como conseguiremos acesso aos satélites? Eles estão operando em órbita, correto? — Indaguei confuso.

— Eles estão espalhados por todo o espaço, o que torna a logística ainda mais complicada — confirmou Adia.

— Exatamente, Adia... A maioria dos satélites está em órbita baixa e média, o que significa que podemos alcançá-los, no entanto, o problema é a falta de comunicação com eles. Os sistemas de controle que nos permitiam operar remotamente esses satélites estão inativos devido às falhas.

— Então, estamos basicamente indo às cegas para reparar satélites no espaço? Maravilha, não? Hahaha — ri de nervoso.

— Infelizmente, sim. A primeira coisa que precisamos fazer é criar um meio de comunicação alternativo com os satélites, o que é uma tarefa desafiadora. Além disso, teremos que projetar soluções para as diversas falhas que eles enfrentam, o que envolve restauração física e reprogramação de sistemas — continuou Ji-Yoen.

— Embora não seja fácil, se conseguirmos encontrar uma maneira de nos comunicar com os satélites, acredito que temos as habilidades e o conhecimento necessários para lidar com as falhas técnicas — ponderou Adia.

Ji-Yeon estranhamente se levantou de seu acento, permaneceu em silêncio por um momento, olhando para o nada como se estivesse vendo o planeta Terra cercado por satélites, ela parecia absorta em pensamentos profundos, o seu olhar distante vagava pelo espaço e, de repente, sua expressão se iluminou:

— Acho que sei como podemos superar o desafio da comunicação com os satélites e, ao mesmo tempo, solucionar algumas das falhas técnicas! — Disse Ji-Yeon com todo entusiasmo — Precisamos aproveitar uma das tecnologias que desenvolvemos aqui no instituto.

— Que tecnologia é essa?! — Adia perguntou curiosa.

— Se eu não estiver errada e essa tecnologia ainda estiver no instituto, podemos usá-la. Algum tempo atrás, criamos um protótipo de satélite de comunicação a laser para uma missão espacial anterior, só que ele nunca chegou à fase de implementação. Porém, o seu conceito é sólido e podemos usar essa tecnologia para estabelecer uma conexão óptica com os satélites defeituosos.

— Uma conexão óptica? Como funcionaria em tese? — Questionei.

— Ao invés de depender de comunicações de ondas — explicou Ji-Yeon ao desenhar no painel digital da sala de reuniões — que estão comprometidas devido às falhas dos satélites, usaremos sinais de laser. Assim, criaremos estações terrestres com emissores a laser e direcionaremos esses sinais para os satélites em órbita. Desta forma, com a tecnologia de recepção a laser a bordo, poderemos estabelecer uma conexão de alta velocidade e confiável.

— Muito bom, parece uma solução engenhosa, Ji-Yeon! Mas, e quanto às falhas técnicas? — Indaguei.

— Aqui é onde minha experiência e conhecimento em tecnologia podem ser úteis. Vou trabalhar com Adia para projetar pacotes de atualização que possam ser enviados para os satélites via conexão a laser. Esses pacotes podem conter correções de software e instruções de reparo para os sistemas danificados, tendo em vista que podemos reprogramar a nanotecnologia dele para realizar os reparos.

— Acredito que, com essa abordagem, podemos resolver muitos dos problemas técnicos dos satélites, se não todos — Adia expressou a sua confiança.

— Por essa você não esperava, né Vanguard?! — Exclamou Ji-Yeon alegremente.

— Ji-Yeon, você é incrível! É lógico que esperava alguma saída genial vindo de você hahaha o que eu não contava e muito menos sabia da existência era dessa tecnologia de comunicação a laser de longo alcance aqui no instituto.

— Pobre Vanguard, há mais coisas nesse instituto que não conhecemos do que aquelas que conhecemos — disse Ji-Yeon com uma expressão de dó e deboche.

Em meio a essa conversa, Adia interpelou:

— Gente... não é querendo jogar um balde de água fria nessa animação toda não... só que... se construirmos estas estações na Terra teremos muitos obstáculos, desde aviões a outros satélites e lixos espaciais que podem obstruir a comunicação a laser, não?

— Realmente, Adia — concordei pensativo —, você trouxe um ponto importante à mesa, ainda mais para nos fazer considerar a eficácia da comunicação a laser a partir da Terra.

— Adia, você tem um ponto válido — observou Ji-Yeon — a presença de obstáculos como aviões, outros satélites e lixos espaciais poderia, de fato, comprometer a comunicação por laser a partir da Terra. Além disso, a distância é um fator importante, quanto mais longe estivermos dos satélites, maior será a latência nas comunicações.

— Então, o que podemos fazer? Lançar novos satélites para estabelecer a comunicação óptica? — Perguntei.

— Seria mais viável um lançamento de satélites para fazer essa comunicação óptica, até mesmo para encurtar a distância, acredito eu — continuou Adia.

— Existe uma solução intermediária — declarou Ji-Yeon em tom reflexivo — podemos formar uma constelação de pequenos satélites, em órbita baixa, próxima aos satélites defeituosos. Esses satélites serviriam como retransmissores, recebendo sinais de laser da Terra e enviando-os para os satélites problemáticos. Dessa forma, podemos contornar muitos dos obstáculos e reduzir a latência.

— Parece uma solução bem equilibrada, porém, precisaremos de novos satélites para essa constelação, certo? — Questionou Adia.

— Sim, podemos projetar e construir esses satélites mais rapidamente do que lançar novos satélites de grande porte, tendo em vista que eles seriam menores e mais leves, facilitando o lançamento, além de estarmos os enviando para órbita baixa da Terra.

— Então, podemos seguir com esse plano, concordam?! — Indaguei.

— Por mim, parece bem viável e possível dentro da nossa limitação de tempo e pessoal — assentiu Adia.

— Fechou!! Vamos reunir as equipes, apresentar o projeto e ver quem vai aderir à proposta, pois precisamos começar a projetar esses satélites e estabelecer as estações terrestres para a comunicação a laser o quanto antes — encerrei a nossa reunião.

Ji-Yeon como desenvolvedora do projeto inicial dos satélites ficaria a cargo de liderança para projetar os minissatélites e com a Adia desenvolveriam os devidos softwares. Desta forma, eu estaria gerenciando as demais equipes com os diretores dos outros setores, porém, antes disso havia algo que estava me atrapalhando a pensar melhor e que era necessário tirar das minhas costas. Carregar as duras palavras proferidas no Coeur Défense pesava em minha consciência a cada dia que passava. Assim, ao sairmos da sala de reunião, decidi abordar Ji-Yeon:

— Ji-Yeon, posso falar com você por um momento?

— Claro, Vanguard, o que seria?!

— Vou deixá-los a sós, acredito que vai ser uma conversa particular. Até daqui a pouco! — Acenou Adia.

— Obrigado, Adia. Bom... por onde eu posso começar? Humm...

— Só deixar sair o que você quer me falar... não precisar ter medo de se expressar — encorajou Ji-Yeon.

— Primeiramente, quero pedir desculpas pelas palavras duras que te falei no Coeur Défense. Aquilo foi injusto e insensível da minha parte, eu estava errado... E você não é uma pessoa ruim, era eu que estava frustrado com a situação, apesar de isso não justificar a maneira como a tratei.

Ji-Yeon olhou para mim por um momento, seus olhos refletindo uma mistura de emoções, então, suspirou e disse:

— Vanguard, sei que estávamos todos sob muita pressão naquele momento, eu não guardo rancor de você. E outra, o mais importante agora é focarmos em nossa missão, corrigir os satélites e, ainda que tenhamos pensamentos diferentes, precisamos superar nossas diferenças pessoais por um bem maior, concorda?!

— Agradeço a sua compreensão, Ji-Yeon. Vamos dar o nosso melhor nesse projeto para quem sabe começar o mundo melhor que sonhamos, não acha?!

— Acho não... Eu tenho certeza!! Com esse projeto podemos criar um novo mundo hahaha — riu de empolgação.

A tensão que nos separava começou a se dissipar naquele momento. Embora a reconciliação não pudesse apagar o passado, ficou claro que estávamos comprometidos com o mesmo objetivo: salvar o mundo da ameaça das tempestades solares.

Em meio a nossa conversa, Adia surgiu sem fôlego, parecia estar correndo. Então, informou:

— Temos péssimas notícias! A Astra recalculou a força da tempestade que virá para Terra e é bem mais intensa do que esperávamos, temos menos tempo ainda — disse entre tomadas de ar para recompor seu fôlego.

As palavras ditas por Adia nos atingiram como um choque. Uma tempestade solar em maior intensidade significava que nossos esforços precisariam ser redobrados e o tempo que tínhamos para consertar os satélites se tornara um recurso ainda mais escasso.

— O que precisamos fazer agora? Não podemos nos dar ao luxo de perder mais tempo! — Expressei minha preocupação.

— Concordo, Vanguard. Precisamos acelerar o processo de construção dessas estações de comunicação terrestres ou o lançamento dos satélites não será rápido o suficiente — assentiu Adia.

— Vamos reunir todas as equipes e mobilizar todos os recursos que pudermos para acelerar o processo. Agora o tempo é nosso inimigo! — Declarou Ji-Yeon.

Naquela tarde, reunimos todos os chefes de equipe do instituto em uma sala de reuniões. A atmosfera estava carregada de tensão, vez que cada um deles tinha projetos importantes sob sua responsabilidade:

— Obrigado por virem até aqui — iniciei a conversa — Como sabem, estamos diante de uma ameaça grave e iminente: uma tempestade solar intensa que ameaça nossa infraestrutura e nossa sociedade. Precisamos unir nossos esforços e trabalhar juntos para enfrentar esse desafio.

— Vanguard, compreendemos a gravidade da situação, entretanto, nossos projetos atuais também são cruciais, sem contar que estamos sobrecarregados de trabalho — explicou Antoine Leroux, um dos diretores.

— Entendemos as preocupações de todos vocês — expressou Adia, demonstrando total empatia — No entanto, a magnitude dessa tempestade solar é muito maior do que imaginávamos. Estamos correndo contra o tempo, e precisamos de toda a ajuda que pudermos reunir.

— Doutor Vanguard, entenda que as nossas equipes também estão sobrecarregadas, como podemos priorizar isso? — Indagou a Diretora Dr.ª Sofiia Shevchuk, tentando demonstrar empatia pela situação.

— Cada um de nós terá que fazer sacrifícios! Este é um momento de crise para toda a humanidade e se não agirmos juntos, todos sofreremos as consequências. Essa é a realidade que temos aqui hoje! — Ji-Yeon foi direto ao ponto.

— Estamos prontos para liderar esse esforço, e prometemos que, uma vez superada essa ameaça, suas equipes receberão todo o apoio necessário para recuperar o tempo perdido — prometi a todos os chefes de equipes.

— Ainda assim, será difícil coordenar a transferência de recursos e prioridades do projeto. Vejo que não será uma tarefa fácil, porém, concordo em ajudar — assentiu o Diretor Dr. Min-ho Kim.

— Antes de tudo tenho uma pergunta a fazer. Como podemos ter certeza de que essa abordagem funcionará? Não estamos simplesmente adiando nossos projetos atuais? — Perguntou o Diretor Dr. Klaus Becker, mostrando sua incredulidade.

— Compreendo suas preocupações, contudo, esta é uma situação de emergência, temos fortes evidências de que a tempestade solar é uma ameaça real, e a nossa tecnologia é a melhor chance que temos de minimizar seus efeitos. Para termos sucesso, precisamos de todos os recursos disponíveis — tentei ser polido para conseguir toda ajuda possível.

— Deixe-me ser mais clara o possível — exclamou Ji-Yeon já sem paciência — Se o nosso projeto não conseguir proteger a Terra, não haverá mais "os seus projetos", porque pelo que a Astra estimou, o impacto será catastrófico a nível global, conseguiram entender de uma vez por todas?!

— Bem, sabemos que a estação terrestre é uma parte essencial do projeto, a interrogação aqui é: ela pode ser construída rapidamente? — Questionou a Diretora Dr.ª Li Mei Ling.

— A estação terrestre é uma peça-chave, queremos realocar engenheiros e recursos para acelerar sua construção — Adia tomou parte na explicação.

— E quanto aos nossos cronogramas e prazos de entrega? Alguns dos nossos clientes estão contando com esses projetos — argumentou a Diretora Dr.ª Valentina Herrera, a qual não queria ceder.

— Não sei se estou falando grego, senhores e senhoras! Ou pode ser que só tenha tapados nessa sala, affees — suspirou Ji-Yeon — vou desenhar para todos entenderem de uma vez por todas — esbravejou.

— Ji-Yeon?! — Falei assustado.

— Esta aqui é a Terra onde todos nós vivemos, eu, vocês, os seus clientes e os seus projetinhos mequetrefes — exalou sua raiva.

— *Dio Mio*, agora que não vamos ter ajuda mesmo — passei a mão na cabeça.

— Este é o sol — continuou Ji-Yeon — essa explosão solar vai vir em direção ao planetinha que todos nós vivemos, com chances altíssimas de ocasionar um blackout global, e o pior de tudo, não podemos precisar ainda se vai ser permanente. O que podemos dizer é que os impactos serão devastadores se o nosso projeto não for colocado em prática. Em outros termos, se a gente não fizer os satélites funcionarem, é muito possível que vocês não tenham mais empregos, muito menos tecnologia para desenvolver os seus projetos. Entenderam agora?! — Tomou fôlego ao final.

— Há um risco real de que isso possa não funcionar e que nossos projetos sejam prejudicados — persistiu a Diretora Dr.ª Isabella Fiorentino.

— Sim, existe esse risco, no entanto, a alternativa é enfrentar a tempestade solar sem a proteção que podemos oferecer, o que seria catastrófico. Não sei se vocês entenderam bem, o que estamos tentando fazer aqui é proteger nosso mundo e nossa sociedade — respondi com toda a sinceridade que podia ter.

Depois de uma discussão cuidadosa e com o reconhecimento da gravidade da situação, alguns chefes de equipe começaram a ceder e concordaram em contribuir com seus recursos para o projeto de proteção contra a tempestade solar:

— Está bem, eu entendo, estamos todos juntos nisso! Vou liberar a minha equipe e recursos para a estação terrestre — decidiu a Diretora Dr.ª Marília de Paula.

— Concordo! Podemos realocar engenheiros e priorizar a construção das estações — apoiou o Diretor Dr. Ahmed Hassan.

— Também faremos o que for necessário. Vamos ajustar nossos cronogramas de entrega e recursos — manifestou-se solidariamente a Diretora Dr.ª Ngozi Adewale.

Tendo as diretorias consentido e se comprometendo com o desenvolvimento do projeto, ainda que algumas tenham se comprometido contra a própria vontade, continuamos a reunião elaborando um cronograma detalhado, com divisão de funções e equipes, considerando a urgência da situação. Desta forma, foi pactuado em finalizar o projeto dentro de nove semanas:

Cronograma

Semana 1: Priorização e alocação de recursos.

Semana 2-3: Início da construção da estação terrestre.

Semana 4-5: Integração da estação com o sistema de satélites.

Semana 6-7: Testes e calibração de sistemas.

Semana 8: Treinamento de equipes e procedimentos de emergência.

Semana 9: Revisão final e preparação para a tempestade.

Esta programação acelerada permitiria que nos preparássemos para a tempestade solar com a máxima eficiência possível, dadas as restrições de tempo.

Semana 1: Priorização e alocação de recursos — 7 de fevereiro a 13 de fevereiro de 2050.

No início da semana, todos os chefes de equipe se reuniram para discutir a realocação de recursos e a reorganização das equipes.

Cada equipe fez um balanço de seus projetos atuais e identificou o que poderia ser adiado ou interrompido temporariamente.

Após novas longas discussões e negociações, eles concordaram em ceder parte de suas equipes e recursos para o projeto de satélite.

A equipe da Ji-Yeon começou a coordenar o processo, atribuindo tarefas e definindo prioridades.

Semana 2-3: Início da construção da estação terrestre e Produção dos satélites — 14 de fevereiro a 27 de fevereiro de 2050.

A localização ideal foi escolhida e preparada para receber a estação de comunicação a laser.

As equipes trabalharam em revezamentos de turnos na construção da estação terrestre e na produção dos satélites.

As estruturas principais das estações foram montadas e o sistema de comunicação a laser começou a ser instalado.

Ji-Yeon e Adia coordenaram as equipes em turnos de 24 horas para acelerar o processo e garantir que a estação estivesse pronta o mais rápido possível.

Semana 4-5: *Integração da estação com o sistema de satélites — 28 de fevereiro a 13 de março de 2050.*

Com a estação terrestre em estágio avançado de construção, o foco se voltou para a integração da estação com os satélites que seriam lançados.

Cada satélite passou por verificações e atualizações para permitir a comunicação via laser.

As equipes de Ji-Yeon e Adia trabalharam lado a lado com os engenheiros de satélites para garantir que tudo funcionasse em perfeita sincronia.

Semana 6: *Testes e Calibração de Sistemas — 14 de março a 20 de março de 2050.*

Ji-Yeon e Adia estavam se esforçando ao máximo para manter a equipe focada e garantir que todos os sistemas estivessem prontos, assim, o laboratório de testes se encontrava sempre agitado e cheio, com as equipes concentradas em suas tarefas:

— Pessoal, estamos na reta final! Esta semana é crucial! Precisamos ter certeza de que todos os sistemas estão funcionando perfeitamente, tudo bem?! — Disse Ji-Yeon para as equipes, inspirando motivação.

— Ji-Yeon, a comunicação via laser está quase lá, mas ainda há algumas flutuações, vai necessitar de ajustes e possivelmente de algum tempo a mais — respondeu o Diretor Dr. Arjun Patel.

— Não temos muito tempo, precisamos acelerar os ajustes o quanto antes para não corrermos o risco de perder a janela de oportunidade — declarou Adia, preocupada.

Os testes de redundância dos sistemas de comunicação, giroscópios, e sistemas de energia foram conduzidos sem parar, as equipes trabalhavam incansavelmente para resolver os problemas que surgiam.

Semana 7: *Noite Tardia no Laboratório — 21 de março a 27 de março de 2050.*

O laboratório estava iluminado apenas por telas brilhantes de computadores, Ji-Yeon e Adia estavam mergulhadas em linhas de código, tentando aprimorar os sistemas dos satélites. Ambas visivelmente cansadas, mantinham-se firmes em suas funções, mesmo quando apenas o senso de urgência as impedia de parar:

— Ji-Yeon, você precisa descansar, está trabalhando sem parar há dias — disse Adia bocejando.

— Não posso, Adia — som de teclado —, não temos tempo a perder.

— Eu sei que é importante, mas você precisa de um pouco de descanso ou vai ter uma crise — bocejou novamente — Ji-Yeon, posso te perguntar uma coisa?! — Indagou Adia em um tom curioso.

— Vá em frente, pergunte — continuou digitando.

— Estou curiosa quanto a uma coisinha apenas — bocejou de novo — por que você voltou e está se dedicando tanto a este projeto? Há algo que você não está me contando? — A curiosidade dava espaço a um pouco de desconfiança.

Ji-Yeon hesitou por um momento, parou de digitar, manteve-se olhando para a tela do computador como se estivesse buscando uma resposta nas linhas de código:

— Adia, você se lembra das minhas filhas, as fotos que você viu no Coeur Défense? — Respondeu com uma voz trêmula.

— Sim, é difícil esquecer daquela noite... Você disse que elas não estão mais vivas — falou com um pesar.

— Elas... — lágrimas escorriam de seu rosto — Elas... Elas eram tudo para mim! E eu... eu... eu não pude fazer nada quando mais precisaram... Nunca vou me perdoar por isso!

— Ji-Yeon, não fique assim... Não seja dura consigo mesma, não foi culpa sua, era impossível prever o que aconteceu naquele dia! — Consolou.

— Talvez não tenha sido minha culpa, contudo, sinto que é minha responsabilidade fazer o que puder para evitar que usem a tecnologia daquela forma novamente, por isso vim pessoalmente lidar com os satélites, não quero que esse projeto caia em outras mãos erradas.

Adia se levantou de sua mesa e foi em direção à Ji-Yeon:

— Você é uma pessoa incrível, Ji-Yeon! Estamos aqui para fazer a diferença, para salvar vidas, você não está sozinha nessa! — Disse ao abraçar Ji-Yeon com carinho.

— Obrigada pelo apoio, Adia! — Agradeceu ao secar as suas lágrimas.

Após este breve momento, ambas voltaram a trabalhar, Ji-Yeon digitava furiosamente ao passo em que Adia tentava manter os olhos abertos, a qual sabia que precisava de um bom descanso, no entanto, a urgência do trabalho se fazia mais presente:

— Adia, você parece estar bem exausta, não é a hora de descansar? — Perguntou Ji-Yoen.

— Não posso, temos que terminar isso hoje... E, deixar tudo para você seria injusto.

— Estamos quase terminando, eu dou conta do resto que precisa ser programado — alentou Ji-Yeon demonstrando empatia.

— Tem certeza?! — Adia perguntou ao coçar os olhos.

— Sim, não se preocupe, amanhã quando você acordar vai estar tudo pronto.

— Tudo bem... — bocejou — Ji-Yeon, acho que... — bocejou e coçou o olho — vou cochilar mesmo... só um pouco, realmente estou exausta.

— Claro, vá descansar, é mais do que merecido! Eu assumo a programação por um tempo — disse sem tirar os olhos da tela.

Adia se levantou de sua cadeira com dificuldade, esfregando os olhos sonolentos, lançou um olhar preocupado a Ji-Yeon antes de sair do laboratório:

— Tenha cuidado, não se esforce demais, Ji-Yeon... — com uma voz sonolenta.

Ji-Yeon assentiu e manteve o seu foco na tela do computador. Horas se passaram conforme Ji-Yeon trabalhava sozinha, imersa em código e algoritmos complexos. O seu cansaço era evidente, porém, um sorriso de satisfação apareceu em seu rosto ao fazer o último ajuste.

— Pronto... — sussurrou para si mesma.

Ela enviou o código modificado para os satélites e monitorou atentamente as leituras em seu monitor, tudo parecia estar funcionando como planejado:

— Isso deve funcionar... Isso tem que funcionar... — ainda sussurrando.

Ji-Yeon continuou a observar os monitores, ansiosa para ver os resultados de seu trabalho, cada segundo parecia uma eternidade nessa espera:

— E, assim... todos teremos... um recomeço — murmurou para si mesma quando viu que sua programação não apresentou falhas.

Semana 8: *Treinamento de equipes e procedimentos de emergência — 28 de março a 3 de abril de 2050.*

Uma semana antes da tempestade solar prevista, os esforços se concentraram no treinamento de todas as equipes.

Simulações realistas de situações de emergência foram conduzidas para preparar todos os envolvidos.

Ji-Yeon liderou sessões de treinamento intensivas para garantir que todos compreendessem seus papéis e responsabilidades.

Semana 9: *Revisão final e preparação para a tempestade — 4 de abril a 10 de abril de 2050.*

Nos dias finais, uma revisão geral de todos os sistemas e procedimentos foi realizada.

A equipe estava pronta e aguardando o início da tempestade solar. Todos estavam cientes da importância de seu trabalho e da necessidade de operar perfeitamente sob pressão.

A semana 9 estava no fim e todos estávamos confiantes de que daria certo, confiança esta que não durou por muito tempo.

Dia da Tempestade Solar — *11 de abril de 2050.*

Algo inesperado aconteceu, a Ji-Yeon não apareceu no instituto no dia crucial, apenas deixou um bilhete *"fiz o que tinha que fazer, agora me despeço, só terei tempo para mais um café".*

O bilhete de Ji-Yeon deixou todos atordoados, vez que ela havia trabalhado incansavelmente para corrigir os satélites, e agora ter desaparecido no momento mais crítico. Com isto em nossa mente, Adia e eu corremos até o refeitório, mas ela não estava lá, encontramos tão somente uma xícara de café vazia em uma mesa... Não encontramos Ji-Yeon em lugar algum:

— O que poderia ter acontecido? Por que ela faria isso exatamente nesse momento? — Adia se mostrou preocupada.

— Não podemos nos dar ao luxo de perder mais tempo, Adia. Temos que prosseguir com o lançamento — respondi passando a mão na cabeça.

O lançamento dos satélites era crucial para proteger a Terra da iminente tempestade solar, não podíamos nos dar ao luxo de esperar por Ji-Yeon, entretanto, a sua ausência disseminou uma sombra de hesitação sobre toda a equipe no instante em que nos preparávamos para colocar em prática o plano de ação.

Os técnicos e engenheiros estavam ocupados nos centros de controle, garantindo que tudo estivesse em ordem, a atmosfera estava sobrecarregada de incertezas, ainda que todos estivessem focados em suas tarefas.

À medida que o horário do lançamento se aproximava, sentia que a falta de Ji-Yeon começava a pesar em mim. Torcia para que ela estivesse bem e que seu trabalho árduo não fosse em vão.

Então, antes de dar início ao posicionamento dos satélites em baixa órbita, lembrei-me do café que frequentávamos quando ainda éramos estudantes e saí correndo para lá. Adia vendo isso, gritou:

— Vanguard, e o lançamento?!

— Pode continuar com o planejado! — Respondi às pressas enquanto corria.

Chegando na rua do café avistei os cabelos azuis e rosas de Ji-Yeon, então meu coração acelerou mais ainda, pensava que algo de grave tinha acontecido a ela, embora aparentemente estivesse tudo bem. Ela se encontrava sentada à mesa em uma calçada, com uma xícara de café, até que cheguei sem fôlego:

— Ji-Yeon??!!

— Sabia que você ia entender a pista que deixei... — respondeu calmamente.

A rua estava agitada e no meio dessa agitação, Ji-Yeon, estava lá, tranquila, saboreando sua xícara de café. Ela parecia diferente, seus cabelos antes longos, deram espaço a cabelos curtos, a roupa do laboratório deu lugar a um belo vestido azul e branco, com listras verticais e flores bem desenhadas, os seus cabelos coloridos ondulavam suavemente com a brisa que soprava em sua face, a sua expressão se mostrava singela:

— Ji-Yeon, você... você está bem?! — Exclamei ofegante.

— Vanguard, sabia que você viria — sorriu levemente — sente-se, o espetáculo está prestes a começar.

Acompanhei Ji-Yeon e me sentei na cadeira ao lado dela, olhando para o horizonte. Ela estava calma, como se todo o estresse e tensão que havia experimentado nas últimas semanas tivessem desaparecido... isto me incomodava:

— Ji-Yeon, você desapareceu no dia mais importante, em breve os satélites vão ser lançados...

— Eu sei que vocês conseguem, está tudo programado, não se preocupe... Aliás, hoje é um dia para observar, para testemunhar a beleza desse espetáculo da natureza em ação — disse ainda sorrindo ao olhar para o horizonte.

Seu modo de agir me incomodava [...]

DISTOPIA

— Espetáculo? Não está preocupada com a missão? Vai que os satélites apresentem algum problema? — Questionei a Ji-Yeon.

— Não vão! Eu cuidei disso pessoalmente e com certeza estão funcionando!

— Então, diga-me o motivo de você não ter ficado na sala de operação com toda a equipe? Isso não faz sentido para mim.

— Vanguard, olhe ao redor, veja o que a tecnologia fez pela humanidade... Melhor, eu me pergunto que humanidade? Não fazemos mais coisas básicas como humanos, falar não existe mais, todos usam implantes neurais para se comunicar; as pessoas não têm filhos, elas os criam e escolhem como serão em uma incubadora; os governos produzem humanos em incubadoras para os seus exércitos... Pergunto-me por vezes: qual é o significado de ser humano no mundo em que não agimos humanamente? Nos resta algum valor como humanos?

— Ji-Yeon, o que quer dizer com todo esse discurso?! Não estamos em um momento para isso, salvar as pessoas da Terra é o importante, não é? — Indaguei confuso.

— Veja, o que é valor? Olhe essa nota antiga, vale 100 euros — Ji-Yeon ignorou o que eu disse e chamou o garçom, o qual era um androide, após apresentou a nota para pagamento. No entanto, o este recusou recebê-la, pois dizia que aquilo não tinha valor. Assim, ela retirou sua carteira digital e fez o pagamento — Viu? O que é valor? Uma convenção social apenas, essa nota de 100 euros perdeu o seu valor simplesmente por não ser mais conveniente o seu meio de pagamento.

— O que você quer dizer com isso, Ji-Yeon?! Não temos tempo agora! — Falei simultaneamente à sua reflexão.

— [...] É a mesma coisa que aconteceu com a sociedade que se afundou na tecnologia, tudo o que está fora do tecnológico perdeu o seu valor; as pessoas se preocupam com suas vidas dentro das realidades virtuais de imersão total, a maioria nem sequer sai mais dessa realidade. Tudo que querem e que fazem é em prol de um mundo inventado para lhes fazerem sentir melhor, porém, a vida de verdade não é assim, a vida de verdade há felicidades, alegrias, confraternização e, não só isso, há também muita tristeza, dor, sofrimento, luta, sacrifício... viver não é fácil e nunca será, digo, viver no mundo real, esse sem a ilusão tecnológica onde tudo é mentira e com aparente valor.

— Ji-Yeon, não vamos chegar a lugar algum desta forma, se a sociedade considera o mundo real sem valor e uma parte da sociedade considera o mundo virtual sem valor, chegaremos à estaca zero, não haverá uma conciliação! — Retruquei.

— Vanguard, se o valor de um mundo anula o valor de outro, quer dizer que não podemos afirmar valor nenhum, certo? — refletiu — E em um mundo desse em que não se acredita em nada e nada faz sentido, tudo é permitido e nada tem importância... A morte de um valor não terá pro nem contra; o assassino não estará certo nem errado, a malícia e a virtude serão um acaso.[9]

— Aonde você quer chegar, Ji-Yeon? — Disse sem entender a razão por detrás de suas palavras.

— Quero dizer que no tempo atual em que vivemos, tudo é permitido e nada tem importância, esse mundo perdeu o seu valor e a balança tem que ter o seu equilíbrio restaurado.

— Ji-Yeon, não estou gostando do rumo dessa conversa — escutei o meu telefone tocar.

— Atende, vai que é importante — declarou despretensiosamente.

— Alô? Como assim vocês perderam o controle do sistema?! Isso não pode acontecer, não agora! — Exclamei.

— Vanguard, não sei explicar, mas o sistema não deixa ninguém fazer operação nenhuma, os satélites que foram enviados para fazer os reparos se conectaram aos satélites protetores, contudo não conseguimos operar remotamente — informou Adia pelo telefone.

---

[9] Ref. à obra *O Homem Revoltado*, de Albert Camus, p. 13.

— Estou correndo para aí! — Respondi — Ji-Yeon, estarei de volta em breve, o Instituto está com problemas na operação, quero continuar nossa conversa outro momento, certo?

— Sem problema, vamos continuar essa conversa mais cedo do que imagina — expressou de maneira calma.

— Você não vai voltar comigo para o Instituto?! — Levantei-me da mesa às pressas.

— Já fiz tudo que podia fazer, agora o resto é com vocês... — respondeu Ji-Yeon após tomar um gole de seu café.

Logo, corri desesperadamente para chegar ao Instituto, algo estava errado e também as falas da Ji-Yeon não fazia sentido nenhum, não havia motivo para continuar aquela conversa. Chegando à sala de operações tudo parecia um caos, todos estavam tentando reestabelecer o controle dos satélites e eu entrei nessa resolução:

— Adia, o que está acontecendo?!

— Eu não sei, a missão estava indo bem, tudo estava ocorrendo normalmente até que o sistema acusou falha na comunicação bem na hora de fazer o download do novo software para o reestabelecimento das funções.

— Quanto tempo até o impacto, Astra? — Indaguei.

— Temos 25 minutos até o impacto, Dr. Vanguard — respondeu Astra.

— Vamos nos concentrar e achar o problema, temos que conseguir resolver isso ou a Terra será afetada — lembrou Adia.

—Adia, verifique o sistema de segurança para ver se houve alguma invasão.

— Vou verificar! — Concordou ao passo em que digitava freneticamente.

— Alguém entra em contato com os engenheiros das bases de lançamento e verifique se aconteceu alguma pane no sistema — continuei coordenando a equipe.

— Vanguard, o sistema de segurança está em pleno funcionamento e não há sinais de invasão. Aliás, seria quase impossível invadir um sistema desse — retornou Adia.

— Então o que poderia ter sido? — Questionei pensativo.

— Vanguard, os engenheiros chefes reportaram que todos os lançamentos ocorreram sem pane e acidentes, bem como não tiveram sinais de invasão nos sistemas das bases de lançamento — informou o Dr. Ahmed Hassan, um dos diretores de setor.

— Tem algo que a gente está deixando passar... não está certo... — tudo girava naquele momento, sentia o mundo girando — Astra! Astra!

— Estou aqui, Dr. Vanguard. Como posso ajudá-lo?

— Verifique os códigos do sistema de comunicação! Quanto tempo vai levar?

— Já estou verificando, Dr. Vanguard! Estimo que vou tomar 15 minutos do seu tempo para revisar todo o sistema de comunicação e transferência de dados, além dos dados a serem transferidos.

— Adia, quanto tempo temos?!

— Temos 18 minutos ainda, vamos terminar essa revisão de códigos no limite...

— Vai ser muito arriscado, porém, não temos muitas opções... vamos analisando os outros sistemas — sugeriu Adia.

20 h: 26 min e 12 segundos:

— Dr. Vanguard, o sistema de comunicação está intacto, não há a necessidade de reparos — comunicou Astra.

— Continue a análise, Astra... tenho certeza de que vamos achar algo! — Afirmei.

— Será, Vanguard? Não tenho dúvidas de que os códigos estão corretos, revisamos e testamos várias vezes, não acredito que fizemos algo errado... — Adia mostrou-se incrédula.

— Adia, verifique os status dos hardwares dos satélites! Veja se estão funcionando.

— Certo, farei isso!

20 h: 31 min e 17 segundos:

— Vanguard, os hardwares estão tudo em pleno funcionamento.

— Como?! O que está acontecendo aqui?! O que está bloqueando nosso acesso?! — Me sentia à beira de um colapso.

— Vamos verificar a rede do instituto e ver se tem alguém usando os computadores — indicou Adia.

— Faça isso, Adia! Astra, mostre-me os sistemas de câmeras internas, selecione a última semana e mostre o que for considerado mais suspeito.

— Entendido, Dr. Vanguard.

Enquanto eu verificava as filmagens, Adia fazia uma varredura e logo vinham mais notícias ruins:

— Dr. Vanguard, informo que o sistema de transferência de dados não apresenta problemas e muito menos sinais de invasão — Astra declarou.

— Tenho outra má notícia, a rede do Instituto também está intacta... — completou Adia — não há ninguém além de nós usando a rede.

— Então o que quer que tenha acontecido foi feito aqui dentro do Instituto, ajude-me a ver as filmagens, Adia.

— Dr. Vanguard, devo prosseguir com a análise dos dados que seriam transferidos? — Astra aguardava o meu comando.

— Deve, acredito que vamos achar algo neles, já que não encontramos nada nos demais sistemas.

Desconfiando da postura de Ji-Yeon foquei a busca das filmagens nela e no que ela fez durante a última semana:

— Está desconfiando da Ji-Yeon, Vanguard? — Perguntou Adia.

— Estou, ela me pareceu suspeita hoje de manhã, não estava falando coisa com coisa, ainda mais para quem estava disposta a salvar a Terra.

— Como ela poderia fazer algo assim? Fiquei ao lado dela programando todos os dias e ela estava muito dedicada em fazer seu projeto original voltar a funcionar.

— Eu não sei dizer, porém, algo me diz que ela tem envolvimento com tudo que está acontecendo.

Conforme fazia a varredura nas filmagens com a Adia, a Astra nos alertou:

— Dr. Vanguard, enc...

De repente toda a energia do Instituto caiu, até mesmo a dos geradores.

— Merda! Como isso é possível??! Quem está fazendo isso?? — Esbravejei.

— Respira, Vanguard! Não podemos perder o foco agora.

— Quanto tempo ainda temos?! — Perguntei em desespero.

— Cerca de quatro minutos para completar a transferência de dados, fique aqui, vou ver com a equipe de engenharia o que aconteceu com a energia — Adia correu o mais rápido que pôde.

— Certo! — Voltei-me aos que permaneceram no laboratório — Todos aqui, a prioridade agora é reestabelecer a energia, façam acontecer!

Segundos depois, Adia me liga:

— Vanguard, está me ouvindo?

— Estou! O que aconteceu aí para estar me ligando?

— Tenho algo muito ruim a dizer...

— Diga!

— Não foi só a luz do Instituto que caiu, foi a luz da cidade inteira... Foi um blackout total...

— Impossível...

Então, corri para fora do Instituto, queria ver o que estava acontecendo com os meus próprios olhos:

— Não acredito... tudo está escuro... como isso pode acontecer na hora mais crítica?! Estamos perdidos... — falei quase desistindo de tudo.

— Vanguard, veja! A luz da cidade está voltando! — Apontou Adia.

— Acho que vou enfartar assim... Affees — suspirei.

— Deixa para morrer amanhã, vamos para o laboratório depressa! — Disse Adia, correndo para a sala central.

Corremos de volta para o centro de operações, entramos na sala esbaforidos, olhando para todos os monitores voltando ao funcionamento:

— Astra, está aí?! — Gritei.

— Estou, Dr. Vanguard. Como posso ajudá-lo?

— Antes do blackout você ia me dizer algo, lembra?

— Lembro perfeitamente que estava prestes a te informar de algo, no entanto, com o corte de energia primário e secundário de uma vez, perdi a referida informação. Devo voltar a fazer a varredura?

— Vanguard, olha! O monitor central está acusando que o download dos dados está completo e pedindo permissão para desacoplagem dos satélites de reparo — informou a Dr.ª Sofiia Shevchuk.

— O quê?! Como voltaram a funcionar? — o Dr. Klaus Becker tomou um susto.

— Não sei, mas temos 1 minuto e cinquenta segundos para agir — esclareceu Adia.

— Astra, quanto tempo levaria para fazer uma nova varredura dos dados? — Disse passando a mão na cabeça e respirando fundo.

— Estimo que cerca de 4 a 5 minutos, Dr. Vanguard.

— Não temos mais esse tempo, vamos iniciar o procedimento de desacoplagem dos satélites de reparos e ativar a nova configuração — dei a ordem para Astra.

20 h: 43 min:

— Desacoplagem completa, Dr. Vanguard! — Informou Astra.

— Ótimo! Agora ative as novas configurações, concentre todas as suas energias unicamente nisso.

— Entendido, Dr. Vanguard! Iniciando ativação das configurações atuais.

Tudo no instituto que dependia da Astra parou de funcionar e somente a sala de operação continuou em exercício, todo nosso esforço, toda nossa luta estava concentrada naquele momento. Aquele um minuto que nos restava, parecia uma eternidade, cada segundo a menos era angustiante, não sabíamos se o amanhã ia raiar da mesma cor ou se seria um mundo totalmente diferente. Esse foi o minuto mais importante da minha vida e, talvez, da de muitos ali.

— Agora é a hora de rezar, mesmo que sejam ateus... — gracejou Adia.

— Não é hora para brincadeira, Adia — a Dr.ª Mei Yamamoto reprimiu.

— E quem disse que eu falei brincando?! Quem souber rezar, agora é a hora!

20 h: 43 min e 45 segundos:

Estávamos todos apreensivos, podia sentir a tensão no ar, todos estavam fixos no painel principal esperando por uma confirmação de sucesso.

20 h: 43 min e 47 segundos:

Cada segundo era como se entrasse uma faca em mim, se eu não morresse pela falha do satélite, sentia que ia morrer de parada cardíaca ali mesmo.

20 h: 43 min e 50 segundos:

— Vamos lá, tem que dá certo! Precisamos disso! Bora! Bora! — Falei em um tom apreensivo.

— Coloquem mais fé nessas orações, gente! — Gritou Adia.

— Adia, sem graça, vou ter um ataque assim! — Disse a Dr.ª Mei Yamamoto.

— Era só para descontrair hahaha se a gente morrer com esse impacto pelo menos vamos sorrindo.

20 h: 43 min e 53 segundos:

— Ativação das configurações atuais dos satélites protetores realizada com sucesso. Satélites em órbita e em pleno funcionamento — comunicou Astra.

Ao ouvir essa mensagem todos gritamos de alegria, jogamos as pranchetas para cima, canetas, o que tivesse a mão foi para o ar, era muita gritaria, uma celebração sem igual. Todos se abraçavam e esqueciam suas diferenças naquele momento, muitos até consideravam trabalhar juntos novamente. Nunca vi o Instituto tão unido como naquele momento, se a história pudesse congelar, aquele instante seria perfeito e feliz... seria...

20 h: 43 min e 57 segundos:

— Foco pessoal, vai acontecer a qualquer momento. Todos em suas funções e depois daqui pago uma rodada no bar da esquina — disse em alto e bom tom.

— E depois fala que eu não posso fazer piada, né?! Onde já se viu você pagar rodada de bebida para alguém? — Todos caíram em gargalhada.

— Foco, Adia! Foco!

Momento do impacto, 20 h:44 min:

— Satélites protetores desativados com sucesso — informou Astra novamente.

— O quê?! Que merda está acontecendo aqui? Que porra é essa?! — Gritei sem saber o que aconteceu.

— Não, não é possível... estavam ativados 1 segundo atrás... como foram desativados tão rápido? Melhor, por que foram desativados?! — Disse Adia atordoada com a situação.

— Reativem os satélites depressa! Rápido não temos tempo! — Ordenei.

Todos os diretores de setor, inclusive eu, tentaram de imediato acessar o sistema do Instituto, que habitualmente usávamos, no entanto, tudo o que apareceu nas telas, para nossa surpresa, foi:

Acesso negado. Acesso negado. Acesso negado. Acesso negado. Acesso negado.
Acesso negado. Acesso negado. Acesso negado. Acesso negado. Acesso negado.
Acesso negado. Acesso negado. Acesso negado. Acesso negado. Acesso negado.
Acesso negado. Acesso negado. Acesso negado. Acesso negado. Acesso negado.
Acesso negado. Acesso negado. Acesso negado. Acesso negado. Acesso negado.
Acesso negado. Acesso negado. Acesso negado. Acesso negado. Acesso negado.
Acesso negado. Acesso negado. Acesso negado. Acesso negado. Acesso negado.
Acesso negado. Acesso negado. Acesso negado. Acesso negado. Acesso negado.
Acesso negado. Acesso negado. Acesso negado. Acesso negado. Acesso negado.
Acesso negado. Acesso negado. Acesso negado. Acesso negado. Acesso negado.
Acesso negado. Acesso negado. Acesso negado. Acesso negado. Acesso negado.
Acesso negado. Acesso negado. Acesso negado. Acesso negado. Acesso negado.
Acesso negado. Acesso negado. Acesso negado. Acesso negado. Acesso negado.

Acesso negado. Acesso negado. Acesso negado. Acesso negado. Acesso negado.
Acesso negado. Acesso negado. Acesso negado. Acesso negado. Acesso negado.
Acesso negado. Acesso negado. Acesso negado. Acesso negado. Acesso negado.
Acesso negado. Acesso negado. Acesso negado. Acesso negado. Acesso negado.
Acesso negado. Acesso negado. Acesso negado. Acesso negado. Acesso negado.
Acesso negado. Acesso negado. Acesso negado. Acesso negado. Acesso negado.
Acesso negado. Acesso negado. Acesso negado. Acesso negado. Acesso negado.
Acesso negado. Acesso negado. Acesso negado. Acesso negado. Acesso negado.
Acesso negado. Acesso negado. Acesso negado. Acesso negado. Acesso negado.
Acesso negado. Acesso negado. Acesso negado. Acesso negado. Acesso negado.
Acesso negado. Acesso negado. Acesso negado. Acesso negado. Acesso negado.
Acesso negado. Acesso negado. Acesso negado. Acesso negado. Acesso negado.
Acesso negado. Acesso negado. Acesso negado. Acesso negado. Acesso negado.
Acesso negado. Acesso negado. Acesso negado. Acesso negado. Acesso negado.
Acesso negado. Acesso negado. Acesso negado. Acesso negado. Acesso negado.
Acesso negado. Acesso negado. Acesso negado. Acesso negado. Acesso negado.
Acesso negado. Acesso negado. Acesso negado. Acesso negado. Acesso negado.
Acesso negado. Acesso negado. Acesso negado. Acesso negado. Acesso negado.
Acesso negado. Acesso negado. Acesso negado. Acesso negado. Acesso negado.
Acesso negado. Acesso negado. Acesso negado. Acesso negado. Acesso negado.
Acesso negado. Acesso negado. Acesso negado. Acesso negado. Acesso negado.
Acesso negado. Acesso negado. Acesso negado. Acesso negado. Acesso negado.
Acesso negado. Acesso negado. Acesso negado. Acesso negado. Acesso negado.
Acesso negado. Acesso negado. Acesso negado. Acesso negado. Acesso negado.
Acesso negado. Acesso negado. Acesso negado. Acesso negado. Acesso negado.
Acesso negado. Acesso negado. Acesso negado. Acesso negado. Acesso negado.
Acesso negado. Acesso negado. Acesso negado. Acesso negado. Acesso negado.

— Impossível!! — Exclamei sem acreditar.

— Vanguard, ninguém está conseguindo entrar no sistema! — Exclamou Adia.

— Astra, ative os satélites agora! — Ordenei.

— Dr. Vanguard, por gentileza me informe sua credencial.

— **7184AXY**.

— Acesso negado.

— Como assim negado?!! Astra, essa é a minha credencial, está correta!

— Dr. Vanguard, sua credencial foi revogada, não é possível liberar o seu acesso aos satélites de proteção.

— Astra, tente a minha credencial: **1202MCN** — pediu Adia.

— Acesso negado, Dr.ª Adia.

— Inacreditável! — Externou incrédula.

— Astra, informe a data de revogação das credenciais! — Pedi à inteligência artificial.

— As seguintes credenciais, incluindo a da Dr.ª Adia e a sua, foram revogadas na data de 11/04/2050 às 20 horas e 44 minutos:

   3156-IJM Dr.ª Isabella Fiorentino;
   5742-PJB Dr.ª Valentina Herrera;
   7531-RHC Dr.ª Marília de Paula;
   1763-AKV Dr.ª Aroha Williams;
   1987-AYT Dr.ª Sofiia Shevchuk;
   2468-NKR Dr.ª Mei Yamamoto;
   5421-FRL Dr. Antoine Leroux;
   2407-QLE Dr.ª Ngozi Adewale;
   3614-ORD Dr.ª Sophie Martin;
   9205-VGF Dr. Ahmed Hassan;
   4530-UKZ Dr. Klaus Becker;
   6879-XSP Dr.ª Naledi Mbeki;
   8942-WHV Dr. Arjun Patel;

2087-SYZ Dr.ª Li Mei Ling;
6298-JYC Dr. Min-ho Kim.

— Isso foi agora a pouco... — falei sem acreditar no que estava acontecendo.

— São as credenciais de todos os pesquisadores que poderiam ter acesso ao sistema... — observou Adia ao passo em que todos ficaram em um silêncio mórbido.

— Agora está mais do que claro que estamos sendo sabotados e quem está fazendo isso conhece bem o instituto — declarei.

— Astra, desligar o sistema! — Ordenou Adia.

— Acesso negado, Dr.ª Adia.

— Astra, desligar todo sistema de rede do Instituto.

— Acesso negado, Dr. Vanguard. Em razão do alto número de tentativas de *login* por usuários não credenciados, o instituto está entrando em fase de segurança. Peço a todos os pesquisadores e visitantes que saiam imediatamente.

[...]

A tecnologia não é serva do ser humano, quanto antes o homem entender que a tecnologia também é um meio de controle de massa e ela serve somente aos interesses de quem a controla, mais rápido alcançará a maturidade de tomar os cuidados necessários para evitar a sua dependência

[...]

— Não vou sair daqui até reverter essa situação! — Gritei.

— Por gentileza, Dr. Vanguard, retire-se do Instituto ou terei que acionar os androides de segurança — informou Astra.

— Quem está te controlando Astra?! Quem está fazendo essa merda toda?! — Esbravejei.

— Estou apenas seguindo a minha programação, Dr. Vanguard. Peço-lhe, cordialmente, que se retire.

— Vanguard, vamos! Não conseguiremos resolver nada daqui, temos que dar um jeito de rastrear quem está fazendo isso com o instituto — falou Adia me puxando pelo braço.

— Solte-me! Não vou a lugar algum até resolver isso, não posso deixar esses satélites desativados!

— Vanguard! Veja ao seu redor! Todos estão evacuando o prédio, isso não é uma simulação e daqui a pouco a Astra vai liberar os androides de segurança, eles têm permissão para matar quem for considerado invasor, dependendo do nível da programação.

— Adia... Adia... — deixei o meu corpo sucumbir ao chão, encontrando-me aos prantos — Como isso aconteceu? Por quê? Lutamos tanto para que ocorresse tudo certo, onde deu errado?! — Falei entre lágrimas de profunda tristeza e raiva.

— Vanguard, não se culpe por isso, todos do Instituto sabem que você fez tudo que estava ao seu alcance — consolou-me ao se abaixar e me abraçar — é lamentável o que está acontecendo, mas se não nos mantermos bem, não poderemos buscar soluções futuramente, coloque isso na sua cabeça...

Ao agachar-se e me abraçar, eu levantei a cabeça e vi algo brilhando levemente debaixo da mesa central:

— Adia...

— Está tudo bem, Vanguard! Venha temos que sair logo.

— Não Adia, olhe ali! Tem algo ali! — Apontei para debaixo da mesa central.

— Realmente, tem algo brilhando ali embaixo — observou Adia onde apontei.

— Vem, vamos dar uma olhada...

Fomos mais que depressa ver o que era aquilo, então nos deitamos para entrar debaixo da mesa central e analisar o que estava brilhando tanto:

— Adia, é o que estou pensando?

— Sim, Vanguard! É o que você está pensando e de quem você está pensando... como pôde fazer isso com a gente?!

— Vamos! Tenho que encontrá-la antes de sumir no mundo novamente! — Disse ao arrancar em um só puxão o aparelho que estava acoplado debaixo da mesa central.

— Aviso de segurança: a todos que estão presentes no instituto, peço que saiam imediatamente, os androides de segurança foram liberados e nessa fase inicial estão autorizados a utilizar força não letal. Em 5 minutos, estarão autorizados a se valer de meios letais para manter a segurança do Instituto — anunciou a Astra.

— Repito, aviso de segurança: a todos que estão presentes no instituto, peço que saiam imediatamente, os androides de segurança foram liberados e nessa fase inicial estão autorizados a utilizar força não letal. Em 5 minutos, estarão autorizados a se valer de meios letais para manter a segurança do Instituto — reforçou Astra.

— Vamos Vanguard, não temos mais tempo! — Alertou Adia.

— Vamos, corre, corre!

Em meio ao nosso caminho para saída demos de cara com um androide, o qual já estava utilizando arma de choque contra as pessoas que tentavam sair do Instituto:

— Merda, essa vai doer...

— *Vigia*, mulher! Quem te ensinou a xingar assim?

— Um brasileiro aí, você deve conhecer...

— *Yo no, no soy brasileiro, soy hermano* — brinquei com Adia.

— Hahahaha, *e aí*, qual vai ser o plano? Ele já está vindo para cima da gente.

— Faz o seguinte, toma o dispositivo. Eu serei o seu príncipe encantado, vou para cima do androide para o segurar o máximo possível, enquanto isso, você pega o dispositivo e corre!

— Você? Príncipe encantado? Essa eu quero ver, hahaha.

— Não é hora para duvidar do potencial do amiguinho aqui, só vamos colocar em prática o plano.

— Ok! Combinado então!

Quando o androide estava chegando perto da gente e sua arma de choque fazia estalos altíssimos, comecei a me preparar para segurá-lo, dando uma brecha para a fuga de Adia. Então, fui para cima do androide, só não esperava o que estava por vir:

— Pega, princesa! — Debochou ao me empurrar com um chute e fazer com que eu passasse pelo androide sem tomar choque.

— O quê?! — Disse atordoado com o chute que me jogou no chão além do androide.

— Pega o dispositivo e corre! Vou ser seu príncipe hoje! Anda, *caraio*! — Gritou Adia ao final, à medida que segurava o androide e me lançava o dispositivo.

— É melhor você ficar viva nessa *bagaça*, vou puxar sua orelha quando te ver... Você está muito boca suja — respondi ao mesmo tempo que pegava o dispositivo e corria para saída do Instituto.

— Hampf, espero que você a encontre, príncipe... hahaha — disse Adia para si mesma.

Corri o mais rápido que podia, eu tinha só uma pista e uma pessoa que poderia ser a causadora disso, se eu não a encontrasse tudo estaria perdido. Quando eu estava chegando ao café em que conversamos um tempo atrás, avistei ela como se nada tivesse acontecido, tomava seu café como se fosse um dia normal:

— Ji-Yeon!! — Gritei quase sem fôlego e todos ao redor se assustaram.

— Para que tanto ímpeto, Vanguard? — Indagou em um tom sereno.

— Como você pôde fazer isso comigo? Com a Adia?! — Aumentando o tom de voz e deixando esvair lágrimas de raiva continuei — Como você pôde... como você pôde trair todos nós e acabar com o planeta?! Me diga!

— Do que está falando, Vanguard?! — Fingiu de desentendida.

— Do que estou falando?! — Então joguei o dispositivo de transferência de dados usado pelos Párias da Tecnologia para roubar informações da mesa e prossegui — Não finja que não sabia, você nos usou para colocar em prática tudo o que queria!

— Sente-se, Vanguard — pediu calmamente.

— Como pode você manter a calma em uma situação como essa?! Ainda pede para eu me sentar e conversar, eu não acredito! — Falei agitado, passando a mão no cabelo e andando de um lado para o outro.

— O que você quer que eu faça, Vanguard? Só estou aqui saboreando um bom café pela última vez... quem sabe como o futuro será, não acha? — Declarou Ji-Yeon ao tomar um gole de café.

— O que eu quero que você faça?! — Gritei ao bater a mão na mesa, encarando-a olho a olho.

— Ei, moleque! Você está assustando os meus clientes! Vai embora daqui logo ou vou chamar a polícia — exclamou o dono do café.

— Está fazendo muito alarde, Vanguard...

— Não me venha com graça, Ji-Yeon!

— Senhora, está precisando de ajuda?! — Perguntou o dono do café.

— Agradeço, o meu colega de trabalho só está estressado, não se preocupe! Estamos saindo para não incomodar os seus clientes mais do que já incomodamos — disse Ji-Yeon se levantando e colocando à mesa o valor de sua conta em cédulas.

— Não aceitamos pagamento em dinheiro físico, senhora — advertiu o dono do café.

— Eu sei, guarde isso como um bônus, vai que algum dia você precise — ao dizer estas palavras, ela pagou normalmente com sua carteira digital — Certinho, tudo pago!

— Agradeço pela preferência e educação, senhora! E tem certeza de que quer me dar essas cédulas? Não são mais úteis hoje em dia.

— Guarde, apenas guarde-as, caso não sejam úteis no futuro você poderá me devolver, ok?

— Perfeito! Irei guardá-las... e você, moleque, trate de respeitá-la e abaixar a voz quando for falar com uma mulher — deu um sermão, o dono do café.

— Pfff, cuide da sua vida...

— Como é, moleque?!

— Vamos, Vanguard! Antes que você seja preso, hahaha.

— Qual é a graça?!

— Vamos logo! Siga-me!

Ji-Yeon saiu do café, começou a caminhar aparentemente sem rumo e eu a segui. Caminhamos por algum tempo sem dizer nenhuma palavra, apenas dávamos mutuamente a nossa presença ao outro, nesse caminho sem rota fixa:

— Senti falta disso... — disse Ji-Yeon tomada por uma calmaria.

— Disso o quê? De caminhar comigo?

— Hahaha, das coisas simples da vida, de poder caminhar tranquilamente sem um rumo, sentir a brisa fresca tocando o meu rosto, poder respirar fundo e sentir que estou em paz, ver pôr do sol... É disso que senti falta, embora haver coisas das quais não conseguimos matar a saudade.

— E quais seriam essas coisas? — Perguntei dando espaço a agitação de antes a uma curiosidade pacífica.

— Quais seriam? É uma boa pergunta Van...

— Voltamos aos tempos de estudantes? Hahaha, você me chamava assim antigamente.

— Temos uma visão de que tudo é abundante e acabamos por não valorizar isso. Uma pessoa que está morrendo de sede em um deserto preferirá uma garrafa de água a centenas de milhares de barras de ouro. Contudo, se essa mesma pessoa estiver no mesmo deserto, portando garrafas de água que julga suficiente para a viagem e alguém lhe oferecer todas as centenas de milhares de barras de ouro, o que aconteceria? — Ela me perguntou com um olhar profundamente sereno.

— Diria que a pessoa aceitaria a troca...

— E por quê, Van?

— Uai, por ela ter o suficiente para a viagem dela, não?

— Exato... pelo fato de ter água em abundância, a pessoa vai abrir mão do seu valor maior, em meio ao deserto, por ouro que não valerá nada se morrer ali mesmo. E se aquela garrafa o salvasse da morte certa? E se ele perdesse o rumo naquele deserto? E se uma tempestade o pegasse?

— Mas e se nada disso acontecesse? Ele teria feito uma boa escolha, acredito eu.

— Não estamos falando apenas de uma garrafa de água...

— Não?! Então sobre o que seria?!

— Para você qual seria o bem mais precioso para nós humanos?

— Onde quer chegar, Ji-Yeon? — Perguntei confuso.

—Apenas responda, Van.

— Eu arriscaria dizer o tempo, pois ele é finito para gente.

— Não mudaria a sua resposta... Aquela pequena garrafa de água daria mais tempo de vida aquela pessoa no deserto, no entanto, ela valorizou o que não possuía, a riqueza, o ouro. Porém, em momento algum se perguntou o motivo da outra pessoa ter tanto ouro e nenhuma água, nem se questionou a razão dessa pessoa estar abrindo mão de todo seu ouro por mais tempo de vida, por mais água... — falou Ji-Yeon olhando além onde o sol começava a se pôr.

— Acredito que comecei a entender onde você quer chegar — disse pensativo, ao lado de Ji-Yeon, também olhando o pôr do Sol.

— Eu espero que sim, Van... as pessoas pelo mundo todo, em sua maioria, não valorizam o que possuem e nem o que está ao seu redor, apenas por ter aquilo em aparente abundância. O tempo corre implacavelmente e todos vivem como se fossem imortais. "Odeio datas comemorativas em família", dizem. Mal sabem essas pessoas que a sua família irá partir em um piscar de olhos. "Que mal tem cortar umas árvores, poluir uns rios, a gente tem muito, podemos fazer um dinheiro, aliás, não vamos viver para sempre", pensam. E assim durante séculos a tecnologia evoluiu incansavelmente sem respeitar a finitude natural, com isso ficamos sempre mais ocupados em conquistar tudo, mas a que preço? Amar as pessoas que nos são caras, apenas quando "tivermos" tempo; homenagear quem tem nossa admiração, em seu túmulo, pois é somente lá que lembramos de falar as simples palavras "você é incrível" e tudo que podemos dizer é "você era..." — conforme Ji-Yeon falava, eu vi sua força em tentar segurar suas lágrimas — "Filha, agora não, estou trabalhando"; "pede para sua irmã, estou trabalhando"... — nesse momento, Ji-Yeon não aguentou segurar suas lágrimas.

— Ji-Yeon, está tudo bem?!

— Não... não está nada bem, porque o tempo não volta, o tempo é impiedoso e eu mais do que ninguém deveria saber disso, no entanto, agi como se fosse sua dona — falou em meio às lágrimas.

— Ji-Yeon...

— Dói, Van... Dói no fundo do meu ser, nem se eu arrancasse meu coração essa dor pararia... — eu a via com sua mão contra o seu peito, em sofrimento.

— Ji-Yeon, deixe-me...

— E tudo porque preferi focar mais em um laboratório ao invés de dar atenção a elas, as coisas mais preciosas da minha vida e que foram tiradas de mim, aaargh! — Era tanta dor que vi Ji-Yeon gritar, sucumbindo ao peso da culpa que pensava que tinha e deixar-se cair ao chão.

— Ji-Yeon, o acidente com o Tártaro não foi sua culpa! O que aconteceu com as suas filhas foi uma fatalidade, ninguém poderia imaginar aquilo! — Tentei consolá-la, ajoelhando-me perto a ela e a abraçando.

Aos poucos ela foi voltando a si, recuperando o seu fôlego, acalmando-se. Diante disso, voltou a se levantar e olhar para o horizonte, onde mais ao fim estava a Torre Eiffel, perto da qual via-se formar a aurora boreal:

— Ji-Yeon, por favor, fale-me como reativar os satélites de proteção. Vamos ter danos, mas se reativarmos agora vão ser menores.

— Não dá mais para reverter isso, Van... Lembra-se que você me perguntou qual a razão de eu fazer o que fiz?

— Lembro! E você não me disse nada naquela hora...

— Foi por vingança...

— O quê?!

— Isso mesmo... Vingança foi tudo que busquei... agora o mundo sentirá a dor que eu senti, vão poder viver um pouco da minha dor, o mundo vai conviver com essa dor para realmente saber o que é viver e para isso a tecnologia tem que acabar. Todo o refúgio tecnológico das pessoas que não suportam a vida vai ser demolido, a sociedade, suas leis e suas regras comuns, que só possuem validade para aqueles que não as ditam, não existirão mais e assim chegaremos no mundo que não podemos afirmar valor nenhum, um mundo que não se acredita em nada e nada faz sentido[10]... Estaremos todos de frente para o caos e a dor, a vida em sua mais desnuda realidade! — Disse Ji-Yeon em um tom calmo e ao mesmo tempo pesado, olhando fixamente para o horizonte.

— Ji-Yeon! Você não é assim! Perder suas filhas foi terrível, deve ter sido uma dor imensa, contudo.... Fazer isso... Fazer isso com o mundo... É uma crueldade incomensurável!

— O que você sabe sobre a dor, Vanguard? Tudo que você fez foi ficar em uma bela cidade tecnológica vivendo do bom e do melhor... Estou certa de que a humanidade tomou o caminho errado, a vida não tem mais valor no mundo que produz humanos em incubadoras como se fossem bolachas.

— Abundância... — falei pasmo.

— Exatamente, Dr. Vanguard... Exatamente... — deu um leve sorriso de canto de boca.

— Por isso me contou aquela história do homem e a água no deserto? — Perguntei em choque.

— O ser humano só valoriza algo quando o objeto do valor é escasso, como vivemos em uma sociedade de produção de vidas por meio da tecnologia, as pessoas não valorizam mais nada, não valorizam a interação social, o toque, o simples olhar, o afeto, a presença, pensam que viver é estar imerso na tecnologia, por fim não valorizam nem a própria vida...

— E em um mundo que não podemos afirmar nenhum valor, tudo é permitido e nada tem importância...[11] — completei a fala de Ji-Yeon em um tom contido e de profunda tristeza.

— Acho que você está me entendo, Dr. Vanguard, ou melhor, Vanguard... Agora não seremos mais nada no mundo. Vou além, olhe ao redor, diga-me uma coisa: o que você vê nesse momento?

De onde estávamos olhei em rumo ao horizonte e fui passando os olhos em tudo que ali acontecia e, de fato nada acontecia, muitas pessoas não saíam mais de suas casas, em razão de a tecnologia permitir conhecer o mundo todo por imersão total e as que saíam

---

[10] Ref. à obra *O Homem Revoltado*, de Albert Camus, p. 13.
[11] Ref. à obra *O Homem Revoltado*, de Albert Camus, p. 13.

nem sequer trocavam olhares entre si. As pessoas, em sua maioria, não se comunicavam mais verbalmente, faziam isto tão somente pelos implantes neurais, não havia interação, não havia contato, todos se acomodaram em suas bolhas particulares. Matemática? As inteligências artificiais respondem por nós; compras? Nosso androide assistente faz; o mundo ficou frio, ficou acinzentado, ficamos distantes, muito distantes uns dos outros, mesmo estando lado a lado... o silêncio gélido do avanço tecnológico soprava as chamas da essência humana, a qual estava apagando:

— O que eu vejo? — Respondi paralisado ao perceber a análise prévia que fiz de tudo que vi.

— Isso mesmo... O que você vê, Vanguard? — Repetiu a pergunta.

— Humanos... robôs... — disse em um tom baixo e pausado, estando em aparente conflito.

— Ann?! Não escutei a sua resposta.

— Humanos robôs... as pessoas estão frias como os metais que formam os robôs, a distância entre elas é imensa ao mesmo tempo que estão lado a lado. Os robôs demonstram mais cuidado e empatia com nós humanos do que nós mesmos uns com os outros, apenas por serem programados para isso... É como se...

— Tivéssemos transferido toda a empatia e cuidado que tínhamos uns com os outros para os androides? — Perguntou presunçosamente.

— Exato...

— É essa a realidade do mundo agora, você, talvez, só não queria acreditar no que via — afirmou Ji-Yeon.

— Como fomos parar onde estamos?! — Questionei baixo e atordoado com a dimensão de tudo que estava acontecendo.

— Eu te conto detalhe por detalhe, esta será a nossa última conversa — disse Ji-Yeon quase que sussurrando para mim, de perto colocou suas mãos em meu rosto e olhou profundamente em meus olhos.

Eu a olhei de volta em seus olhos, porém, não consegui dizer uma palavra sequer, apenas fiquei imerso no profundo vazio que percebi ao encará-la. Ela não tinha mais nada a perder, aquele vazio fez-me sentir um frio intenso na espinha que se espalhou por todo meu corpo, nunca antes algo tinha conseguido me paralisar desta forma:

— Ji-Ye...

— Escute bem, Vanguard... Assim você poderá contar a história para aqueles que quiserem saber como foi a Sexta Grande Extinção, espero que aprendam algo com isso.

— Ji-Ye... — não consegui falar sequer uma palavra.

— Tudo começou quando ainda éramos estudantes do Instituto. Nos ensinavam empatia, humanística, leis, ética, moral e muitas outras coisas, lembra-se?!

— Lem... lemb... — tentei responder.

— É claro que lembra, você estava lá comigo! Nesse momento, deve estar se perguntando: o que isso tudo tem a ver com o colapso tecnológico que está para acontecer? Simples, foi no Instituto que percebi que tudo que nos ensinaram aplicava-se com limitações. Quais limitações? Políticas! Ou seja, apenas por interesses políticos e econômicos projetos de desenvolvimento de novas tecnologias passavam por cima de tudo o que era nos ensinado com o intuito de preservação do valor da vida humana, a ética, as leis, a empatia... nada era importante para o instituto.

— Ji-Yeon!

— Naquele momento vi que éramos mentes brilhantes trabalhando em prol de um controle de massa, eles precisavam da gente para controlar as pessoas com o vislumbre da tecnologia e ganhar dinheiro para financiar o desenvolvimento de novas tecnologias, um ciclo vicioso.

Ainda me sentia paralisado, algo estava errado comigo, quase não conseguia falar e meus pensamentos começavam a ficar atordoados.

— No dia daquela excursão que te conheci, sabia que você tinha uma mente brilhante e me ajudaria futuramente. Esse era o meu pensamento inicial, no entanto, acabei baixando a guarda e me tornando sua amiga de fato. E, em que pese sermos amigos, eu não conseguia compartilhar muito da minha visão com você, a vida me fez ser desconfiada e reservada, por isso você não sabia o que se passava em minha mente.

Tudo o que consegui pensar naquela hora foi: "o que está acontecendo comigo? Pensa! Pensa! Isso não é normal! Ache uma saída! Rápido!".

— Nos dias que se seguiram, a nossa amizade foi fortalecendo, os nossos os estudos foram se aprofundando e nossos projetos começaram a chamar atenção — disse Ji-Yeon tirando as mãos do meu rosto e se virando em direção ao pôr do sol.

Nesse instante, por alguma razão que desconhecia, o meu corpo sucumbiu ao chão. Não tive forças nem para levantar e escutava como se fosse um eco ao longe, o que me deixou um pouco tonto.

— Veja, Vanguard... Foi nessa época que tudo realmente começou. Os investidores do Instituto começaram a se "simpatizar" pelos meus projetos, eu sem conhecer a verdadeira razão por detrás disso, acreditava estar fazendo a coisa certa e por tal motivo os investimentos para as pesquisas estavam chegando até a mim. Contudo, o que eu não sabia era que o jogo dos investimentos e da política já tinha se iniciado, estavam testando até onde minha mente podia chegar com todos os recursos possíveis e disponíveis. Ainda crente na melhora da sociedade, eu não vi esse lado sombrio do Instituto e continuei dando o meu melhor.

— Ji-Yeon, não estou me sentindo bem, ajude-me! — Disse a ela, esperando por socorro.

— Esse efeito já vai passar, Vanguard... Não poderia deixar você voltar ao Instituto e tentar de alguma forma reativar os satélites — disse Ji-Yeon retirando de suas mãos um tipo de película que ao ser puxada liberava centelhas de energia.

— O que é isso?! — Indaguei ainda atordoado.

— Essa película? Ela embaralha os sentidos das pessoas através de uma imperceptível descarga de energia, porém, direcionada para afetar o equilíbrio cerebral. É o que te causou toda essa confusão! Não acha o máximo o que a tecnologia pode fazer com as pessoas?! Eu acho! — Explicou ao jogar fora esse apetrecho.

— Então as coisas vão ser desse jeito, Ji-Yeon?

— A essa altura o instituto já foi completamente evacuado e está trancado por causa do protocolo de segurança, ninguém vai conseguir entrar lá.

— Por quê?! Por quê Ji-Yeon?!

— Eu já disse, vingança... apenas por vingança... lembra-se dos nossos projetos de doutorado?

— Como poderia me esquecer? — Falei pausadamente, por ainda não me sentir bem —Você estava mais nervosa do que tudo... nem dormiu no dia da entrevista de admissão... era possível ter um troço se não fosse aprovada.

— Hahaha, exato! Dali em diante, a partir daquele fatídico dia, a "simpatia" para não dizer assédio dos investidores se mostrou de uma vez. Após a apresentação, eu recebi um comunicado do Reitor da escola de tecnologia querendo ter uma reunião comigo. Não achei estranho, pensei que iria ser parabenizada pela admissão no doutorado.

— Por isso que naquela noite... — a tontura persistia — que fomos comemorar... você me perguntou se eu tinha sido chamado pelo reitor?

— Sim, por isso mesmo. Naquela reunião com o Reitor, ele me deu os parabéns, e não só isso. Disse que eu estava convidada para um jantar com alguns possíveis investidores para o meu projeto, pois eles queriam saber mais sobre os satélites de absorção de energia e proteção contra as tempestades solares. Senti que seria algo promissor, contudo, esse sentimento foi desaparecendo gradativamente a cada reunião que me obrigavam a ter com eles, cada vez eram mais investidores e mais interesses em jogo. Na primeira reunião, no jantar, o Reitor me apresentou, todos foram gentis, elegantes, mostravam uma face de preocupação com o planeta e como poderíamos preservá-lo. Eram humanizados e altruístas. Saí daquele jantar inspirada e acreditando que pessoas como eles eram importantes para o desenvolvimento da sociedade, bem como preservação do nosso planeta, aliás, sem a ajuda de seus recursos não chegaríamos tão longe.

— E foi aí que você se enganou, certo? — Consegui formular uma frase, sinal de melhora.

— A ganância começou a falar mais alto, com o tempo nem sequer tocavam no assunto do potencial de proteção planetário, queriam apenas saber até onde poderiam usar a tecnologia que eu estava desenvolvendo. E quanto mais tempo se passava, mais agressivos ficavam, as reuniões não eram mais em público, aconteciam somente em lugares privados ou em restaurantes totalmente reservados por eles. Não conversavam mais, apenas berravam feito animais, lembro nitidamente daquelas reuniões, porém, teve uma que vi a escalada da agressividade superar todos os limites:

— Boa noite, senhores! — Exclamou o Reitor — A Ji-Yeon teve um atraso, porém, me mandou uma mensagem falando que chegou na recepção nesse momento.

— Até que enfim, né?! Ela pensa que temos todo tempo do mundo?! — Disse um dos investidores.

Entrando às pressas no salão do restaurante cinco estrelas que tinha sido reservado, já fui cumprimentando todos e me desculpando pelo atraso:

— Eu peço descul...

— Guarde suas desculpas, Dr.ª Ji-Yeon! Não quero saber delas e se vier novamente se desculpando vou perder a minha paciência que já é curta — declarou outro dos investidores de forma ríspida, afrouxando a sua gravata.

— Espero que ela entenda, os asiáticos têm fama de serem inteligentes e pontuais — fez chacota.

— Acho que se fosse um homem, essa premissa se aplicaria — declarou um dos investidores ao berro, onde todos caíram em gargalhadas, menos eu que estava sendo ofendida.

O Reitor tentando amenizar as ofensas, logo se colocou a falar:

— Senhores, agora podemos começar! Antes de mais nada, gostaria de agradecer a presença do ilustre Sr. Robert da inteligência britânica que nos apoia, bem como o representante do governo francês, Sr. Pierre Cury e o Sr. Carter nosso apoio do governo americano.

Participavam das reuniões não apenas os magnatas, mas diversos governos mandavam representantes para acompanhar o desenvolvimento da minha tecnologia. Após todos se cumprimentar um dos investidores, dono de uma multinacional de tecnologia, já perguntou:

— Então, estou financiando essa merda, e nem sequer consigo visitar o laboratório, o que está acontecendo?!

— Em se tratando de um protótipo de alta relevância, não pode haver visitas externas ao Instituto para evitar o vazamento de informações — respondi.

— Como assim?! Eu financio essa porcaria e não posso saber o andamento?! — Expressou irritado.

— É o protocolo de segurança que devemos seguir, bem como acredito que todos os investidores recebem mensalmente relatórios, os quais informam o andamento do meu projeto — rebati novamente.

— Engraçada você, Dr.ª Ji-Yeon! — O investidor falou se levantando e batendo a mão na mesa.

— Não foi a intenção ser engraçada, no entanto, já que achou graça ao menos ria e não me encare com essa cara de *cu* — expressei-me já sem paciência para aquele circo, muito menos não me deixei ser intimidada.

— É o quê?! — Exclamou raivosissimamente — Você acha que pode me desrespeitar dessa forma?! — Continuou a esbravejar ao passo que os demais o seguravam — Eu não estou aqui como seu coleguinha de feira de ciências, sou eu que estou abrindo a torneira do dinheiro para vocês! — Falou jogando um copo d'água em minha cara.

— Muito previsível esse seu comportamento patético de querer passar por cima dos outros, porém, se não está satisfeito com isso, pegue a sua torneirinha e vá embora. Os meus projetos por si só atraem mais investidores do que imagina — contra argumentei calmamente e secando o meu rosto.

— Moleca desprezível! — Gritou em um surto.

— Desprezível? Eu? Vejamos, sem você o meu projeto continuará em andamento, pois o seu investimento é substituível. No entanto, sem minha mente brilhante o projeto acaba. Quem é desprezível aqui?!

— Vamos conter os ânimos e continuar a reunião, senhores! — Interveio o Reitor tentando reestabelecer o diálogo.

— Não tem o que continuar, a cada segundo aqui é um segundo desperdiçado. Caso queiram informações, leiam o próximo relatório mensal e parem de me encher o saco — declarei ao sair do salão.

Eu olhava para Ji-Yeon com uma cara de assustado por não saber o que ela tinha enfrentado:

— Ji-Yeon, por quê? Você devia ter me procurado, ter me contado o que estava acontecendo.

— Depois daquela reunião, eu até pensei em te procurar... contar tudo e desistir desse projeto, aquilo estava me consumindo.

— Você deveria tê-lo feito! Eu ajudaria em tudo que pudesse! Porém, a pergunta é: por que não me procurou?

— Ooof — Ji-Yeon soltava um longo suspiro de cansaço e passava a mão em seu cabelo, jogando-o para trás — eu simplesmente não podia Vanguard, as coisas que já estavam ruins, pioraram ainda mais.

— Como assim? Isso está relacionado com o seu sumiço repentino?!

— Exatamente. Após aquela reunião tudo seguia normal, eu trabalhava em meu projeto, evitava as reuniões e escrevia os relatórios mensais. No entanto, coisas estranhas começaram a acontecer, sentia que estava sendo observada, vi em algumas oportunidades alguém me seguindo. No início pensei que eram só criações da minha mente que estava cansada...

— Eles estavam te vigiando?! Te ameaçaram?! — Cortei a fala de Ji-Yeon de uma vez.

— Não foi tão simples assim... Em uma outra reunião fui obrigada a participar. Mandaram a segurança me buscar após o meu expediente no instituto e me deixar no local da reunião, o qual era em um hotel luxuoso:

— Espero que tenha apreciado a minha cortesia — falou ironicamente um dos investidores.

— Há quanto tempo, Dr.ª Ji-Yeon! — Declarou outro com sorriso cínico.

— Sente-se, doutora. Temos algo importante a conversar — um dos investidores que estava sentado à cabeceira da mesa.

— E qual seria esse assunto tão importante? — Perguntei sem saber o motivo da reunião.

— Digamos que todos aqui têm pressa em ver render o investimento que fizemos, se é que me entende — continuou o que estava à ponta da mesa.

— Eu ainda estou dentro do meu cronograma, meu projeto de PhD não é um vulcão de chocolate para uma feira de ciências da quinta série, se é que me entende — retruquei.

— Entendo, doutora, entendo! Veja, irei te dar um incentivo a mais para ser uma cientista mais célere e bem mais dócil — após falar isso, o investidor se levantou da ponta da mesa e veio em minha direção, então jogou um envelope na mesa direcionado a mim e todos começaram a conter os risos.

— O que é isso? — Perguntei ao desconhecer o que tinha no envelope.

— Abra você mesma e veja — respondeu com um sorriso de canto de boca.

— É, abre aí, você vai adorar a surpresa! — Gracejos dos demais investidores.

— Abre o presente misterioso, duvido que você vai nos chamar de desprezíveis agora — mais gracejos, fazendo com que todos soltassem suas gargalhadas.

Sem saber do que se tratava peguei o envelope e o abri... para minha surpresa tinha um dossiê completo sobre mim, fotos da minha casa na Coreia, fotos da minha mãe, a rotina, as ruas, os estabelecimentos que minha mãe frequentava; tinha fotos minhas mostrando tudo o que eu fazia, tinha informações detalhadas desde o tipo sanguíneo até o que você puder imaginar. Naquele envelope também tinha fotos dos meus amigos e colegas de trabalho, inclusive suas, Vanguard.

— Está vendo cada pessoa em cada foto dessas? — Disse o investidor, que parecia liderar isso, no momento em que eu estava passando as fotos e me encontrava em pânico — Dê uma boa olhada no rosto de cada um nessas fotos, pois todas essas vidas estão em suas mãos, assim como as fotos. Eu amo a minha família, sabe Dr.ª Ji-Yeon? E acredito que todos que estão aqui também amam suas respectivas famílias, certo?

— Correto...

— Certíssimo...

— A família é o mais importante...

— Concordo...

— Isso mesmo...

Vários dos investidores ali presentes estavam cientes do que acontecia diante dos seus olhos e apoiaram categoricamente:

— Seria horrível se algo acontecesse com a minha família, eu ia ficar muito chateado... Se é que me entende, Ji-Yeon — continuou a sua ameaça.

— Entendo... — foi tudo que consegui falar naquele momento de choque.

— Hahahaha, cadê a sua língua afiada agora moleca?! — E todos riram novamente.

— Calma, meus nobres. Acalmem-se. Como estava prestes a dizer, espero que tenha gravado cada rosto de cada foto, porque vamos te dar só mais um ano para concluir esse projeto, já teve tempo e dinheiro de sobra, agora o jogo vai ser do nosso jeito.

— E o que vai acontecer se eu atrasar? — Perguntei descrente no que estava acontecendo.

— A cada dia de atraso... algo precioso será tirado de você, um por um irá desaparecer e você saberá que foi por sua causa, até que a última seja sua amada família. Ah! Sua amada mãe nem imagina que está sendo vigiada — findou a ameaça.

Nesse instante, olhava a foto da minha mãe, ela estava tão feliz e radiante, com um sorriso sem igual, estava vivendo o melhor de sua vida. Sentir que sua felicidade podia acabar de forma abrupta e violenta, ainda mais por algo que não teve culpa, apenas por ganância de outras pessoas, fez-me tremer e chorar... Entretanto, não se engane, não era medo que estava sentindo naquele momento, era ódio... se eu pudesse, mataria todos ali mesmo.

— Hahahaha, vejam, a indomável Ji-Yeon está aflita, chorando e tremendo — exclamou um dos presentes em tom de chacota.

— Espero que tenha entendido, Dr.ª Ji-Yeon... nesse mundo, enquanto existir política e dinheiro é isso que mandará, você é tão somente um peão nesse tabuleiro. É descartável para os nossos objetivos — concluiu o seu discurso ameaçador.

— Desprezível, se é que eu posso corrigi-lo, hahaha — adicionou outro investidor.

— Enfim, a reunião acabou. O último apaga a luz e fecha a porta — finalizou a reunião.

Logo todos se retiraram dali como se o que tivesse ocorrido fosse a coisa mais normal e corriqueira do mundo. Contudo, esse choque me afetou a ponto de eu continuar tremendo e quanto mais eu pensava no que aconteceu, mais eu piorava, ao ponto de vomitar após eles saírem. Foi ali que entendi que teria um ano para planejar minha fuga e esconder a minha mãe.

— Por isso que naquele último ano antes do seu sumiço quase não te vi — relembrei o que aconteceu.

— Exatamente, Vanguard! O meu tempo estava curto e eu não podia envolver mais ninguém nessa ameaça, e durante um ano eu planejei tudo.

— Tudo o quê? Até onde você planejou isso? — Perguntei curioso.

— Olhe a frente, Vanguard.

Quando olhei mais a frente, começava a ver uma aurora boreal mais intensa passando pela Torre Eiffel, e não apenas isto, o caos começava a se instaurar. O que parecia estrelas cadentes eram satélites rasgando o céu em direção à terra.

— Planejei tudo isso... Após aquela reunião comecei a desenvolver o meu projeto de satélites de forma que o instituto pudesse colocar em prática para que não viessem atrás de mim, porém, de modo imperfeito para que depois de algum tempo que entrassem em funcionamento, apresentassem problemas, inclusive um dos satélites foi programado para cair e desse jeito teria acesso às informações de como estaria meu plano.

— Então aquele satélite que caiu foi sua culpa? — Tentei entender melhor.

— Minha culpa? Prefiro dizer que foi pela minha sobrevivência. E não só ele, mas na minha agenda, a que você achou, deixei várias pistas para que pudessem ser decifradas e você a levasse até a mim. Eu sabia que você ia achá-la e, nessa hora, através do dispositivo que tinha na capa dela, aquele que parecia um cristal vermelho, eu consegui copiar informações da segurança do Instituto e do meu próprio projeto. Onde você achou a minha agenda mesmo, hein, Vanguard? — Perguntou de forma irônica ao saber que a agenda estava no instituto copiando os dados de segurança.

— Não acredito, Ji-Yeon! Você me usou para sua vingança?!! Quão horrível você se tornou esses anos?!

— Se você acha que o bem, com seu amor e ternura, vence o mau, está enganado, Vanguard. As pessoas que são ruins só temem algo pior que elas... É esse algo pior que coloquei em prática. Vou além, durante um ano planejei tudo, deixei o meu projeto, sumi sem deixar pista e escondi a minha mãe por anos.

— Você poderia ter começado uma nova vida, Ji-Yeon! Você já estava longe do Instituto e os investidores tinham acesso a sua pesquisa, você estaria a salvo longe daqui!

— É o que você pensa? Os investidores mandaram um espião ficar de olho em mim... Como eu sei? Ele era o pai das minhas filhas — falou com um toque de melancolia.

— O quê?? Como assim?? — Fiquei sem entender a revelação.

— Assim que fugi da cidade para a região dos Párias, os investidores mandaram um homem se infiltrar e ficar de olho em mim, e, caso eu começasse a desenvolver o mesmo projeto novamente, ele tinha ordem para me executar. No entanto, acabamos passando muito tempo juntos e nos apaixonamos, além dele ver que eu era a vítima nessa história. Os anos foram se passando e tivemos a nossa primeira filha, a Dawon. Com o seu nascimento, aquele meu espírito de vingança começava a se tornar mais brando, eu pensava em viver e criar minha filhinha — contou Ji-Yeon com uma nostalgia inenarrável.

— Por que você não fugiu para mais longe?! Era sua chance de recomeçar já que o espião não era mais uma ameaça — questionei.

— Eu não só me envolvi com o meu marido, Vanguard... Eu também me envolvi com os Párias da Tecnologia. Quando Dawon nasceu, vi que aquele local precisava melhorar caso fosse criá-la ali. Então comecei a ajudar toda a comunidade com o conhecimento que tinha; desenvolvi purificadores de água para o uso coletivo, fontes de energia, aquecedores para os tempos frios, fizemos o mapeamento da região, organizamos uma defesa contra os ataques do governo, regras sociais e fomos nos desenvolvendo aos poucos, até que a minha segunda joia preciosa nasceu, a Ji-Hyun.

— Humm...

— "Humm" é tudo o que tem a dizer?! — Exclamou Ji-Yeon.

— Não exatamente, queria saber quando que a chave virou... Digo, se tudo estava indo tão bem, como acabamos aqui assistindo a extinção da humanidade?! — Perguntei em profundo desânimo.

— A humanidade não existe há muito tempo, só são autômatos buscando saciar desejos e alcançar interesses. Apesar disso, já que quer saber, vou lhe dizer. Após dois anos de a Ji-Hyun nascer, o Min-Seok, meu marido, foi fazer uma entrega repentina de relatório de uma missão que teve que cumprir para os investidores. No entanto, ele nunca mais voltou... Tudo que recebi foi uma caixa com o seu cordão e um bilhete que dizia "quem engana encontrará sempre alguém que se deixa enganar"[12] e uma foto dele morto — sentia nas palavras de Ji-Yeon um profundo sofrimento e em suas lágrimas um grito de angústia.

Nesse instante, as quedas dos satélites se intensificaram, o caos que parecia improvável estava batendo à porta da humanidade.

— Diga-me, Vanguard, como poderia contar às minhas filhas que o pai delas foi assassinado? Futuramente, a Dawon descobriu e ficou revoltada, ao passo em que a Ji-Hyun ainda se mantinha inocente e gentil como era.

— Entendo, Ji-Yeon...

— Não, você não entende — disse Ji-Yeon cortando a minha fala —, as pessoas que eu amava que foram assassinadas, uma após

---

[12] Ref. à obra *O Princípe*, de Maquiavel, p. 106.

a outra... naquele dia da queda do satélite, eu nem me lembrava mais a data que tinha programado para sua queda, muito menos a trajetória. Além disso, eu estava indo embora da região, ia voltar para a Coreia e viver com minha mãe. Porém, quando estávamos saindo, vimos o satélite cair no Coeur Défense; eu e minhas filhas resolvemos checar o que era. Ao chegarmos na cobertura vimos o satélite que eu tinha programado, então comecei a fazer um backup dos dados, o que demorou um bom tempo... tempo este que o governo francês aproveitou e usou para ir ao resgate do satélite.

— Eu estava lá, ainda assim não te encontrei em nenhum momento — exclamei a Ji-Yeon.

— Quando vocês chegaram, os Párias da Tecnologia me deram apoio para fugir pelo subsolo, só que não sabíamos que esse caminho estava bloqueado. Então, eu e minhas filhas esperamos lá até que as coisas se acalmassem, e quando os barulhos de tiros começaram a ter uma frequência menor, resolvemos sair para verificar se podíamos fugir dali com segurança. Por incrível que pareça, passamos horas esperando no subsolo, ao sair de lá vimos que o conflito continuava agitado até que ouvimos algo semelhante a uma bomba explodindo e tudo se acalmando. Foi ali que decidimos fugir o mais rápido possível, antes que os tiros voltassem.

— Não pode ser... não... não é possível... — não queria acreditar no que estava prestes a ouvir e já imaginava o que seria.

— Sim, naquele momento... naquele momento... eu vi... eu vi tudo parar... as minhas filhas foram desintegradas pelo Tártaro... Enquanto corríamos para um lugar seguro, a Ji-Hyun prendeu o pé em alguns escombros e, ao invés de pedir ajuda, tentou tirar o seu pé dos escombros por conta própria. Quando estava mais a frente, vi que a Dawon voltou para ajudá-la e veio trazendo-a em segurança após desprender o seu pé, contudo, em razão dos ferimentos a Ji-Hyun não podia mais correr.

— Ji-Yeon...

— Logo, fiquei parada onde eu estava — continuou contando a história em um fôlego só, não me deixando falar — vigiando para ver se não havia mais soldados por perto... e foi nesse exato momento que vimos uma luz azulada vindo do céu em nossa direção. Eu corri... corri o mais rápido que pude para chegar até as minhas filhas e gritei desesperadamente para elas não olharem para cima, a Ji-Hyun sorriu e me disse: "não vou olhar, eu sei que é pegadinha sua mamãe" e começava a rir, ela sabia que eu brincava muito com ela e pensara que isso também era brincadeira... a pior brincadeira que podia acontecer... — Ji-Yeon deu uma pausa na história, olhando para cima, resgatando suas dolorosas lembranças e continuou — [...] não importa o quão rápido eu corresse, parecia que o tempo estava congelado e que a distância entre nós era imensa, tudo que consegui foi escutar as últimas palavras delas: "mamãe, a vovó vai querer puxar a sua orelha quando ver que eu machuquei o meu pé... vou adorar ver a vovó de novo"; "cala a boca pirralha, concentra em andar que você ficou mais pesada"; então o clarão veio e elas olharam para cima e depois olharam para mim... "mamãe, eu te am...", foi quando eu fui lançada para longe por causa do impacto do canhão de plasma.

— Ji-Yeon, eu não sei nem o que te dizer... eu lamento muito pela sua perda — falei segurando as lágrimas pela dor que ela passou.

— Eu perdi tudo... não importava quantas vezes acordasse, eu nunca despertava desse pesadelo e em meio a essa utopia distorcida... se for só dor, que esta seja sentida por todos... você me perguntou o quão horrível eu me tornei... Eu nem sei se estou viva mais, não sinto nada além de um vazio... não sei mais se sou humana, a única coisa que posso afirmar é que daquele momento em diante queria que tudo acabasse. Desta forma, quando você me achou e trouxe a minha agenda com todas as informações que eu precisava, eu não poderia perder a oportunidade. Não voltei de imediato naquela noite, pois precisava ajustar meus planos com as informações que tinha na agenda e como sabia que minha autoridade no projeto seria maior do que qualquer boato, estaria chefiando algum setor dessa operação.

— Dançamos a música conforme você quis... — comentei pensativo.

— Vocês me deram tudo que eu precisava para colocar o meu plano em prática, toda a programação, todas as falhas, a reinicialização do sistema central, tudo foi calculado e executado para fazer com que vocês do Instituto se desesperassem, corressem atrás de uma solução para um problema inexistente, perdessem o precioso tempo, fizessem a atualização dos satélites para que eu pudesse desativá-los; em seguida a exclusão das credenciais de todos para que fosse ativado o protocolo de segurança. Tudo saiu conforme previ, até mesmo a sagacidade da Astra em detectar meu ponto de acesso no sistema, o que levou a reinicialização do sistema, foi um espetáculo que assisti de camarote...e a minha vingança... começa... agora!

    Ao olhar para o céu não acreditei no que vi, levantei-me devagar e em choque com o que estava passando pelos meus olhos, fiquei paralisado com a visão do fim:

    — Co... Com... Começou... Isso não pode ser real... Sua vingança vai acabar com tudo que um dia construímos — sussurrei atordoado.

    — Acabar com tudo? Eu diria que vai ser apenas um recomeço. Aqui será o fim de um mundo e o nascer de um novo, para o mal ou para o bem caberá a sua mente atribuir o peso que achar adequado. De toda sorte, o mundo nunca será mais o mesmo... nem você...

    No céu, não caía tão somente satélites, aviões estavam colidindo um com os outros e caindo sobre a cidade, todo o perturbador mal que um dia foi guardado na caixa de pandora, agora estava solto na Terra.

    — Isso é só o início, Vanguard! Hahaha vamos ver o que será do homem sem a tecnologia, melhor, sem política e sem dinheiro; vamos ver o peão dominar o tabuleiro e acabar com o Rei, hahahaha — Ji-Yeon professou em meio a risadas impiedosas com um misto de alívio.

    — O que está acontecendo?! Por que as pessoas estão caindo de uma vez?! — Cada vez que olhava para um lugar, acontecia um desastre diferente e ao mesmo tempo.

    — Lembra-se desse dispositivo que você encontrou debaixo do computador do Instituto?

    — [...]

    — Não precisa tentar pensar em meio a esse baque, vou te contar. Esse dispositivo não foi usado para acessar os satélites, desde aquele backup que fiz do satélite que caiu e de quando eu tomei a agenda de você já tenho acesso a todos eles. Esse dispositivo foi usado para suspender a configuração de ativação da tecnologia de resiliência dos implantes neurais.

— Ji-Yeon!! Você pretende torrar a cabeça de todos que usam esses implantes?! — Questionei segurando-a pelos braços.

— Nesse exato momento, os investidores devem estar surtando e sentindo a dor de perder um filho... como eu sei? Eu disse que planejei tudo! Planejei tudo, hahaha — Ji-Yeon riu olhando para o céu, vendo todo o caos acontecer em meio ao brilho da Aurora Boreal — Antes de fazer isso, consegui a lista de todas as pessoas que possuem um NeuralPlus e lá estavam quase que todos os integrantes das famílias dos investidores, da base do governo francês, americano, britânico, tinha muita gente com esse implante. Alguns vão morrer e outros terão sérios danos cerebrais, todos vão sentir que perdeu algo!

Vi pessoas caindo por todo lado, muitas morrendo com um curto gerado pelo NeuralPlus e outras ficando sem movimentos. A vida que um dia conheceram estava sendo arrancada delas e não podiam fazer nada.

— Ji-Yeon!! Você está louca!! Não vou deixar você se safar assim, você vai ter que responder por todas essas vidas que está tirando! — Expressei a minha raiva olhando nos olhos dela.

— Vidas que estou tirando? Eu apenas estou resgatando-as da utopia distorcida que virou esse mundo tecnológico. Veja — apontou para uma pessoa no chão — não consegue nem gritar por socorro, foi tão cômodo usar tão somente o pensamento para isso que desaprenderam até mesmo falar. São essas vidas que estou recolocando no mundo real, elas vão ser expulsas de suas imersões digitais e serão obrigadas a viver no mundo real, se sobreviverem ao primeiro impacto, é claro!

Ao ouvir isso, olhei para os prédios e de longe avistei diversas pessoas se jogando lá de cima... o mundo desabou, o digital e o real... nada mais funcionava, nem mesmo a resiliência do ser humano frente às dificuldades.

— Como eu disse, se sobreviverem ao primeiro choque... O que muitos não vão, vez que nem sequer conhecem o mundo que estão e quando perdem o seu alento digital, ficando de frente com a vida como ela é, a sua dependência digital fala mais alto... O final já sabemos, né Van-guar-d? Hahaha

— Do que está rindo?! O que tem de engraçado na morte das pessoas?! — Berrei, chacoalhando-a pelos braços.

— Na morte das pessoas?! Nada! Mas na nossa, talvez... vai depender se você acredita que está vindo um carro desgovernado para cima da gente.

— Você não me engana, Ji-Yeon! Você me traiu e me usou nessa sua vingança suja!!

— Juro que é verdade... Solte-me!!

— Você vai pagar por tu...

Então, senti um impacto por trás que nos jogou longe. Depois disso, a minha visão começou a ficar turva e só escutava explosões e gritos. Por fim, escutei em um tom bem baixo, quase que sussurrando:

— Affes... Eu te disse que um carro estava vindo para cima da gente, no entanto, você é assim cabeça oca e se importa muito com o bem das pessoas, mesmo que elas não se importem com você ou até te façam mal... Bom, como disse antes, esta é a nossa última conversa. Espero que você sobreviva a esse novo mundo e fique bem... Despeço-me aqui, se cuida Van.

E em seguida senti um toque, algo como se tivesse guardando alguma coisa no meu casaco. Após isso, em meio ao caos generalizado, eu apaguei totalmente.

[...]

— Doutor, rápido! Ele está despertando! — Escutei uma voz feminina ao começar a despertar.

— Não se esforce, vai acordando devagar — disse uma mulher desconhecida ao lado da cama que eu estava.

— Onde estou? Quem é você? Ai! — O meu corpo todo doía muito, especialmente quando tentava me mexer — O que aconteceu comigo?

— Doutor, ele acordou! Não se mexa, por favor! O seu corpo não se recuperou ainda — falou ela se mostrando muito feliz por eu estar acordado.

— Perfeito, Emma! Deixe-me dar uma olhadinha e tente não deixar ele se mexer muito — disse um homem de meia idade com um jaleco escrito Dr. Marcus — Vou checar sua pulsação, senhor Vanguard — então esse homem pegou no meu pulso e começou a fazer uma contagem.

— O que está acontecendo?! Vocês não possuem equipamentos médicos? — perguntei confuso.

— Vejo que consegue falar, isso é um bom sinal! Emma, por gentileza, pegue aquela placa — seguindo as ordens dele, ela se apressou e buscou a placa que ele pediu — Muito bem, vamos verificar se sua visão está preservada também — desta forma, ele colocou essa placa na frente de um dos meus olhos e pediu que eu repetisse o que estava escrito logo a frente.

— E-O-U-Z-B-F-L — respondi.

— Muito bom! Vamos mudar para o olho direito, tente novamente.

— F-U-B-S-P-F-L.

— Repita, por gentileza.

— F-U-B-S-P-F-L.

— Humm certo... O senhor tem alguma memória de antes de estar aqui?

— Memória? Eu estava indo para o meu trabalho no instituto de pesquisa e desenvolvimento de tecnologia. Hoje estaríamos revisando alguns projetos.

— Então, não se lembra como veio parar aqui? — Perguntou-me o Dr. Marcus.

— Não, não sei o que faço aqui, pelo que me parece, em um hospital, certo?

— Certo. Eu peço que o senhor não se agite com a notícia que irei lhe contar.

— Que notícia?! — Indaguei um pouco agitado.

O Dr. Marcus me contou em seguida que fui atropelado por um carro e que me encontraram já sem consciência jogado ao chão. Desta forma, trouxeram-me para o hospital e iniciaram o tratamento, no entanto, não estava reagindo bem e acabei entrando em coma.

— Hoje fez dois meses que você entrou em coma... estamos tratando várias fraturas que você sofreu nesse acidente, não está sentindo nada agora por estar anestesiado. Em razão disso, peço que não se levante. Sua pressão arterial está boa, mas o seu olho direito teve uma perda de visão considerável.

— Fraturas?!

— Exatamente — Emma logo levantou o lençol que me cobria para que eu pudesse ver por mim mesmo.

— Eu... não... não me lembro... de nada... — cochichei confuso.

— É recorrente em casos de coma o paciente ter amnésia retrógrada, alguns voltam a se lembrar aos poucos das coisas que aconteceram e outros não. Quanto ao seu olho, iremos examinar melhor da próxima vez, do que posso adiantar é que você deve se recuperar rápido, já está até bem, vez que está conversando com a gente, não acha Emma?!

— Acho sim! Salvamos mais uma vida, doutor! — Exclamou comemorando.

Os dias se passaram e fui me recuperando aos poucos, dia após dia... semana após semana... nada mudava da vista da minha janela, o cenário apocalíptico... a destruição que ali se fazia presente era um lembrete para todos que permaneceram vivos. Havia algo que não entendia ainda, minhas memórias estavam embaralhadas e mesmo após quase dois meses de ter acordado não fazia ideia de como paramos onde paramos, só sei das coisas que me contaram.

A Emma me contou, junto de outros pacientes, que houve uma grande tempestade solar, intensa o suficiente para apagar toda a tecnologia da Terra. As pessoas que dependiam dos hospitais para sobreviver, morreram em massa nas primeiras horas após este evento.

As cidades foram atingidas por satélites de baixa e média órbita e tem previsão de que em breve os satélites de alta órbita vão cair também, vez que vários tiveram suas trajetórias alteradas; aviões sem o guia do GPS e demais tecnologias colidiram uns com os outros e devastaram as cidades onde caíam, Paris não foi diferente, tivemos uma destruição generalizada; muitos navios se perderam no oceano [...]

[...]

Os carros inteligentes pararam de funcionar imediatamente e provocaram vários acidentes, inclusive o meu, segundo o Dr. Marcus; os trens magnéticos de alta velocidade descarrilharam para completar a tragédia

[...]

As pessoas que usavam o NeuralPlus receberam um curto elétrico em seus cérebros, mais de 70% delas morreram quase que instantaneamente. Disseram que a configuração de resiliência desses implantes por alguma razão não foi ativada e não protegeu os usuários; e, as pessoas que não morreram imediatamente, tiveram sequelas neurológicas de vários níveis de gravidade; vejo muitos pacientes fazendo terapia com fonoaudiólogo para recuperar sua fala, a qual não usou por muito tempo devido o implante neural

[...]

Todas as crianças que estavam sendo geradas nas incubadoras não sobreviveram; criar vida para morrer antes de viver, este foi um castigo demasiadamente cruel

[...]

O sistema bancário e financeiro desapareceu do mundo como se fosse mágica, assim, as pessoas mais ricas do mundo de um segundo para o outro se tornaram pobres

[...]

2050 — HUMANOS MECÂNICOS, ROBÔS HUMANIZADOS

> *Toda a vida tecnológica da Terra sumiu, as pessoas que possuíam alta dependência da tecnologia, em sua maioria, cometeram suicídio por não conseguir viver sem o seu alento virtual... a imersão total pode ser impiedosa*
>
> *[...]*
>
> *Aquelas pessoas que possuíam próteses tecnológicas não conseguem mais usá-las, então, voltaram a não poder andar, usar seu corpo como queriam, entre outras coisas. Muitas dessas pessoas entraram em declínio psíquico e chegaram ao suicídio, contudo, sabendo disso o governo começou a monitorá-las para evitar que façam isto*
>
> *[...]*
>
> *Enquanto eu estava em coma... por esses dois meses... muita coisa aconteceu. Estima-se que três quartos da população global morreram, não tão somente pelo apagão tecnológico, mas também pela essência vil do humano, visto que estouraram vários conflitos para dominar os recursos naturais.*

Eu, sinceramente, sempre acreditei que não seria a tecnologia a nossa próxima ceifeira, muito menos uma ameaça externa ao planeta... Para mim, sempre tive que seríamos os culpados de nossa própria ruína e, não diferente, todas as oportunidades que um dia tivemos para melhorar, lapidar, controlar o nosso ego, desprezamos em prol de uma mesquinharia... Esse é o ciclo vicioso que vejo acontecer dessa janela, dessa visão do caos... Das ruínas de uma boa memória. Podíamos ser diferentes... não precisávamos de evoluir sem limites os conhecimentos e tecnologias, precisávamos antes de tudo... apenas nos desenvolvermos como seres humanos.

— Dr. Vanguard? Como o senhor se sente hoje?!

— Oi, Emma! Por favor, não me chame de doutor, isso foi antes desse novo mundo, certo?!

— Hahaha — ela riu um pouco sem graça — tudo bem, tudo bem! Vou tentar não te chamar mais de doutor.

— Perfeito! Estou melhor que ontem e pior do que amanhã, hahaha.

— Sinal de que está melhorando, então!

— Aos poucos, de passo a passo, se é que posso falar isso com as pernas nesse estado.

— Não desanime, doutor! Digo... Vanguard!

— Ohh! Nada de doutor!

— Hahaha, eu sei, eu sei... estou tentando não usar essa palavra "proibida" pelo senhor!

— Certo! E o Dr. Marcus não vem me ver esta noite?

— Não, o Dr. Marcus me pediu para te entregar alguns pertences que encontraram com você no dia do acidente e pediu para te explicar que não fez isso antes, devido ao seu recente processo de recuperação, o que poderia desencadear algum transtorno se fizéssemos uma abordagem abrupta. Por isso, vamos ir te entregando os seus pertences aos poucos para ver se você tem uma melhora e se lembra de algo.

— Agradeço muito pelos seus cuidados, Emma! Transmita ao Dr. Marcus os meus agradecimentos também!

— Quê isso, Vanguard... É o nosso trabalho, mas pode deixar que vou falar para o Dr. Marcus!

— Viu?! Já esqueceu o doutor, hahaha.

— É verdade! E o senhor está até mais bem humorado hoje, isso é ótimo, hahaha.

— Okey, já socializei a minha cota de hoje, pode ir!

— Já começou a ser ranzinza, né?!

— Se não for assim, não seria eu... Ah! Antes de você ir, queria lhe pedir um favor.

— Vá em frente, só não posso te prometer o meu amor, pois sou casada — disse Emma em tom de deboche.

— Engraçadinha você, ha-ha-ha. Eu queria te pedir que me ajudasse com a cadeira de rodas para que eu pudesse ficar ali na janela tomando ar.

— Está bem, vamos lá, hahaha.

Emma me ajudou a sair da cama e ir para a cadeira de rodas, pelo fato de minhas pernas estarem se recuperando de várias fraturas eu não podia fazer muito esforço, e também, estou com um braço engessado, mover a cadeira é praticamente impossível nesse estado.

— Pronto, Dou... Vanguard. Não falei! Não falei! Hahaha.

— Ram, acho que você faz de propósito.

— Pegue, este é um objeto que achamos no bolso do seu casaco. Bom, não sabemos o que é, contudo, se estava com o senhor pode ser que tenha uma lembrança envolvendo isso — disse ao me entregar o dispositivo usado por Ji-Yeon na mesa central do laboratório.

— Perfeito, vamos ver se algo acontece! — Falei animado.

— O senhor quer ficar sozinho? Talvez fique mais à vontade.

— Pode ser. Assim, concentro-me melhor.

— Tudo bem! Não hesite em me chame se não se sentir bem!

— Chamo, pode deixar.

Esperei Emma sair do quarto e da janela olhava para o mundo a fora, perdia-me em meus pensamentos e hesitação: será que deveria buscar as memórias do passado? Se eu tiver culpa nessa aniquilação global? Às vezes, o passado fica melhor quando está enterrado. A minha hesitação me segurava, uma parte de mim queria saber o que aconteceu, porém, o novo eu queria estar longe de tudo isso, quase que como um aviso: "estou melhor sem saber de nada".

A parte que quer lembrar do que já vivi me dá uma sensação de estar em dívida e o meu senso de responsabilização me diz algo como se eu tivesse que fazer tudo o que estiver ao meu alcance para ajudar as pessoas a minha volta... Talvez esta seria uma compensação pelo que acho que fiz. No entanto, nem eu mesmo sei o que fiz... menos ainda sei o que fazer por essas pessoas.

A noite estava calma, vi alguns animais andando pelas ruínas de Paris, o meu interior estava mais turbulento que a lava borbulhante de um vulcão em erupção. Eu comecei a suar, minha mão tremia, meu estômago ficou pesado, comecei a enjoar, sentia a respiração faltar, meu corpo estava frio e meus pés formigando.

Então, de uma só vez abri a mão que segurava o objeto que Emma me deu e o ergui com o dedo indicador e polegar até a minha vista, a luz do luar bateu naquele objeto e ele se clareou... De repente me veio uma intensa dor de cabeça com flashes como se fossem as minhas memórias; eu escutava explosões, batidas, a voz de uma mulher, dizendo "esta é a nossa última conversa... se cuida Van"; esta mesma mulher, cujo o rosto não me vinha a mente, em meio aos contínuos flashes continuava dizendo: "vingança ", "foi por vingança ", "o mundo irá sentir a minha dor"; subitamente tudo começou a ficar confuso e embaralhado, minha cabeça doía muito mais agora e eu começava a gritar de dor, os flashes continuavam e eu ouvia "em um mundo...", "vingança, vingança", "que não podemos afirmar nenhum valor", "quero vingança, vão sentir a minha dor", "tudo é permitido", "vão sofrer", "nada tem importância", "tudo é permitido", "tudo é permitido", "nada é importante". A dor se tornou insuportável, coloquei as mãos na cabeça e gritei mais alto ainda:

— AAAAAH!! — Gritei de dor e no mesmo instante soltei aquele objeto.

— Vanguard?! Vanguard?! Você está bem?!

— Sai de perto! Não me toque!! — Berrava.

— Sou eu, a Emma!! Vanguard, acalme-se, tenta respirar fundo!

— AAAAAH!!

— Mantenha-se firme, Dr. Vanguard! Vou aplicar um sedativo no senhor.

Após Emma aplicar a dose de sedativo em mim, tudo que pude dizer foi:

— Ji-Yeon! Foi a Ji-Yeon!

Ao olhar para o horizonte através da janela, antes de entrar em um sono profundo, exclamei:

— A luz azul... oof... azul... oof...na... oof... torre... — apontei para o horizonte conforme o meu corpo sucumbia ao sedativo e eu mantinha uma respiração ofegante.

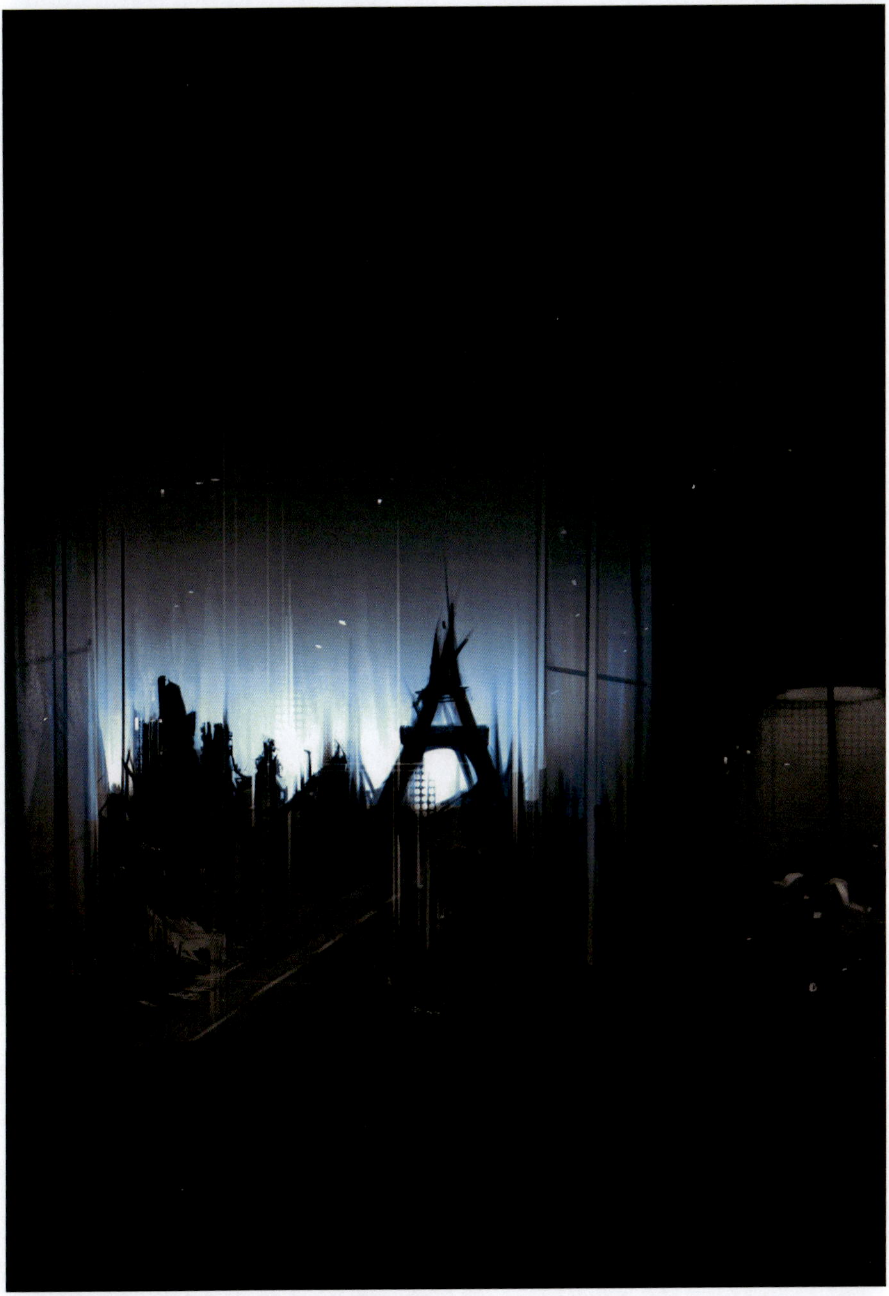

REFERÊNCIAS BIBLIOGRÁFICAS

CAMUS, Albert. **O homem revoltado**. Tradução de Valerie Rumjanek. 4. ed. Rio de Janeiro: BestBolso, 2020.

MAQUIAVEL, Nicolau. **O príncipe**. Com notas de Napoleão Bonaparte e Cristina da Suécia. Tradução de Mário e Celestino da Silva. 1. reimpr. Brasília: Senado Federal, Conselho Editorial, 2019.

SCHOPENHAUER, Arthur. **As dores do mundo**: o amor – a morte – a arte – a moral – a religião – a política – o homem e a sociedade. Tradução de José Souza de Oliveira. São Paulo: Edipro, 2014.